인생을 바꾸는 결혼 수업

인생을 바꾸는 결혼 수업

언젠가
결혼을
선택할
그녀에게

남인숙 지음

해냄

10명 중 2명만 결혼에 만족한다고?

사실을 말하자면, 결혼은 시대착오적인 것이다. 결혼은 애초 집안과 집안의 이해관계를 극대화시키기 위한 일종의 비즈니스였고, 근대화 이후 '사랑의 결실이며 영원한 행복의 조건'이라 강조했던 서구의 판타지도 서서히 저물어가는 중이다.

우리는 인류 최초로 결혼이 선택의 대상이 된 시대를 맞았고, 이제 여자들은 경력과 꿈의 무덤인 결혼을 보이콧할 수도 있게 되었다. 그래서인지 요즘 여자들은 어떻게 하면 결혼해서 잘 살 수 있을까 하는 고민은 거의 하지 않는다. 결혼을 할까 말까, 혹은 어떤 남자를 만나야 진창 같은 결혼을 피할 수 있을까 골몰할 뿐이다.

그러나 여기에는 중대한 문제가 한 가지 있다. 결혼에 호의적이지 않은 이들을 포함해 열 명 중 아홉 명은 결국에는 결혼을 한다는 것이다. 종국에 결혼을 하고 마는 사람에게라면 결혼이 필수가 아니라는 생각에서 오는 느슨함은 축복이 아니다. 만약 당신이 결혼이라는 길에 들어서지 않을 게 확실한 소수라면 여기서 이 책을 덮어도 좋다. 당신이 선택한 길도 꽤 근사할 것임에 틀림없다. 하지만 당신이 언젠가 결혼이라는 것을 할 사람이라면 선배들의 푸념과 미디어의 허상, 괴담이 버무려진 결혼상을 현실이라고 믿는 선입견부터 깨야 한다.

결혼이 인생의 전부가 아니라는 말은 옳다. 하지만 이미 시작된 결혼이 틀어지기 시작하면 그때 가서 결혼은 삶의 전부가 되어 당사자의 목을 조르게 된다. 짧게는 10년, 길어도 20년 동안 삶의 영역을 차지하는 사회생활보다 50년 넘게 내 삶의 베이스캠프가 될 결혼을 가볍게 여기는 젊은 여성들을 볼 때마다 아찔하다. 실제로 30~40대 이후 여자들의 '결혼 생활의 질'이 곧바로 '삶의 질'로 연결되는 경우를 많이 본다. '전부가 아니다'라는 말을 '중요하지 않다'는 말로 오해해서는 곤란하다.

나는 결혼 생활을 썩 잘 해내고 있는 여자들에게서 미혼 여성들이 들으면 의아해 할 말을 자주 듣곤 한다.

"난 누구와 결혼했어도 지금처럼 잘 살 자신 있어."

결혼이 전적으로 상대 남자의 인격이나 배경 그리고 애정에 달려 있다고 생각하기 마련인 여자들에게는 영 이물감이 느껴지는 말일 수도 있겠으나 그녀들의 말처럼 결혼이라는 영역에서도 재능이나 노하우, 노력 등이 필요하다. 그건 운이나 사랑보다 더 중요한 일이다.

그게 내가 오랜 시간 결혼에 대해 공부하고 관찰하고 생각한 후 이 책을 쓰게 된 이유다.

사람마다 성격이나 사정이 다 다른데 그 삶들을 관통하는 한 가지 방법이라는 게 존재하겠느냐는 의심이 든다면 『안나 카레니나』의 처음을 연 톨스토이의 말을 떠올려보자.

"행복한 가정은 모두 모습이 비슷하고, 불행한 가정은 모두 제각각의 불행을 안고 있다."

결혼으로 불행한 이들의 사연은 천차만별이지만, 결혼이라는 것을 잘 경영하는 이들에게는 어렵지 않게 한정할 수 있는 공통점이 있다. 삶의 어떤 면면에서나 그렇듯 성향을 타고난 사람들은 손쉽게 결혼에 적응할 수 있다. 하지만 그렇지 않은 사람들에게 결혼은 결코 호락호락하지 않다. 많은 똑똑한 여자들이 결혼을 한 후 당황하는 건 결혼 이후에 필요한 지혜들이 학문적 성과와 세상 경험을 통해 유추할 수 있는 게 아니기 때문이다. 따라서 결혼도 미리 배워야 한다. "그렇게까지 노력하고 싶지는 않다. 순리에 맡기고 싶다"라고 말하는 이들이 많지만, 단언하건대 십수 억의 이해관계가 충돌하는 이 세상에서 노력하지 않고 저절로 굴러들어오는 '좋은 것'이란 없다. 어쩌다 굴러들어온다 해도 지킬 수가 없다. 그게 진짜 순리다.

한 가지 위로가 되는 건 그 노력이라는 것이 사회에서 살아남기 위한 것만큼 살벌하지는 않다는 것이다. 생각의 전환만 가능하다면 아주 작은 노력으로도 많은 것을 얻을 수 있는 유일한 곳이 결혼이다.

나는 이 책을 앞으로 5년 이내에 결혼할 가능성이 있는 여자들이나 늦어도 결혼 후 3년이 지나지 않은 여자들이 읽기를 권한다. 그동안 보고 듣고 만난 경험에 의하면, 결혼에 이미 질리기 시작한 이들은 내가 지금부터 제시할 꽤 확률 높은 방법들에 마음을 열 수가 없기 때문이다. 실제로 결혼 생활이 이미 어긋나기 시작한 이들은 전문적인 가족 상담과 오랜 노력을 통해서만 원점으로 돌아갈 수 있다. 그때 해야 할 노력에 비하면 결혼의 시작점에서 투자할 약간의 노력과 관심은 아주 사소한 것이다. '노력할 의욕을 잃어버린 후'에는 모든 방법들이 소용없는데도 결혼에 관한 책을 결혼한 여자들만이 읽고 있는 현실은 아무리 생각해도 모순이다.

미혼일 때에는 결혼이 길가의 돌처럼 널려 있음에도 불구하고 내 일처럼 여겨지지 않는다. 그러다 어느 날 갑자기 교통사고처럼 결혼은 온다. 생각하는 만큼 내 마음대로 계획을 세워 할 수 있는 일이 아니라는 말이다. 그래서 보험처럼 마음속의 대비가 필요하다. 이 책이 당신이 결혼이라는 사고에 대비하는 데 도움이 되는 든든한 안내서가 되기를 바란다. 한국에서 결혼으로 행복하다고 대답하는 사람은 20퍼센트에 불과하다. 내 오랜 고민의 결과가 그 20퍼센트에 한 사람이라도 더 보탤 수 있기를.

남인숙

1장

행복한 결혼
vs
만족스러운 결혼

미혼일 때 행복해야
결혼해도 행복하다

지금 행복하지 않다면, 아직은 결혼할 때가 아니다

　S의 결혼 소식을 들었을 때 그녀의 지인들은 "드디어 그 애가 마음잡고 제대로 살겠구나"라고 입을 모아 말했다. 꽤 많은 사람들에게 "성격이 까칠하다"는 말을 듣는 그녀는 사실 좀 유별난 데가 있었다. 불만과 짜증이 많으며 늘 공격적이었고 말도 함부로 하는 편이었다. 그녀는 성장 환경이 좋지 않아서 자신의 성격이 그렇게 되었고, 자기는 어쩔 수 없으니 주변 사람들이 자신의 모습 그대로를 받아주어야 한다고 주장했다. 그러던 그녀가 너그럽고 푸근한 사람과 사랑에 빠져 결혼에까지 이르는 과정을 지켜보는 것은 그녀를 아는 사람이라면 내 일처럼 뿌듯한 일이었다. 그 기대에 보답이라도 하듯 그녀 스스

로도 이렇게 말했다.

"그 사람은 내가 어떤 말을 하든지 허허 웃으면서 넘겨. 그렇게 착한 사람은 처음 봐. 나 그 사람하고라면 정말 행복할 수 있을 것 같아. 이제 지긋지긋하고 허무했던 지난날들은 다 잊을 거야."

그러나 해피엔딩을 바랐던 기대와 달리 1년 후 지인들은 그녀가 이혼했다는 소식을 듣게 되었다. '지옥'과 같은 결혼 생활 끝에 이혼을 먼저 요구한 건 너그럽고 착하다던 남편 쪽이었다고 했다.

사람들은 결혼을 인생의 무덤이라고 폄하하면서도 한편으로는 삶을 좋은 방향으로 변화시켜 줄 마법의 힘이라도 있는 것처럼 착각하기도 한다. 구제 불능이었던 사람이 반듯한 사람을 만나거나 좋은 조건의 혼처를 찾아 결혼하면 그걸로 그 인생이 구제된 것이라고 여기게 된다. 그 사람이 행복해질 거라고 믿어 의심치 않는다. 아직도 당신은 결혼이 없는 행복을 가져다주는 신통한 마법 상자라고 생각하는가?

잘라 말해 결혼은 불행한 사람을 행복하게 바꿔주지는 못한다. 1950년대 경제공황과 제2차 세계대전을 끝낸 서구가 풍요의 시대에 발명해 낸 '결혼=행복'이라는 신화는 10년도 채 가지 못하고 산산이 부서지지 않았는가.

결혼은 그냥 삶의 한 과정일 뿐이다. 흙탕물을 마구 휘저으면 뿌옇게 흐려져 물 자체의 성질이 변한 것처럼 여겨지지만 시간이 지나 흙이 가라앉으면 다시 제 빛깔을 찾는 것과 마찬가지다. 결혼이라는 이벤트로 모든 것이 변했다고 착각할 수 있지만 삶의 본질 자체는 달라지지 않는다. 이야기 속의 S는 결혼 전 세상과 사람을 부정적으로 보고 스스로를 불행하게 만드는 사람이었다. 그런 그녀 앞에 따뜻하고 긍정적인 사람이 나타나 상처투성이의 그녀를 감싸주었기에 그녀 자신도, 주변 사람들도 그녀의 삶이 변할 거라고 생각했다. 하지만 '너그럽고 따뜻하다던 그'도 사람이다. 삶을 보는 그녀의 시선이 근본적으로 변하지 않은 상태에서 그의 힘만으로 여자의 행복을 지탱해 주는 건 분명 힘에 부쳤을 것이다.

우리나라 사람들을 대상으로 한 설문 조사에서 '행복하다'고 대답한 사람들의 전체 비율과 기혼자들이 '행복하다'고 대답한 비율이 20퍼센트 정도로 비슷하다는 통계는 의미심장하다. 결국 행복한 미혼이 행복한 기혼이 되는 것이다.

심리학자 소냐 류보머스키(Sonja Lyubomirsky)는 사람들이 행복 여부를 결정짓는다고 생각하는 결혼이 실은 개개인이 느끼는 삶의 행복 여부에 크게 영향을 미치지는 않는다고 결론 내렸다. 사람의 행복감이라는 게 돈이나 결혼 같은 환경적인 요소보다는 내면의 의지와 성향에 더 크게 좌우되기 때문이라고 한다. 행복을 결정하는 조건을 100으로 보았을 때, 타고난 유전적 성향이 50퍼센트, 행복해지려는 노력과 의지가 40퍼센트, 환경이 10퍼센트라고 한다. 그러니까 지금 자신의 삶이 불행하다고 느끼고 있는 미혼의 당신이 어느 날 로또에 당첨되어 부자가 되고, 전신 성형을 해 미스 유니버스로 선출된 다음, 아랍 왕자의 부와 움베르토 에코의 지성과 브래드 피트의 외모와 간

디의 성품을 동시에 갖춘 남편을 만나 결혼한다고 해도 지금보다 10퍼센트 이상 행복해질 수 없다는 말이다. 나는 이 연구 결과를 접하고서야 비로소 모든 것을 다 가진 사람들조차 자살을 시도하는 이유를 이해할 수 있었다.

우리나라는 서구가 150여 년에 걸쳐 어렵게 정착시켰던 핵가족의 형태를 받아들이기 시작한 지 수십 년밖에 되지 않았다. 그런 까닭에 새로 결혼해 이루어진 가정은 무늬만 핵가족일 뿐 경제적, 정서적으로는 대가족에 종속되어 있는 경우가 많다. 특히 미혼 시절 초고속인터넷 보급률 세계 1위의 최첨단 사회를 살다가 느닷없이 19세기식 가족 제도 안으로 들어가야 하는 여자들의 삶이 바뀌는 정도로 따지자면 여느 여권 후진국 못지않다. 이런 이유로 극복해야 할 것이 유난히 많은 한국의 결혼은 일종의 증폭 장치 역할을 하게 되는 것 같다. 다시 말해 행복한 사람은 더 행복해지고, 불행한 사람은 더 불행해지는 것이다.

따라서 장차 결혼으로 행복해지고 싶은 마음이 있는 사람이라면 지금부터 행복해지고 볼 일이다.

결혼은 감성적인 멜로 영화라기보다는
스펙터클한 액션 영화다

우선 결혼하기 전에 행복한 사람이 되기 위해서는 행복해지려는 노력을 해야 한다. 한 사람의 행복감을 결정짓는 요소 중 유전적인 요인 50퍼센트는 우리 힘으로 어쩔 수 없는 부분이다. 똑같은 상황에 처했을 때도 긍정적인 생각을 하고 행복을 찾아내는 능력을 선천적으로 타고나는 사람이 분명 있다. 우리가 주목해야 할 것은 환경적인 요소 10퍼센트를 제외한 나머지, 바로 사람의 의지로 좌우되는 40퍼센트다. 사람이 행복해지고 싶어 하고, 그에 따른 노력을 하면 40퍼센트만큼 행복해질 수도 있다는 것이다. 앞서 말한 것처럼 최고의 부와 미모와 배우자를 거저 얻는 것에 비해서는 현실성 있으면서도 효과는 네 배나 높다.

20세기 말 긍정심리학을 학계에 부활시킨 마틴 셀리그만(Martin Seligman)은 "행복해지기는 쉽다"고 말했다. 매일 그날 있었던 좋은 일, 좋은 생각만을 종이에 적기만 해도 훨씬 행복해진단다. 별일 아닌 것 같지만 그의 말대로 해본 사람들은 정말로 효과가 있다고 한결같이 말한다. 긍정적인 생각을 적는 것으로 행복해질 수 있는 이유는 적는다는 일 자체가 일종의 '행동'이기 때문이다. 행복한 사람들의 공통점은 끊임없이 움직이며 행복해지기 위한 노력을 한다는 것이다.

좋아하는 일을 하고, 좋은 말만 하며, 결과가 좋을 거라고 굳게 믿으며 작은 도전들을 하라. 결혼이 행복을 목적으로 한 것이 아니라고 해도 노력을 통해 행복 체력을 키우는 것은 삶의 질을 높이기 위해서도 꼭 필요하다.

'행복한 미혼'으로 결혼해 이미 행복하다고 해서 이 노력을 게을리 해서는 안 된다. 결혼을 통해 더욱 행복해지는 효과는 수명이 고작 2년

정도이며, 그것을 유지하려는 치열한 노력을 통해서만 유지될 수 있다고 한다.

내 친구 하나는 늦게 퇴근하는 남편과 대화 시간을 갖기 위해 저녁밥을 두 번 먹는다. 그러고는 살찌지 않으려고 운동과 철저한 식이 조절을 한다. 휴일에 외출할 일이 없어도 꼭 화장한다기에 누구한테 보이려고 화장하느냐고 물었더니 주저 없이 '남편'이라고 대답한다.

"나이 드니까 내 맨 얼굴을 내가 거울로 봐도 괴롭더라. 남편이라고 칙칙하고 어딘가 아파 보이는 그 얼굴을 종일 보고 싶겠니? 산뜻하게 화장한 얼굴로 같이 있으면 나도 자신감이 붙고 남편에게 잘해주게 돼."

그녀는 남편 회사 근처로 외근을 나가는 날이면 아침에 특별히 신경 써서 차려입고 출근해서는 남편을 불러낸다. 화사하게 차려입은 그녀를 밖에서 따로 만날 때면 남편도 조금쯤 다른 눈으로 자신을 바라본다는 것이다.

그녀가 기울이는 여러 노력들이 일방적인 것은 아니어서 남편도 가끔 발을 씻겨주거나 감기로 드러누운 자리에 직접 끓인 죽그릇을 받는 호사를 누리기도 한다.

그 사정을 아는 사람들은 저 부부 참 피곤하게 산다고들 하지만, 신혼 때와 크게 다르지 않게 좋은 금슬을 유지하는 그들을 보면 그럴 만한 가치가 없다고 말하지는 못한다.

우리는 서로를 사랑하는 마음이 애절하게 표현되는 잔잔한 멜로 영화가 결혼이라고 생각하곤 한다. 하지만 멜로 영화 같은 사랑을 유지하기 위해 때로는 처절하고 극성스럽게 연구하고 움직이고 노력해야 하는 결혼은 액션 영화에 가깝다. '우리 부부도 40년 후 저랬으면 좋겠다' 싶은 사이좋은 노부부를 보며, 그들이 그 긴 세월 마당 넓은 집에서 정원이나 함께 가꿨을 거라고 생각하면 오산이다. 그렇게 되기까지 그들 역시 액션, 첩보, 스릴러, 때로는 호러 영화를 찍으며 노력했을 것이다.

가장 가고 싶은 신혼여행지로 꼽힌 몰디브에서 요즘 마약 문제가 심각하다는 소식을 듣고 어리둥절했다. 평화롭고 아름다운 섬에 살면서 무엇이 부족해 마약에 빠지는가 싶었다. 기사에 의하면 젊은이들이 '심심하기 때문'이란다. 사계절 찬란한 햇살이 있고 보석 빛깔의 바다가 있어도 삶의 변화와 역동적인 성취가 없으면 불행해지는 게 인간이다. 몰디브는 천국을 닮은 곳이지만 정말 천국은 그렇게 생기지 않았는지도 모른다. 그러므로 집을 그나마 천국에 가까운 곳으로 만들고 싶은 여자들은 액션 영화를 찍겠다는 각오를 하고 면사포를 써야 한다.

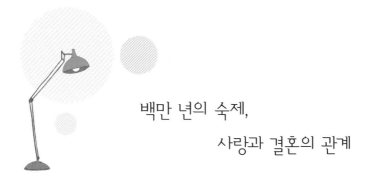

백만 년의 숙제,
사랑과 결혼의 관계

사랑 없이 결혼할 수 있을까?

많은 미혼녀들이 묻는다. 정말 사랑 없이 결혼할 수 있느냐고. 결론부터 말하면 '있기는 있다.'

인류가 지구상에서 결혼이라는 것을 시작한 이래 사랑이 결혼의 조건이 된 적은 거의 없었다. 아내나 남편은 사랑의 대상이라기보다는 동업자이자 동맹군이었으며, 오히려 대부분의 문화권에서 부부 금슬이 지나치게 좋은 것을 수치스럽게 여기기까지 했다.

우리 부모님들 이전 시대를 살았던 대부분의 사람들은 배우자의 얼굴도 보지 않고 집안의 이해관계를 따져 결혼했으면서도 우리가 상상하는 것만큼 불행하지는 않았다. "현명하게 선택하는 법을 모를 때 선택의 기회는 결코 축복이 아니다"라는 배리 슈워츠(Barry Schwartz)의 말처럼 세상 물정 모르던 어린 여성들에게 친족들이 혼처를 정해주는 게 더 편한 일이었을 수도 있다.

심리학 연구에 의하면 사람은 선택의 여지가 없을 경우 주어진 것을 더 좋아하게 되어 있다고 한다. 과거의 아내들은 운이 좋으면 남편과 사랑에 빠질 수도 있었고, 꼭 가슴 뛰는 사랑이 아니더라도 함께 사는 데 필요한 만큼은 애정을 만들어낼 수 있었다. 처음부터 피차의 조건만으로 재단한 맞춤형 결혼은 사랑이라는 불안정한 감정을 기반으로 한 결혼보다 안정적이었음에는 틀림없다.

물론 그렇다고 해서 과거의 결혼이 더 낫다는 이야기는 아니다. 오늘날은 가정이라는 제도에 결혼으로 기여함으로써 만족할 수 있을 만큼 개인의 삶이 단순하지도 않을뿐더러, 결혼으로 풀지 못하는 욕구를 공공연한 외도로 발산하는 게 사회적으로 용납되는 시대도 아니기 때문이다.

10년쯤 결혼 생활을 한 사람들은 "사랑 없이도 조건만 좋으면 결혼할 수 있다"는 말에 어렵지 않게 수긍하곤 한다. 배우자에 대한 여자들의 성적 만족도를 조사한 서구의 한 연구에 따르면 남편의 수입과 학력에 비례해 성적 만족도가 높아지는 것으로 나타났다. 결혼으로 두 남녀의 배경에 삶이 놓이게 되면 사랑, 즉 성적 매력이란 것조차 조건의 영향을 받게 되는 것이다.

알랭 드 보통은 정서적인 것, 즉 사랑이 온전히 삶을 만족시켜 줄 거라고 믿는 걸 '무모한 낙관주의'라고 했다. 금융위기 때 극도의 가난에 시달려본 어느 부부는 잡지 인터뷰에서 "물질 없는 행복은 현실에 없다"고 딱 잘라 말했다. 나 역시 경제적 어려움이 풀리면서 남편을 더 사랑하게 되었다고 주저 없이 말할 수 있다.

'행복한 결혼'이라는 말에 조금이나마 더 가까운 것을 고르라면 당연히 사랑보다는 조건이다.

결혼과 사랑의 결합 공식

B는 어느 모로 보나 부족한 데가 없는 신붓감이었다. 남자라면 누구나 선호한다는 교사가 직업이고 부유한 부모를 둔 데다 미모까지 갖추었다. 선택의 우위에 놓여 있는 입장이라 그런지 주변에서는 혼처가 밀려들었고, 결혼을 전제로 연애를 걸어오는 사람들도 꽤 있었다. 혼기를 꽉 채운 어느 해, 드디어 그녀가 최종 선택한 대상은 둘로 좁혀졌다.

한쪽은 병원을 소유한 집안의 장래가 기대되는 의사로 성격까지 좋아서 조건상으로는 흠잡을 데가 없는 사람이었다. 다른 한쪽은 집안은 가난하지만 대기업에 근무하는 똑똑한 젊은이로 매력적이고 준수했다. 그녀는 솔직히 회사원 쪽이 더 끌리지만 남편감으로는 의사가 더 좋을 것 같다며 고민했다.

주변 사람들은 현실적인 성격의 그녀가 의사를 선택할 것이라고 생각했다. 그러나 그녀는 주변 사람들의 예상을 깨고 회사원을 선택했고, 열렬한 연애 끝에 결혼했다. 그리고 수년이 지난 지금까지 결혼 생활에 만족하며 잘 지내고 있다.

조건이 더 중요하다면서 조건 대신 사랑을 선택한 B가 행복한 이유는 뭘까? 그건 그녀가 사랑에 비중을 더 두었지만 현대인의 삶에 따른 '공식에 맞는' 결혼을 했기 때문이다.

누군가와 결혼하고 싶게 만드는 동기를 100으로 보았을 때, 그중 조건은 최소한 40, 사랑은 최소한 20 이상을 충족해야 한다. 나머지 40은 조건이나 사랑 둘 중 하나 혹은 그 둘 모두로 채워야 한다. 조건 10, 애정 90으로 이루어진 결혼은 시간이 지나 애정이 무뎌지면 위태로워지기 쉽고, 조건 90, 애정 10인 결혼을 하게 되면 사는 낙이 없다. 그리고 조건 40, 애정 20 등 최소한의 요건은 채웠으나 그 어느 쪽도 '충분히' 동기를 만족시키지 못한 결혼은 결혼 자체에 가치를 느끼지 못하게 된다. B는 조건 30, 애정 70 정도로 필요충분조건이 충족된 범위 내의 결혼을 했기에 만족스러운 결혼 생활을 위해 순조로운 출발을 할 수 있었다. 그녀는 남편을 정말 사랑했기에 상대적으로 부족한 조건으로 비롯된 불편한 일들을 극복하기 위한 노력들을 기꺼이 할 수 있었다고 말한다.

당신도 알다시피 이 세상에 조건과 사랑을 완벽하게 만족시키는 배우자감은 존재하지 않는다. 그러나 나중에 당신의 노력으로 좋은 결혼을 만들어낼 수 있을 정도의 범위 내에서 조건과 사랑이 조화를 이룬 사람을 찾는 것은 아주 중요한 일이며, 당사자인 당신의 권리이기도 하다. 그 누구도 "상대를 잰다"며 당신을 비난할 수 없다.

고로 마음에 들어오는 누군가를 만났을 때 죄책감 없이 가늠해 보라. 그의 조건이 조금쯤 모자란 사랑을 충족해 줄 정도인지, 혹은 그와의 사랑이 마음에 걸리는 조건을 상쇄할 만큼 놓치기 싫은 것인지.

나만의 경쟁력을 믿어라

남편감보다 먼저 준비해야 할 건? 자존감!

오랜만에 만난 친구가 현재 잘 살고 있는지 그렇지 않은지 단번에 알아챌 수 있는 방법이 있다. 그 친구가 반갑게 알은체를 하며 기꺼이 함께 차라도 마시려 든다면 그는 지금 만족스럽게 잘 살고 있는 것이다(단, 친구가 다단계나 보험 영업 등을 하고 있다면 이야기가 달라진다). 반면, 마지못해 인사하고 어떻게든 빨리 그 만남에서 벗어나려고만 한다면 그는 현재의 삶에 자신이 없는 것이다.

결혼 후, 당신은 오랜만에 마주친 친구에게 반갑게 인사할 것 같은가? 아니면 모르는 척 피해 갈 것 같은가?

알고 보면 결혼의 성패를 좌우하는 요소 중 가장 중요한 것은 자존감이다. 자존감이 없는 여자들은 이상한 남자에게 끌리고 이상한 결혼을 하는 경우가 많다. 그녀들은 자신에게 약점이 있으므로 상대에게도 단점이 있어야만 안심하는 성향을 보이기 때문이다. 때로 너무 위축되어서 자신이 가진 것보다 훨씬 큰 상대의 약점들에 이상하리만치 너그러워지기도 한다. 더욱 무서운 경우는 자존감 없는 여자들이 평범한 남자를 '나쁜 남자'로 만들기도 한다는 사실이다. 그런 여자들은 무의식중에 자신이 '좋은 남자를 만날 자격이 없다'고 생각하고, 상대방은 정말 그녀를 '나쁘게' 대하게 된다.

반대로 눈에 띄게 나은 점이 없음에도 썩 괜찮은 상대와 당당하게 잘 사는 여자들도 있는데, 그녀들에게는 그 누구도 범접할 수 없는 그 무엇, 바로 자신감이 넘치는 경우가 많다. 수많은 여자들이 생각하듯 결혼해서 잘 살기 위한 제1의 조건은 미모나 부유한 부모처럼 다시 태어나야만 얻을 수 있는 것들이 아니다.

실패한 결혼 생활을 하는 여자들이 적절한 태도를 취하지 못하고 불행을 자초하는 이유는 대개 자존감이 없기 때문이다. 자존감이 높은 여자들은 집착이나 소유욕이 아닌 건강한 사랑을 할 줄 알고, 남편의 존중과 사랑도 더 많이 받는다. 그녀들은 결혼 생활의 최고 미덕인 양보와 타협도 어려워하지 않는다. 자기 자신의 고유한 가치를 믿기 때문에 필요할 때 남편에게 고개를 숙인다고 해서 자존심에 상처입거나 하지 않기 때문이다.

결혼을 가장 불행하게 만드는 일 중 하나는 바로 자신의 처지를

'남과 비교하는 것'인데, 이것도 자존감과 관련이 깊다. 흔히들 남을 자신과 비교하지 말라고 이야기들 하지만, 그게 결코 쉬운 일이 아니다. 인간은 심리학적으로 남과 자신을 비교하게끔 되어 있기 때문이다. 이 '비교 본능'은 꼭 비슷한 집단 내에서 비교 대상을 찾는 특징이 있다. 그래서 "동창회가 사람 잡는다"는 말도 나온 것이다. 영화 한 편 출연료로 수백억을 받는 할리우드 스타가 명품으로 칠갑한 것은 아무렇지도 않은데, 내 친구가 남편이 사줬다며 들고 나온 샤넬백 하나는 사람 속을 뒤집어놓는다. 행복을 연구하는 심리학자들은 사람이 행복하려면 "친구보다 조금 더 많이 가지면 된다"고까지 말한다. 하지만 모든 면에서 내가 친구보다 많이 가지기는 쉬운 일이 아니며, 그렇다고 해서 비교 대상과 부딪히지 않겠다고 마음먹게 되면 모든 인간관계를 끊는 수밖에 없다.

이 모든 것으로부터 자유로워질 수 있는 유일한 방법은 바로 '강력한 자존감'이다. 스스로 자존감이 든든한 여자들은 그 어떤 상대를 만나도 주눅 들지 않는다. 자신이 객관적인 비교 우위에 있거나 비교하지 말자고 마인드 컨트롤을 해서가 아니라, '그 사람은 그 사람, 나는 나'라는 생각을 저절로 하기 때문이다.

오랫동안 대학에서 시간강사로 일하던 남편이 교수가 되고부터 J는 여고 동창 모임에 자주 나가고 있다. 꼭 자랑하고 싶어서라기보다는 전보다 운신하기가 편해져서였다. 전에는 친구들이 해외여행을 화제로 올리거나 명품 쇼핑 이야기를 하기라도 하면 마음이 부대껴서 오래 앉아 있을 수가 없었다. 그러나 지금은 대부분이 고만고만한 회사원 남편을 둔 친구들 사이에서 그녀의 처지가 제일 나은 편이고, 그 사실만으로도 스스럼없이 친구들과 어울릴 수 있었다. 과거에 쥐꼬리만 한 강사료를 받는 남편을 뒀다고 무시하는 친구도 없었고 지금 남편이 교수라고 추어올리는 친구가 있는 것도 아닌데, 그녀 스스로가 그렇게 느끼는 것이었다.

그 무렵 늘 동창 모임에 나갔다 온 날은 기분이 좋았는데, 모임이 있던 어느 하루 그녀는 잔뜩 우울해져서 집에 돌아왔다. 모임에 나오던 한 친구의 남편이 아버지의 회사를 물려받게 되었다는 소식을 들었다. 그동안 그 친구가 별말이 없어서 몰랐는데 시아버지가 규모는 작지만 꽤 탄탄하고 유명한 중소기업 경영자였단다. 이번에 시아버지가 다른 법인을 내면서 아들에게 회사를 물려주게 된 모양이었다. 샐러리맨의 아내에서 사장님 사모님이 된 그 친구가 회사 홍보 차원에서 주부 잡지 인터뷰도 하고 유명인들을 불러 파티도 한다는 이야기를 듣고 나서, J는 내색은 하지 않았지만 묘하게 기분이 나빴다.

'내가 왜 이러지?' 하고 생각하며 화장실에 갔다가 거울을 보니 그날따라 화장도 뜬 것 같은 자신의 얼굴이 유난히 늙고 추레해 보였다. 그렇게 마음보를 쓰는 자신이 스스로 참 못났다 싶으면서도 다음부터 저 친구가 참석하는 모임엔 나오지 말아야겠다는 생각이 들었다.

우리나라 유부녀들의 상당수는 J처럼 자신의 남편이나 자식으로부터 자존감을 수혈 받는다. 교육 수준이 점점 높아지는데도 사회

환경상 내조와 육아를 직업으로 삼는 여자들이 아직도 대다수이기 때문이다. 자존감이란 '자아존중감'이라는 심리학적 용어의 준말이다. 말 그대로 자기 자신을 존경하고 자랑스러워하는 마음이 자존감이므로, 아무리 가족일지라도 타인으로부터 비롯한 것은 불안정할 수밖에 없다.

자존감이 스스로의 내부에서 나온 것이 아니면 J처럼 새로 이사 온 이웃집 남편이 내 남편보다 돈을 더 많이 번다는 것에, 아랫집 아들이 내 아들보다 더 좋은 대학에 갔다는 사실에 일일이 불행해질 수밖에 없다. 그래서 남편과 아이들 출세에 집착하며 그들을 볶아대는 여자들 중에는 자존감의 수준이 크게 떨어져 있는 경우가 많다. 그런 기혼녀가 과연 행복한 결혼 생활을 할 수 있을까?

당신이 결혼에 성공하고 싶다면 반드시 남편감을 구하기 전부터 자존감을 준비해야 한다.

내 강점을 부각시켜 줄
절대적인 프레젠테이션 자료를 만들기

자존감은 한 사람의 인간으로서 살아가기 위해서도 필요한 것이지만, 결혼을 앞두고 필요한 자존감은 따로 있다. 내가 최고의 아내감이라고 자부할 수 있는, 조금은 기고만장해도 좋을 마음가짐이다. 당신은 '나와 결혼하는 남자는 로또에 당첨되는 셈이다'라는 주제로 적어도 30분 이상 프레젠테이션할 수 있어야 한다. 내가 한 사람의 인간으로서, 아내로서, 인생 동료로서 괜찮은 사람이라고 상대를 납득시킬 수 있을 정도는 되어야 한다는 말이다. 그게 잘 안 된다면 한번 프레젠테이션 자료를 만들어보며 자신의 강점을 되짚어보라고 권하고 싶다. '기획 능력이 뛰어나 가게 운영을 창의적으로 잘할 수 있다'라거나 '키가 큰 편이라 좋은 유전자를 자식에게 물려줄 수 있다', 혹은 '남을 배려하는 성격이어서 가정생활에 적합하다' 등 어느 면에서건 좋다.

단, 그 논리가 '네 처지에서 나 정도의 신붓감이면 감지덕지해야 한다'는 식의 상대적인 개념으로 전개되어서는 안 된다. 상대를 깎아내림으로써 자신을 올리는 식으로 만들어진 자존감은 빈약하기 짝이 없으며 아무런 도움도 되지 않는다. 프레젠테이션 대상이 스웨덴의 왕자라고 해도 고개를 끄덕일 정도로 독립적이고 절대적인 내용이어야 한다. 그렇게 작성된 자료는 미래 결혼의 자산이라고 생각하고 소중히 간직해야 하며, 거기 적힌 자신만의 경쟁력에 대해 굳건한 믿음을 가져야 한다.

만약 도무지 자료로 작성할 내용이 없다면 그게 생길 때까지 결혼하지 말아야 한다. 혼자 볼 자료조차 작성하지 못하는 것은 표현 능력이 부족해서가 아니라 정말 내면에 자신의 강점에 대한 인식이 없기 때문이다. 그러한 인식 없이 결혼하는 것은 폭탄주 마시고 운전하는 것보다 위험한 일이다.

자신의 강점을 인식하라는 것은 이른바 '스펙'을 만드는 것과는 다르다. 어쩌면 이 책을 보고 있는 독자들 중에도 자신만의 결혼 강점

프레젠테이션 자료에 토익 점수나 자격증을 적어 넣으려는 이들이 있을지도 모르겠다. 그런 여자들은 가치를 높이기 위한 조건을 만들기 위해 결혼에 대한 생각을 한없이 뒤로 미룬다. 물론 남들에게 내놓기 좋은 조건들을 갖춘다는 것이 나쁜 일은 아니다. 그것들을 성취하는 과정에서 자존감이 생겨나기도 하기 때문이다. 그러나 그 조건 자체는 사람들이 생각하는 것만큼 가치 있는 것이 아니다. 우리가 스펙이라고 부르는 것들은 결혼 시장에서 더 위치가 좋은 매대에 진열될 수 있게 할지는 몰라도, 결혼 생활의 성공 여부를 좌우하지는 않는다. 자존감 없이 완벽한 스펙만 갖추려고 한다면 결혼 적령기가 40~50대라도 부족할 것이다.

가끔은 나이가 어리다는 것을 강점으로 여기는 여자들도 있다. 그 중에는 그 강점을 이용해서 서둘러 좋은 남편감을 선점하겠다고 나서는 이들도 있다. 하지만 사람이라면 누구나 예외 없이 나이를 먹으며, 시간에 따라 무조건 가치를 잃는 것은 진정한 강점이 아니다. 그녀들은 '나이가 어려 몸값이 비쌀 때 좋은 조건으로 결혼하겠다'고 생각하지만, 결혼 시장에서 좋은 가격을 받는 것과 결혼 이후 좋은 대접을 받는 것은 전혀 다른 일이다. 남자들은 본능적으로 젊은 사람을 배우자로 선호하지만 실제적으로 사회·경제적 능력이 일천한 '젊고 어린 신부'가 원숙한 신부에 비해 갖고 있는 강점이 무엇이겠는가? 바로 생식 능력뿐이다. 젊을 때의 아름다움은 잠깐인데, 내 가치가 '아이 낳기에 적합하고, 남편 말을 잘 듣는 것'에 한정된다면 너무 슬프지 않은가. 젊다는 것 외에 자신의 가치를 발견할 수 있을 때가 바로 결혼하기에 적합한 때다. 만약 여러 가지 사정으로 일찍 결혼하게 된다면 결혼 후 자신의 가치를 증명해 보이는 데 훨씬 더 많은 노력이 든다. 그것만큼은 알고 시작해야 한다.

결혼 적령기란 남들이 말하듯 20대 후반에서 30대 초반이 아니라 어떤 상황에서도 자신의 중심을 잃지 않고 미소 지을 수 있게 되는 바로 그때다.

가장 싫어하는 일도
할 수 있다고 생각하라

결혼 자체가 극복해야 할 상처다

외국 드라마에서 실연으로 힘들어하는 여자에게 친구가 독특한 권유를 하는 장면을 본 적이 있다. 그는 여자에게 가장 두려운 것을 극복해 보라고 한다. 자기는 가장 두려운 게 뱀이었단다. 그래서 일부러 동물원에 가서 뱀을 목에 감고 만지기까지 했는데, 그러고 나서 세상을 다 가진 기분이 되었다나. 그 말에 여자는 평소 스탠딩 코미디를 가장 두려워해 왔다고 말한다. 사람들이 보는 가운데 홀로 서서 웃기는 얘기를 했는데 아무도 웃지 않고 심지어 야유를 보내는 상황은 상상만 해도 끔찍하다는 것이다. 결국 여자는 스탠딩 코미디에 도전했고, 걱정했던 상황을 온몸으로 겪게 된다. 그러나 자신이 상상할 수 있는 가장 끔찍한 일에 도전해 두려움에 맞선 덕분인지, 그녀는 실연의 고통에서 한 발자국 벗어날 수 있었다.

나는 모든 여자들이 결혼하기 전에 드라마 속 그녀처럼 자신이 가장 싫어하는 일에 도전해 봤으면 좋겠다. 결혼은 이전에 감히 생각도 못해봤던 싫은 일들을 종종 만나게 되는 과정이며, 그것을 피할 때 치러야 할 대가가 너무나 크다.

내가 결혼하고 최초로 접한 '싫은 일'은 싱크대 거름망을 비우는 것이었다. 시댁에서 설거지를 해야 하는데 고무장갑이 없었다. 맨손으로 하는 설거지야 별거 아니었지만, 문제는 설거지 후 싱크대 거름망에 모인 음식물 찌꺼기였다. 결혼 전까지 싱크대 거름망을 내 손으로 비운 적이 없었다. 손대기는커녕 쳐다보기도 싫었기 때문에 엄마를 도와 설거지하더라도 거름망은 그대로 내버려두었다. 그랬던 내가 그 더럽고 축축하고 미끈거리는 것을 맨손으로 만져야 한다니, 생각만 해도 비위가 상했다. 그렇다고 설거지하다 말고 고무장갑을 사러 멀리 있는 슈퍼마켓으로 달려가는 유난을 떨 수도, 그대로 내버려둘 수도 없는 일이었다. 결국 오물이 줄줄 흐르는 거름망을 맨손으로 꺼내 비우면서, 혼자 울컥했던 기억이 난다.

한국 땅에서는 누구나 결혼하고 나면 다시 태어나더라도 하고 싶지 않은 일들에 연속적으로 직면하게 된다. 우선, 신혼여행을 다녀온 직후부터 달갑잖은 의무들이 시작된다. 결혼 전에는 해외여행에서 돌아온 날이면 짐도 풀지 않고 홀가분하게 샤워한 다음 침대에 몸을 던지던 당신이, 이제는 공항에서 친정이나 시댁으로 직행해 피로에 찌든 몸으로 어른들 시중을 들어야 한다. 명절이면 친구들과 놀러 다닐 스케줄을 잡느라 바쁘던 당신이, 이제 연휴 첫날부터 시댁으로 달려가 아무리 대접해도 중국군처럼 몰려오는 친척들 먹일 전을 부쳐야 한다. 주중에 힘들게 일하고 손가락 하나 까닥하기 싫은 주말에 집들이라는 명목으로 한 다스는 되는 손님들을 몇 차례씩 치러내야 한다. 때로 1년에 한 번 있는 황금연휴를 부모님 시중드는 여행으로 써버려야 할 때도 있다. 놀기 좋아하던 내 친구 하나는 독실한 기독교 집안의 며느리가 되어 해마다 교회 할머니들 사이에서 찬송가를 부르며 크리스마스와 제야를 보내야 한다고 불만이다.

그래서 나는 동거가 결혼의 실험대가 될 수 있다는 말은 믿지 않는다. 동거할 때는 정말 하기 싫은 일은 합의하에 하지 않아도 되기 때문이다. 해야 하지만 진정 하기 싫은 일을 놓고 생기는 갈등 속에서 두 사람이 어떤 반응으로 본성을 드러내게 될지는 동거를 10년 해도 알 수 없다. 사실혼 관계가 아닌 이상, 동거는 연애의 한 형태일 뿐이다.

결혼 후, 이 '싫은 일'들에 대한 내적 수용이 제대로 이루어지지 못하면 심리학에서 '나르시시스틱 인저리(Narcissistic Injury)'라고 부르는 심리적 상처를 입게 된다. 결혼 전, 자기 본위로 살던 여자들이 자신이 원하는 일들보다 원하지 않는 일들을 더 많이 해야 하는 삶을 강요받으면서 문제를 일으키게 되는 것이다. 이 상처를 건강하게 극복하지 못할 때 전체 이혼의 30퍼센트에 이르는 것도 모자라 점차 늘어나고 있는 신혼 이혼으로 이어지게 된다.

많은 사람들이 "깨가 쏟아진다"는 표현을 빌려 신혼 생활의 달콤함을 이야기하지만, 사실 대부분의 사람들이 신혼 시기에 이런 어려움을 겪는다. 신기한 것은 결혼한 지 꽤 된 부부들이 자신들도 초기에 똑같은 어려움을 경험했으면서도 신혼부부들을 보면서 부러워한다는 것이다.

그냥 자기 자신을 벌레라고 생각하라

그렇다면 결혼 때문에 마음의 상처를 입지 않거나 최소한 곱게 앓고 넘기는 법은 없을까? 바로 마음에 굳은살을 만들어놓는 것이다. 결혼이 싫은 일을 수없이 해야 하는 것이라는 사실을 미리 알아두고, 가장 싫은 일도 할 수 있다는 각오를 다지는 것이다.

내가 아는 40대의 한 전업주부는 결혼한 지 20년이 지난 지금도 남편에게 변함없이 사랑을 받는다. 그녀는 그 나이에도 아직 남편에게 연인처럼 도도하게 군다. 처음엔 수년간 이어진 남편의 끈질긴 구애로 극적인 결혼을 했다니 그래서 그런가 보다, 하며 부러워했다. 그러나 그들의 속사정을 듣고 보니 그녀 역시 편하게 대접만 받고 살아온 것은 아니었다. 그녀는 신혼 때부터 시골에서 상경한 시동생들을 데리고 살아야 했다. 고등학교를 졸업한 동생들이 차례로 올라왔기 때문에 그 세월이 자그마치 10년이었단다. 사정이 그럴 수밖에 없었다고 해도, 독특한 것은 그 일을 받아들인 그녀의 태도였다. 그녀는 시동생을 마지못해 먹여주고 재워준 것이 아니라 그야말로 극진하게 뒷바라지했다. 남편에게 힘들다고 불평한 적도 없었다.

그녀는 "피할 수 없으면 즐겨라"라는 명언을 실천한 사람이었다. 남편의 변함없는 사랑과 존경은 어쩌면 그에 대한 대가일지도 모른다.

그녀를 본받아 무조건적인 희생을 하라는 이야기는 아니다. 나 역시 10년 동안이나 시동생들을 부양할 생각은 없다. 사실 제대로 결혼 생활을 하기 위해서는 '즐길 수 없는 것은 피해야' 하는 게 맞다고 본다. 그러나 어떻게 해도 피할 수가 없는 것이라면 즐길 수 있어야 하는 게 또한 결혼 생활이기도 하다. 앞의 예에 등장하는 40대의 그녀가 시동생들을 데리고 살 수밖에 없는 상황이었을 때 힘들다고 짜증 내며 그 시간들을 보냈다면 지금 남은 것은 나빠진 가족 관계와 스트레스성 비만밖에 없었을지도 모른다.

나는 가끔 책을 쓰면서 자료 수집을 도와줄 스크립터를 구할 때가 있는데, 이력서를 읽다 보면 한두 명은 꼭 이런 구절을 집어넣는다.

"글을 쓸 수 있게만 해주신다면 그 어떤 일이든 열심히 하겠습니다."

일자리를 구할 때만 이런 각오가 필요한 게 아니다. 누구나 신입 사원일 때에는 자기가 하고 싶은 일이 아닌 잔심부름이나 회의실 정리

따위의 일을 기꺼이 한다. 결혼을 할 때에도 그럴 각오가 되어 있어야 한다. 어쩌면 당신은 시댁 식구들이 먹고 떠드는 동안 부엌 구석에서 홀로 설거지하거나, 제 집에서는 손도 대지 않는 걸레를 빨아 시댁 안방을 닦을 수도 있다. 당신이 귀하게 자랐거나, 남들만큼 잘난 여자여도 별반 다르지 않다. 그럴 때 '결혼이란 게 이런 건 줄 몰랐어'라며 눈물을 삼킨다면 당신은 마음의 굳은살을 미리 준비하지 않은 것이다.

요즘 여자들은 자의식이 강하고 정보력도 뛰어나서 예전처럼 결혼에 대해 순진하지만은 않다. 그래서인지 수많은 똑똑한 여자들이 이렇게 말한다.

"난 결혼에 대한 환상 같은 거 없어. 그냥 서로에게 얽매이지 않고 '쿨하게' 각자 할 일 하면서 큰 기대 없이 살 거야."

그러나 나는 그렇게 말하는 그녀들이 다름 아닌 결혼에 대한 환상을 갖고 있다는 걸 직감한다. 결혼에 대해 '쿨하다'라는 말을 쓰는 것부터가 틀렸다. 결혼은 원래 치사하고 치졸하고 눅진한 것이다. 자신의 자의식과 신념에 맞지 않는다 해도, 이왕 결혼했고 그 결혼으로 잘 살 용의가 있다면 그 들척지근한 이면에 고개 숙이고 타협해 들어갈 줄 알아야 한다. 다른 일이라면 몰라도 결혼에서만큼은 타협이 미덕이다. 그걸 못해서 자의식이나 타인과의 관계, 그 어느 쪽도 손상받아서는 안 된다.

앞서 했던 스탠딩 코미디 이야기로 돌아가보자. 웃기는 데 재능 없는 그 드라마 여주인공만 스탠딩 코미디를 두려워한 것은 아니었다. 지금 우리가 잘 알고 있는 코미디언 짐 캐리도 한때 라스베이거스의 스탠딩 코미디 무대에서 관객들의 야유를 받으며 공포에 떨었다. 그러다 하루는 아예 자존심을 버리고 자기를 한 마리 벌레라고 생각하기로 마음먹었다.

'난 어차피 벌레니까 아무리 비웃음을 받아도 상관없다.'

그래서 벌레처럼 무대까지 기어 올라가고 벌레처럼 행동하며 공연해 보았다. 그 결과가 어땠냐고? 지금 태평양 건너에 살고 있는 당신이 그의 이름을 알고 있다는 것 자체가 그 대답이다.

자기 자신을 버림으로써 오히려 살 수 있는 것이 삶의 속성이다. 심리학자 미하이 칙센트미하이(Mihaly Csikszentmihalyi)는 사람이 쉽게 행복해질 수 없는 이유는 이 우주 자체가 인간의 안위를 염두에 두고 만들어진 게 아니기 때문이라고 했다. 우리는 행복해지기 위해 결혼하지만, 이 결혼이라는 제도 역시 우리 여자들의 행복을 위해 만들어진 것은 아니다. 행복해지기 위해서는 그 안에서 여러 조건들을 조합해 스스로 행복을 만들어나가는 수밖에 없다.

만약 당신이 결혼해서 그 어떤 싫은 일도 하지 않아도 된다면 그건 당신의 운이다. 그렇지만 그 어떤 싫은 일도 기꺼이 하겠다는 각오를 가지고 출발한다면 그 마음가짐은 당신의 운 좋은 삶에 날개를 달아 줄 것이다.

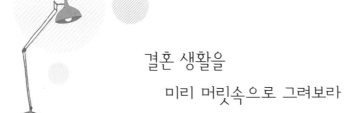

결혼 생활을
미리 머릿속으로 그려보라

결혼해서 살게 될 모습을 미리 설계해 본다

D는 같은 학교 선배를 짝사랑했다. 차마 용기 내어 다가가지는 못하고 말없이 주변을 맴돈 지 1년. 어느 날, 꿈처럼 그가 먼저 고백해 왔다. 전부터 그녀를 좋아하고 있었다고 했다. 나는 드디어 그녀가 오랫동안 함께할 영혼의 짝을 만났구나 싶었다.

그러나 곁에서 보기에도 부럽기 짝이 없던 D의 사랑은 얼마 가지 못했다. 헤어졌다는 말에 기가 막혀 이유를 다그치는 내게 그녀는 이렇게 대답했다.

"알고 보니 그 사람, 과외계의 황태자더라. 강남 무슨 동네에서 '수학 가르치는 이 선생' 하면 모르는 아줌마들이 없대. 얼마 전에 대기업 입사를 준비하는 친구들 얘기 꺼내다가 연봉을 화제 삼게 되었는데, 대뜸 그 정도 벌어서 어떻게 사느냐고 아연실색하더라. 학생 신분에 워낙 큰돈을 만져서 그런지 월급 받는 직장인들을 우습게 보는 거야. 순간, 이 사람은 차근차근 성실하게 사는 건 틀린 사람이구나 싶었어. 그런데 며칠을 두고 볼수록 그 생각이 맞구나 하는 확신이 드는 거야. 나중에라도 '이런 사람하고 결혼할래?' 하면 고개를 내젓게 될 사람이더라고. 그래서 헤어졌어. 난 나중에 결혼하게 될까 봐 마음 졸일 사람하고는 사귀고 싶지 않아."

당시 장래를 거론하기는커녕 일회용 연애 상대조차 찾아낼 수 없었던 나로서는 그녀의 결정을 이해할 수 없었다. 아직은 멀고 먼 이야기인 것 같은 결혼 때문에 당장 좋은 사람을 밀어낸다는 게 어디 가당키나 한 일인가 말이다. 그러나 그녀는 한 달도 되지 않아 '용납할 만한' 다른 사람을 만나 다시 연애를 시작했고, 그 사람과 2년 후 결혼했다. 그즈음 들은 소식에 의하면 이전의 짝사랑은 졸업 후 취업을 포기하고 늦은 나이에 사법고시를 준비하기 시작했다고 했다. 끝내 평범한 사회생활에는 적응을 못한 것이었다. 짝사랑했던 사람과 계속 사귀었다면 분명 머지않아 맞닥뜨리게 되었을 골치 아픈 문제를 그녀는 미리 피해 간 것이었다.

연애라는 것을 해본 사람이라면 누구나 알겠지만 D처럼 당장 영향을 끼치지 않는 이유 때문에 감정적으로 끌리는 사람을 멀리하기는 쉬운 일이 아니다. 더구나 D의 짝사랑은 사람에 따라서 능력 있다고 평가할 수도 있는 종류의 사람이었다. 그녀는 이른바 '결혼에 목숨을 거는' 유형은 아니었지만 자신이 할 결혼에 대해 뚜렷한 미래관을 가지고 있었다. 결혼해서 어떤 모습으로 살고 싶은지 그 누구보다 잘 알고 있었다. 전문가들이 하는 경제 예측의 80퍼센트가 빗나간다는 지난 100년간의 통계도 있는 마당에, 일개 미혼 여성이 자기 결혼 생활을 낱낱이 설계하고 맞춰가는 걸 기대한다는 게 불가능하기는 하다. 그러나 적어도 '성실하고 가정밖에 모르는 사람과 소시민적인 행복을 누리고 싶다'라든가, '난 검소하게는 못 사니 무조건 부유한 사람과 살아야겠다', 혹은 '난 지루하게는 못 사는 타입이니 좀 불안정하더라도 재미있는 사람과 흥미롭게 살겠다' 하는 윤곽 정도는 잡아놓을 수 있어야 한다는 이야기다. '성실하고 가정적인 사람과 소시민적으로 행복하게' 쪽이었던 D는 원하던 대로 살고 있고, 그 삶에서 행복을 찾았다.

결혼의 성향은 유치원 때 결정된다?

많은 미혼 여성들은 자신에게 맞기보다는 모두들 좋다고 하는 결혼 생활의 그림을 걸어두고 막연히 '저렇게 되어야지' 하고 바라는 경우가 많다. 그 그림 속에 들어갈 수 있게 된다고 해도 누구도 행복을 보장해 주지 않는데 말이다. 나는 직업적 미래에 대한 청사진만큼 자신의 결혼 생활에 대한 설계를 명확히 하는 것이 중요하다고 생각한다. 하지만 계획을 세우면 세울수록 애초의 의도와 멀어지는 게 또한 결혼이기도 하다. 하다못해 구두 한 켤레를 쇼핑할 때도 '스타일의 포인트가 될 수 있는 빨간 구두를 사야지' 하고 갔다가 신발장에 가득한 검은색 구두를 또 사 오게 되더라 이 말이다. 어떻게 하면 최대한 자신의 성향을 알고, 그에 맞는 결혼을 선택해 다가갈 수 있을까?

IT 업종에 종사하는 A는 날이 갈수록 결혼하고 싶은 생각이 사라지고 있었다. 거의 매일 야근하게 되는 일과 가정생활을 병행할 자신도 없었지만, 무엇보다 주변에서 결혼해서 잘 사는 사람들을 본 적이 없기 때문이었다. 결혼한 언니는 애 둘 낳은 후 회사를 그만두고 푹퍼져서는 "너는 능력만 되면 결혼하지 마라"라는 말만 되풀이하고 있고, 절친한 학교 선배는 한 달 전 이혼했다. 게다가 "집에 일찍 들어가면 애나 봐야 된다"며 일이 없어도 사무실에서 뭉개고 있는 유부남들을 보면 저런 남자들과 결혼해 살고 있는 여자들은 뭔가 싶었다.

그러던 A는 동창 결혼식에 갔다가 남편과의 유학에서 돌아온 C를 오랜만에 만났다. 소문에 의하면 C가 유난히 남편과 사이좋게 잘 산다던데, 그 말이 정말이었는지 낯빛과 표정이 아주 좋아 보였다. A는 C와 같은 자리에서 밥을 먹으면서 결혼 생활에 대해 이런저런 이야기를 하다가 그녀가 자기 엄마 이야기를 자주 한다는 사실을 알아챘다.

"우리 엄마들은 구세대인데 결혼에 대한 충고가 도움이 되니?"

"응. 무엇보다 우리 엄마는 아빠하고 결혼 생활을 썩 잘하고 있으니

까. 우리 엄마는 유치원 때부터 이런 사람과 결혼해서 이렇게 살라는 둥 하는 말을 꾸준히 했어. 사실 사춘기 때는 엄마의 그런 말들이 지겨워서 반항도 많이 했는데, 나도 모르게 세뇌되었는지 정말 엄마가 말한 대로의 사람과 결혼해서 그 비슷한 모습으로 살게 되더라.”

A는 그녀의 말을 듣고 맥이 탁 풀렸다. 결혼해서 잘 살기 위해서는 유치원 때부터 교육받아야 한다니. 그러면 10년 전부터 각방을 쓰며 서로를 소 닭 보듯 하며 살고 있는 부모를 둔 그녀 자신은 무엇을 어찌해도 결혼해서 잘 살기는 글러먹은 건가.

결혼으로 잘 사는 사람들 중에 사이좋은 부모를 둔 이들이 많은 건 사실이다. 다들 스스로 독립적인 존재라고 생각하겠지만, 부모의 삶을 통해 받는 영향은 당신이 생각하는 것보다 훨씬 크다. 그렇다고 해서 가정환경이 나빴던 사람들이 모두 불행한 결혼 생활을 하는 것은 아니다. 성장 배경이 삶의 태도에 큰 영향을 미치는 건 맞지만, 결국 어떤 삶을 살지 결정하는 것은 자신의 의지이기 때문이다.

원래 삶이란 그냥 내버려두면 무질서하고 부정적으로 흐르게 되어 있으며, 우리가 ‘의지’라고 부르는 물리적인 힘을 가해야 좋은 방향으로 가기 마련이다. 어느 면에서건 잘 사는 사람들은 ‘그냥 그렇게 된 것’이 아니라는 것을 기억해 둘 필요가 있다. C 역시 부모 덕에 저절로 잘 살게 된 것이 아니라 나름대로 노력한 것이며, 어머니의 충고는 그 노력의 지표가 되었을 뿐이다. 그러므로 당신이 자라면서 보고 배운 바 없이도 좋은 결혼 생활을 하고 싶다면 부모가 아닌 새로운 지표를 찾으면 된다. A와 같은 경우라면 친구인 C의 결혼 생활을 참고해 미래의 결혼을 설계할 수도 있다. 질투심 많은 보통의 여자들이 그러듯 사이좋은 부부를 시샘만 하지 말고 그들이 어떻게 그럴 수 있는지 배우고 연구하라. 그래야만 자신의 성향에 비추어 합당한 결혼 생활의 청사진을 스스로 만들어나갈 수 있다.

제발 아무 생각 없이 막연히 결혼에 맞닥뜨리지 말라. 머릿속으로 적어도 백번은 예비 결혼식을 치르고 그 이후의 삶을 그려보기 바란다. 설계도대로만 지어지는 집은 없지만, 설계도가 없으면 아예 제대로 된 집을 지을 수가 없다는 사실을 명심하라.

가정은 직장이다

제 몫을 못하는 아내는 애완동물일 뿐이다

A는 결혼을 썩 잘한 여자다. 그녀의 남편은 결혼만 해주면 손에 물 한 방울 안 묻히며 살게 해주겠다는 약속을 거의 지키고 사는 보기 드문 사람이다. 그는 우선 사회생활에 별 뜻이 없는 그녀가 결혼하자마자 살림만 할 수 있도록 배려해 주었다. 아이를 낳고 나서는 틈틈이 집안일을 돕는 것은 물론 가사도우미까지 붙여주었다. 아내를 가보처럼 떠받드는 남편을 둔 그녀는 주변 사람들에게 부러움의 대상이었다. 그녀 자신도 자기 행복에 대한 자부심이 있었다. 여자는 그저 남편한테 사랑받는 게 제일이더라고 후배들에게 충고도 아끼지 않았다.

하루는 아이를 데리고 놀던 그녀의 남편이 우연히 아이의 입속을 들여다보더니 아무래도 충치가 있는 것 같다고 하며 치과에 데려갔다. 아이의 상태는 생각보다 심각했다. 젖병을 물고 잠드는 습관 때문에 생긴 치아우식증이라는데, 의사는 수면마취까지 하고 대대적인 치료를 해야 한다고 했다. 치료 일정을 잡고 아이를 안고 함께 집으로 돌아오는 길에 남편은 평소와 달리 말이 없었다. A는 어색한 침묵을 깨고자 생각 없이 한마디 했다.

"애가 꼭 젖병을 물려야만 잠이 들더라고. 그게 그렇게까지 나쁠 줄은 몰랐어."

그러자 남편이 그녀에게 차갑게 말했다.

"네가 집에서 하는 일이 뭐야? 집안일을 제대로 하는 것도 아니고, 애 하나 보면서 그것조차 제대로 못해?"

그녀는 순간 정신이 번쩍 들었다. 그동안 자신도 나름대로 힘들게 육아와 가사를 하고 있으며 남편도 그 수고를 충분히 알아주고 있다고 생각해 왔다. 그렇지 않아도 아이의 이가 그렇게 된 것에 대해서 말할 수 없이 죄책감을 느끼고 있던 차였다. 게다가 남편이 그런 식으로 말할 수 있는 사람이라고는 생각조차 못했기에 충격받을 수밖에 없었다.

남편이 자신을 하는 일 없이 놀고먹는 기생충으로 여기고 있었다는 생각이 들자 그녀는 전처럼 행복할 수 없었다. 남편은 치과에 다녀온 후 우울해 하는 그녀가 '적반하장'이라며 어이없어할 뿐이었다.

결혼은 분명 서로 사랑하는 사람들이 하는 것이다. 그러나 그렇게 사랑하는 사람들이 함께 만드는 가정은 엄연한 '조직'이다. 조직 내에서는 그 조직이 잘 굴러갈 수 있도록 제 몫을 잘 해내지 못하는 구성원은 제대로 대접받지 못한다. 애교 부리고 사랑받는 것만으로 제 역할을 다하는 건 애완동물뿐이다. 애완동물은 가족들로부터 사랑받기는 하지만 집안 돌아가는 일에 의견을 낼 수 없다. 때때로 손님이 오시면 방에 갇히기도 한다. 심지어 주인의 애정이 식으면 길거리에 버려지기도 한다. 만약 당신이 결혼해서 남편의 사랑 하나에만 의지해 살아가게 된다면 그의 애완동물로 살게 되는 것이나 다름없다. 그 사랑이 아무리 깊어도 마찬가지다. 사랑 하나로 상대방의 존재 가치를 인정하게 되는 건 연애 때까지만이고, 그것이 연애가 영원할 수 없는 이유이기도 하다. 사랑하고 사랑받되 남편과 다른 가족들에게 당당히 조직원으로 인정받고 대접받고 싶다면 직장에 들어간 것처럼 생각하고 행동해야 한다. 학교를 졸업하자마자 결혼하는 것을 뜻하는 신조어인 '취집'은 '취직 대신 결혼'이 아니라 '결혼에 취직하는 것'으로 이해해야 옳다.

직장에서는 누구나 자기가 조직에 기여하는 한 부분을 맡고 그것에 대해서 책임진다. 아무리 신입 말단이어도 범위만 다를 뿐 자신이 책임져야 할 영역이 있다. 마찬가지로 결혼으로 맺어진 조직에 들어가고 나서도 재빨리 자신의 역할을 포지셔닝하고 그 영역 안에서는 최선을 다해 책임져야 한다. 앞 이야기 속의 A가 남편에게 인정받지 못하고 있었던 것도 따지고 보면 포지셔닝에 실패했기 때문이다.

그녀의 남편은 분명 입 밖으로 꺼내서는 안 될 말을 했지만, 그 같은 상황에서는 그 어떤 남자라도 마찬가지 생각을 할 수 있다는 사실을 명심해야 한다. 전업주부가 되기로 결심했다면 재테크와 지출 관리에 능한 가계 경영형 주부가 되든, 육아와 내조에 힘쓰는 매니저형 주부가 되든, 전문적인 수준으로 요리와 가사를 해내는 살림형 주부가 되든 자신의 일을 특화시켜야 한다. 그 어떤 부분에서도 뚜렷하게 성과를 보이지 못할 때 남편 눈에는 '집에서 하는 일 없이 놀고먹는' 걸로 밖에는 보이지 않는다.

물론 A는 억울하다. 결혼만 해주면 세상을 다 주겠다며 조를 때는 언제고, 나름대로 가사와 육아 때문에 힘든 나날을 보내고 있는 자신을 백수 취급하고 있으니 말이다. 하지만 지금 다니고 있는 회사에서 당신이 마음에 들어 스카우트했다고 해서, "당신들이 좋아서 날 데려왔으니 내가 성과를 못 내더라도 다 받아줘야 한다"고 말할 수는 없는 일이다. 오히려 올려 받은 연봉 값을 하려고 더 열심히 일하게 되지 않겠는가? 실상 가정도 다르지 않다. 남편이 당신을 더 사랑해서 결혼했거나, 혹은 당신이 정 때문에 조건이 기우는 결혼을 마지못해 해주었다고 해도 당신이 역할에 최선을 다해야 한다는 사실은 변하지 않는다.

직장인처럼 기획하고, 영업하고, 정치하라!

가정을 직장처럼 여기고 내 역할을 찾기로 했다고 해서 새벽부터

밤까지 뼈 빠지게 일만 한다면 곤란하다. 당신도 잘 알고 있듯 회사에서 성공하고 인정받는 사람은 이름 모를 미담집에 나오듯 '남이 보지 않는 곳에서도 묵묵히 일하는' 사람이 아니다. 실적을 올리기 위해 자신이 할 일의 청사진을 제시하는 기획 능력, 실적을 올리기 위해 자신이 하는 일을 홍보하고 영업하는 능력, 큰 틀에서 회사 돌아가는 것을 파악하며 자신을 믿고 도와줄 사람을 섭외하는 정치 능력이 있는 사람이 성공한다. 결혼 생활에서도 기획, 영업, 정치 능력은 필요하다. 결혼 생활을 잘 해내며 가족에게 존중받는 여자들은 은연중 그런 능력들을 발휘하는 경우가 많다.

작년에 결혼한 D는 가정 내 정치의 달인이다. 그녀는 결혼 후부터 다른 건 몰라도 시누이 생일만은 꼭 챙긴다. 작년에는 명품 지갑을 선물했고, 올해는 고가의 기능성 크림을 준비했다. 남들은 무슨 시누이 생일까지 무리해서 챙기느냐고 의아해 하지만, 그녀는 그게 다 편하게 살기 위한 투자라고 생각한다. 그녀는 결혼하자마자 시어머니 성품이 유약하고 귀가 얇은 한편, 시누이는 좀 드세고 까다롭다는 사실을 파악했다. 각종 성의 표시와 관심으로 시누이의 마음을 사로잡자 D의 예상대로 시댁과의 관계는 순조롭게 흘러갔다. 소홀히 대했다면 '때리는 시어머니보다 더 미웠을' 뻔했던 시누이는 오히려 시어머니가 그녀에 대해 무언가 못마땅해 할 양이면 얼른 나서서 잡음을 차단한다.

또한 직장에 다니는 그녀는 남편의 월급으로 생활하고, 자신의 월급은 통째로 저축해 모은다. 이러나저러나 똑같은 것 같지만, 그녀 이름으로 된 통장에 숫자로 찍혀 있는 목돈을 함께 들여다보고 집 늘려갈 계획을 세울 때면 남편은 무의식중에 "당신이 고생해서 모은 돈"이라는 말을 내뱉곤 한다.

그녀는 완벽한 것은 아니지만 집안일에도 성의를 보인다는 인상을 준다. 평소에는 늘 외식이지만, 늘어지게 자고 일어난 주말 점심만큼은 반찬 가게에서 사 온 반찬과 반조리 포장된 매운탕일망정 남편이 좋아하는 음식들로 식탁 가득 떡 벌어지게 차려놓는다. 그녀가 직접 요리한 건 밥밖에 없다는 걸 어렴풋이 알면서도 그럴듯한 상차림 덕분인지 남편은 "역시 집밥이 맛있다"며 배불리 맛있게 먹는다.

그 바쁜 와중에 집 안 청소는 어떻게 하느냐는 말에 그녀는 이렇게 대답한다.

"난 청소에는 신경 안 써. 매일 힘들게 쓸고 닦고 해봤자 티도 안 나잖아. 어쩌다 청소할 때도 꼭 남편이 볼 때만 하지. 난 생색나지 않는 일은 안 해."

D는 자신을 '직장일로 가정경제에 기여하면서 집안일에도 최선을 다하는 아내'로 포지셔닝했다. 그런데 '최선을 다한다'는 기준이 모호하다. 어차피 완벽할 수는 없으니 해야 할 일을 취사선택해야 하는데 그게 보는 사람에 따라서 평가가 달라지는 것이기 때문이다. D는 똑같이 일하더라도 '최선을 다한다'는 인상을 줄 수 있는 일들을 골라서 하고 있고, 결과는 의도한 대로다. 그렇게 하면 어차피 누군가는

해야 하는 '티 안 나는 집안일'은 어떻게 하냐고? D의 경우를 보면, 그 티 안 나는 일들은 아내가 최선을 다한다는 사실에 감동받은 남편이 대신 해주고 있다.

결혼 생활에 정치와 영업을 적용하지 않는 여자들은 남편에 대한 불만을 입에 달고 살면서도 결국 온갖 궂은일은 도맡아 한다. 그렇다고 남편을 비롯한 가족이 그 수고를 알아주는 것도 아니다. 이제 우리 어머니들이 그랬듯 그림자처럼 가족들 뒷바라지를 하면서도 인정받지 못하고 가슴에 한을 쌓아가는 아내 노릇은 그만두어야 한다. 아내인 나나 다른 가족들 그 누구에게도 만족을 주지 못하는 삶을 왜 살아야 하는가?

괜찮은 결혼 생활을 위해서는 여자들이 희생하고 있다고 생각해서는 곤란하다. 회사원이 자신을 희생하면서 일하는 게 아니듯 말이다. 직장에서처럼 자기가 가정에서 맡은 일에 충실하고 그 대가를 알아서 가져가면 된다.

이때, 이렇게까지 직장에서처럼 애쓰면서 살려면 그냥 직장 생활만 하지, 왜 결혼이라는 것을 해서 직장을 두 개씩 만드느냐는 회의가 들 법하다. 사실 가정이라는 게 '사랑'이 동기이자 목적이 되는 조직이기 때문에 다른 조직보다 너그러운 건 맞다. 그런 만큼 최소한의 '직장인 의식'만 갖추면 직장과는 비교도 할 수 없는 대가를 받을 수 있다. 한 가지 위로를 덧붙이자면, 초기 36개월만 틀을 갖춰놓으면 이후에는 그냥 그 흐름에 몸을 맡기기만 하면 된다. 마치 그네를 타듯 가끔씩 발을 굴러주기만 하면서.

이제 당신은 기획, 영업, 정치를 아는 기혼녀가 될 필요성은 느꼈지만, 아직 무얼 어떻게 해야 할지는 알 수 없을 것이다. 그렇다고 전략적으로 사는 능력을 타고나지 못했다며 실망하지 말자. 낙심은 이르다. 앞으로 이 책에서 할 이야기가 모두 기획, 영업, 정치에 능한 기혼녀가 되기 위한 방법들이며, 이 방법들을 숙지한 당신은 훨씬 수월하게 결혼에 적응하게 될 것이다. 성공적으로 안착하기만 하면 결혼, 그거 꽤 괜찮은 거다.

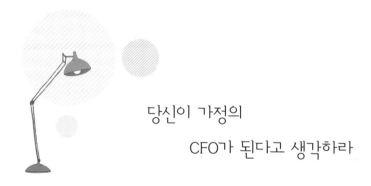

당신이 가정의
CFO가 된다고 생각하라

가정 경영, 남편에게 맡겨두고 방관하지 말라

　B는 결혼 직후 남편이 자금 관리를 하겠다고 나섰을 때 반가웠다. 결혼 전부터 늘 검소하고 경제관념이 있어 보여 믿음직했던 데다 그녀 자신이 돈 만지는 일에는 자신 없기 때문이었다. 금융상품을 알아보는 일은 멀미가 날 정도로 머리 아팠고, 푼돈 아끼기 위해 이리저리 생각해 보는 것만으로 스트레스였다. 그런 일을 경영학을 전공한 남편이 도맡아 해준다고 하니 고마울 따름이었다. 또 결혼과 동시에 임신을 해서 일을 그만둘 계획이었던 그녀는 남편이 버는 돈을 자신이 독차지하고 경제권을 가진다는 게 미안하다는 생각도 들었다. 당시 그녀의 판단으로는 남편이 돈을 관리하는 게 이치에 맞는 일이었

던 것이다.

5년 후, 그들이 처음으로 분양받은 아파트에 입주하기 직전 그녀는 남편에게서 어이없는 말을 듣게 되었다. 잔금을 치를 돈이 없다는 것이었다.

"은행에서 아파트 담보로 대출 받으면 되지."

"그렇지. 그런데…… 우리가 신용불량 상태라 대출이 안 된대."

"뭐? 우리가 신용불량자라고?"

"아니, 그건 아니고……."

알고 보니 남편은 매달 생활비가 모자라 카드 돌려막기를 했고, 그 전 달 연체시킨 카드 대금을 갚을 돈이 없었다. 연체가 되면 대출이 안 된다는 걸 몰랐던 남편은 일이 그렇게 되고서야 그녀에게 사정을 털어놓은 것이었다. 결국 그녀가 나서서 부랴부랴 지인들에게 돈을 빌려 카드 대금을 갚고 나서야 무사히 입주할 수 있었다.

이 일을 계기로 남편을 못 믿게 된 B는 통장과 카드 청구서, 보험증서 등을 가지고 돈 굴리는 데 밝은 친구를 찾아가 좀 봐달라고 부탁했다. 친구의 말은 충격적이었다.

"이건 뭐 관리라는 걸 했다고 볼 수가 없네. 보험료는 설계사가 들라는 대로 다 들었는지 수입에 비해서 어처구니없이 많고, 은행 금융 상품도 죄다 장기로 묶어놓지 않으면 손해 보는 것뿐이네. 매달 카드 연체료로 나가는 돈도 많아. 통신비도 필요 없는 부가서비스에는 다 가입돼 있고, 술값은 또 왜 이렇게 많이 썼대?"

그녀는 기가 막혔다. 꼼꼼하고 경제관념 있어 보이던 남편이 왜 그랬는지 도무지 이해가 되지 않았다. 그리고 앞으로 어떻게 해야 할지 막막하기만 했다.

예전에는 결혼을 하면 주로 '경제권'이 아내에게 있었다. 나는 '경제권이 있다'라는 표현이 마음에 들지 않는데, 단어의 의미가 실상과 다르기 때문이다. 결혼을 하면 무조건 일을 그만두고 남편의 수입에 의지해 살아야 하기에 학대를 받는 한이 있어도 이혼은 못하던 게 예전의 아내들이었다. 경제 주권도 없이 가정 내 총무-회계 업무를 담당한다고 해서 그게 무려 '경제권'을 가지는 것인지는 모르겠다. '생활비를 관리한다'는 표현 정도가 적당하지 않을까.

위 이야기 속의 B와 같은 경우는 요즘 어렵지 않게 찾아볼 수 있는데 남녀평등 의식의 왜곡된 수용과 재정적 방관의 결과다. 전업주부라고 해도 남편이 치러야 할 간접비용을 여성이 대신해 주는 것이기에 남편이 버는 돈은 결코 혼자 버는 것이라고 할 수 없다. 그런데 왜 남편이 버는 돈을 관리한다고 해서 미안해 해야 하는가?

이러나저러나 확실한 건 당신이 아무리 돈에 관해 문외한이고 숫자 알레르기가 있다고 해도 본인이 가정의 CFO(Chief Financial Officer)가 되기로 마음먹어야 한다는 것이다. 가정을 위해서도, 당신 자신을 위해서도 필수적인 자세다.

내 돈은 내 돈, 남편 돈도 내 돈이어야 하는 이유들

요즘은 맞벌이가 많아지고 사생활이 중요시되다 보니 독립채산제를 가정 경영에 채택하는 경우가 늘고 있다. 풀어 말하면 부부가 공동 생활비로 얼마간을 내고 나머지 수입을 각자가 알아서 관리하는 것이다. 일면 합리적이고 세련되어 보이지만 독립채산제에는 사소하지 않은 단점이 있다. 도무지 돈이 모이지 않는다는 것이다.

한 집단이 공동의 경제적 목표를 이루려면 전체적인 그림을 꿰고 있는 누군가가 지출 방향을 결정하고 집행해야 한다. 나머지 반쪽의 자금 회전이 어떻게 되는지 알 수도 없고 조절할 수도 없다면 효율이 떨어질 수밖에 없다. 한 사람이 전체적으로 관리하면 하나 더하기 하나가 셋이 되는 시너지 효과도 기대할 수 있다. 대부분 결혼하면 자금을 통합해 관리하는 한국에서 기혼자들이 훨씬 빨리 집을 사는 데에는 이유가 있는 것이다.

만일 돈을 모으는 일에 관심이 없거나 어떤 사정 때문에 각자 수입을 관리해야 한다면 최소한 상대의 수입·지출은 투명하게 알 수 있어야 한다. 돈이란 사람들이 자기 인생을 떼어서 내주고 바꾼 결과물이다. 그래서 돈의 흐름이 인생과 가치관의 흐름이다. 그것을 공유할 수 없다면 사람들이 많은 희생을 치르면서 결혼이라는 것을 해야 할 이유가 없지 않은가. 독립채산제는 가족이라는 운명공동체보다는 사랑만이 함께 사는 동기가 되는 서구의 동거 커플에 더 알맞다.

나는 남편과 함께 경제적인 문제에 대해 의논하고 미래에 대한 계획을 세울 때마다 깊은 유대감을 느낀다. 같은 배를 타고 있다는 느낌이 든다. 이런 것들은 서로의 주머니가 투명하지 않는 상황에서는 불가능하다.

그렇다면 되도록 통합되어야 할 가정경제의 경영자는 왜 되도록 당신이어야만 할까?

우선 대체적으로 여자들이 잘하기 때문이다. 오랜 시간 관찰하고 경험해 본 바에 의하면 제아무리 숫자에 어둡고 돈에 무지하다 해도 여자들이 낫다. 심리학자들도 같은 말들을 한다. 여성들은 안정 지향적이라서 투자나 소비에 있어서 신중하기 때문에 자산 운영을 더 잘한다고 한다. 실제 주식 시장에서도 여성 투자자들의 수익률이 높다. 투자 시장에서는 숨겨진 대박 블루칩을 찾는 선구안이 아니라 안정적으로 투자처를 배분하는 능력이 더 중요하다고 한다.

남자들의 소비 성향이 의외로 충동적이고 덩어리가 크다는 것도 중요한 이유가 된다. 공감 능력이 부족해서인지 확실히 남자들의 소비 센스가 떨어진다는 것을 느낄 때가 많다. 돈을 써야 할 곳과 아껴야 할 곳을 적절히 구분하지 못하기 때문에, 삶의 질은 나아지는데 재정 상태는 그만큼 나아지지 않는 것이다. 게다가 진화심리학에서 자주 거론되는 남성 특유의 '위험을 무릅쓰는 성향'이 발동할 때면 잘 아끼다가도 비싼 물건을 덜컥 사거나 친구에게 큰돈을 빌려주기도 한다. 과거 빚보증을 섰다가 수많은 가정을 풍비박산 낸 원흉들이 대부분 남편들이었다는 사실을 기억해 둘 필요가 있다.

금융 지식이 부족하고 숫자 머리가 없어서 관심을 끊고 살고 싶다는 생각을 버려야 한다. 요리를 잘 못하니 굶고 살겠다는 것과 다를 바가 없는 말이다. 모르면 배우면 된다. 사람들은 애초 없던 돈을 못 버는 것보다 갖고 있는 돈을 잃는 것에 훨씬 더 큰 심리적 타격을 받는다. 제아무리 금융 천치라고 해도 당장 아파트 담보대출을 받기 위해 직접 은행을 순례하다 보면 고정금리와 변동금리, 기준금리와 가산금리의 개념을 순식간에 깨치게 된다. 한번의 결정으로 내 주머니에서 나가는 돈의 액수가 달라지는 걸 확인하고 나면 애쓰지 않아도 저절로 노력하게 된다. 인터넷 쇼핑으로 물건 하나를 사더라도 적용되는 할인 쿠폰이 없나 눈에 불을 켜고 찾는 사람들이 그걸 못할 리 없다. 다만 그 일을 '내 일'로 만드느냐, 그렇지 않느냐의 차이일 뿐이다.

통장을 혼자 틀어쥐고 남편 지갑을 일일이 관리하라는 의미가 아니다. 각자 사정에 따라 공동으로 관리하거나 독립채산제에 가까운 형태를 띨 수도 있다. 중요한 건 가정 내의 돈의 흐름을 파악하고 중요한 지출에 관여할 수 있어야 한다는 것이다. 돈과 들고 남을 결정할 수 있다는 것은 한 집단에서, 그리고 자신의 인생에서 주체가 된다는 뜻이다. 그러므로 이런 권리이자 의무를 쉽게 포기하지 마라.

2장

결혼할 남자를
결정하는 방법

남편감, 수만 개의 레시피보다
좋은 재료 하나만 있으면 된다

안타깝지만, 나쁜 남자는 결코 변하지 않는다

Y는 그녀가 그리던 이상형을 드디어 만나게 되었다. 근사하고 능력 있고 자상한 그 사람에게 단 한 가지 단점이 있다는 걸 알게 된 건 결혼 날짜를 잡은 일주일 후였다. 그에게 자기 말고도 다른 여자가 있었던 것이다. 그제야 위기감을 느낀 그녀는 사방을 수소문해 그가 화려한 여성 편력을 자랑하던 바람둥이였다는 것을 알게 되었다. 헤어지자는 그녀의 말에 남자는 무릎을 꿇고 울면서 빌었다.

"내가 다 인정할게. 나 여자 많이 만났던 거 맞아. 그런데 그건 다 널 만나기 전의 일이야. 지난번 그 여자도 정리하려고 했어. 정말 사랑하는 사람을 못 만나서 방황했던 거야. 너만은 진짜 사랑하니까 앞으로 다시는 그런 일 없을 거야. 제발 날 믿어줘. 헤어지자는 말만은 하지 마."

진심 어린 그 말에 그녀는 마음이 흔들렸다. 한편으로는 더할 나위 없이 완벽한 그가 여자들에게 인기 있는 건 어찌 보면 당연한 게 아닌가 싶었다. 그 많은 여자들을 제치고 결국 최후에 그와 결혼하는 건 자신이니 우쭐하기도 했다. 결혼과 연애는 다르니 결혼하면 이전과는 달라지겠지, 하는 믿음도 있었다. 결국 다시는 그러지 않겠다는 다짐을 단단히 받아내고 용서해 주었다.

그로부터 한 달 후, Y는 여러 친구들이 어울려 술 마시던 자리에서 화장실을 가다가 약혼자가 자기 친구에게 키스하는 장면을 보게 되었다. 다행히 그녀는 그러고도 파혼하지 않을 만큼 바보는 아니었다.

한참이 지나고서야 그녀는 편안한 마음으로 친구들에게 이렇게 말했다.

"내 친구가 어느 바람둥이와 사귀었는데, 글쎄 내 친구에게 그 남자가 했다는 말이 내가 전에 들었던 것하고 똑같지 뭐야? 처음엔 같은 사람 아닌가 생각했을 정도였어. 그런데 알고 보니 그게 바람둥이들이 자기 합리화할 때 써먹는 전형적인 멘트더라고. 그런 뻔한 말에 속았다는 게 어찌나 한심하던지. 그 사람, 또 어디 가서 다른 여자한테 진정한 사랑은 네가 처음이라고 말하고 있을걸."

타인과 또 다른 타인의 결합인 결혼은 항상 충돌의 위험을 내포하고 있지만, 고통을 줄이고 결합을 최적화하는 방법들은 존재한다. 그래서 이 책도 쓸 수 있는 것이다. 그러나 남편감이 도무지 가능성 없는 사람이라면 이 모든 방법들이 다 쓸데없다. 제아무리 화려한 레시피로 요리한다 해도 썩은 도미가 재료라면 먹을 만한 음식이 나와주질 않는 것처럼 말이다.

놀라운 것은 그 영리한 요즘 여자들이 남자들이 변할 거라고 기대를 한다는 것이다. 우리 주위에는 결코 결혼이라는 것을 해서는 안 되는 인격 장애자들이 있다. 정신과 질환이 있는 사람은 병원에 실려 가기라도 하지만, 이런 사람들은 겉보기에는 평범한 사람들보다 더 멀쩡해 보이기도 하기 때문에 깜빡 속기가 쉽다.

여자들은 때로 사랑으로 상대방을 변화시킬 수 있다고 믿고 싶어 하지만, 사람이란 나쁜 쪽으로는 쉽게 변해도 좋은 쪽으로는 웬만해선 변하지 않는다. 우주가 운행하는 물리학적 법칙이 그렇다. 무언가가 나쁜 쪽으로 가려면 그냥 내버려두면 되고, 좋은 쪽으로 움직이려면 힘을 가해야만 한다. 따라서 사람의 본성이라는 어마어마한 것을 좋은 쪽으로 움직이려면 만만치 않은 노력을 해야만 하는데, 그게 어디 쉬운 일이던가. 나부터도 10년 전부터 결심만 했던 '꾸준히 운동하는 사람이 되는 것'이 결혼의 필수 조건이었다면, 환갑 때까지도 독신으로 있었을 것이다. 나라면 10만 분의 1의 확률에 인생을 걸지는 않겠다.

상대방이 신과 부모의 이름을 걸고 변하리라 맹세한다 해도 도박이나 주식 또는 마약에 중독된 사람, 소비성 신용불량자, 바람둥이, 폭력적인 사람, 거짓말쟁이, 마마보이, 범죄자, 사이코패스 등등은 알아서 피하기 바란다. 그런 남자들을 교화시키는 해법은 이 책에서 다루지 않는다.

패스트푸드 같은 남자는 패스트하게 휴지통으로!

빡빡한 일정에 쫓기던 날, 지하철을 타기 전에 무언가로 배를 채워야겠다는 생각이 들었다. 역 주변을 둘러보니 식당이라고는 패스트푸드점 하나뿐이어서 선택의 여지가 없었다. 간단한 음식 하나를 콜라와 함께 주문한 다음 자리에 앉아 한입 베어 물었을 때 나는 충격에 빠졌다. 놀랄 만큼 맛이 없었던 것이다. 나는 고급 음식만 찾아 먹는 미식가 타입이 아니며, 당시 접시라도 씹어 먹을 수 있겠다 싶을 만큼 배가 고팠다. 웬만해서는 눈앞의 먹을 것을 남기지 않는 아줌마인 내가 더 이상 음식에 손대지 않고 일어서서 나와버렸다.

전에는 드물지 않게 먹곤 했던 그 음식의 맛이 그토록 끔찍하게 변해버린 이유는 무엇일까? 생각해 보니 수년 전에는 지금처럼 편안한 분위기의 커피 전문점이 별로 없었기 때문에 약속을 정하거나 간단히 무언가를 마시고 싶을 때 패스트푸드점에 갔다. 그렇게 해서 입에 익숙해진 음식은 그런대로 맛있는 것처럼 느껴졌다. 그런데 오랫동안 이런저런 사정으로 더 이상 패스트푸드점에 갈 일이 없어지자 이제 그 인공적인 맛을 예민하게 거부하게 된 것이다. 문제는 '접근성'이다.

나는 수많은 여자들이 이러한 '접근성' 때문에 패스트푸드처럼 가치 없는 남자를 만나고 결혼까지 이르는 경우를 수없이 보았다. 마음의 거리를 두고 한동안 떨어져 있으면 나쁜 남자라는 것이 뻔히 보이는데도 계속 접하게 되면 그 속성을 눈치 못 채고 그저 익숙해져 가는 것이다. 그런 여자들은 한순간도 든든하게 허기를 채우지 못하면서 마음의 건강만 해치게 된다. 가끔 이 남자를 영양 가치가 있는 남자로 변하게 하려 노력하기도 하지만, 햄버거에 허브 가루를 뿌리고 웰빙 음식이라고 우기는 것만큼 부질없는 일이다. 그래서 김치찌개나 나물무침처럼 먹어볼수록 깊은 맛을 내는 남자를 만나기 전까지만 패스트푸드를 먹겠다는 생각은 위험하다. 그 비릿한 맛에 너무 익숙해지기 전에 패스트푸드 같은 남자는 멀리하는 게 상책이다.

영양학자들은 패스트푸드가 '전혀' 건강에 이롭지 않다고 말한다. 기아로 사망할 위기에 있는 극빈 지역 어린이들이 생명을 유지하기 위해서 먹는다면 도움이 될 거라는 설명을 덧붙이면서 말이다. 여자를 힘들게 하는 습관과 본성을 지닌 나쁜 남자들 역시 당신의 인생에 도움이 되지 않기는 마찬가지다. 단, 인류가 멸망의 위기에 처해서 종족 번식이 절실히 필요해지는 순간이 오면 그들과의 결합을 진지하게 고려해 봐도 좋다.

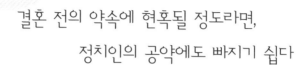

결혼 전의 약속에 현혹될 정도라면,
정치인의 공약에도 빠지기 쉽다

결혼 공약의 반 이상이 속빈 강정이라고?

32세의 D는 빨리 결혼하라는 부모님의 압력 속에서 선볼 날짜를 잡았다. 별 기대는 없었지만 그냥 만나나 보자 싶어 맞선 자리에 나갔다. 소탈하고 얌전해 보이는 남자는 사람이 좋아 보였다. 특별히 싫은 면은 없어서 몇 번 더 만나보기로 했다. 그런 그가 좀 더 마음에 들어오기 시작한 건, 결혼하면 부모님이 강남에 아파트 한 채는 사주실 거라는 말을 슬쩍 흘리면서부터였다.

요즘 같은 시대에 아파트 한 채 사기가 어디 쉬운가. 더구나 강남에. D는 서울대 나온 남자를 만나고도 몇 년째 전셋집을 전전하는 친구들을 떠올렸다. 본인의 능력이 좀 없다고 해도 그렇게 결혼 생활을 시작하면 남들보다 10년은 앞서 가는 셈이다.

조건 면에서 일단 합격이라고 판단되자 관계는 급속도로 가까워졌고, 중매 만남의 특성상 결혼도 일사천리로 진행되었다. 살 집을 알아볼 때가 되었을 때 남자가 이렇게 말했다.

"아버지가 건물을 하나 팔아서 집을 사주려고 하셨는데 요즘 경기가 나빠서 거래가 잘 안 된다네. 그래서 일단 전세를 살다가 건물이 팔리면 그때 사주시겠대."

그렇게 해서 전세로 '임시 거처'를 마련해 신혼살림을 차린 게 5년 전이다. 부동산에 내놨다던 건물은 그 후로도 세법이 바뀌어서 당장 팔면 불리하다는 둥, 근처에 호재가 있어서 값이 오를 것 같아 더 있다가 팔아야겠다는 둥 하더니 이제는 어영부영 말이 쑥 들어가버렸다. 알고 보니 알부자인 줄 알았던 시댁도 그 건물 하나가 전 재산이었고, 노후가 걱정되기 시작한 시부모님은 그걸 팔고 싶은 마음이 점점 없어지는 눈치였다. 그런 상황에서 부모님께 돈을 맡겨놓은 처지도 아니니, 그녀 쪽에서 먼저 말을 꺼낼 수는 없었다.

남편의 연봉은 적고, 전세금 올려줄 돈을 구하느라 빚까지 진 D는 힘들어서 몇 마디 했다가 남편과 크게 다투었다.

"당신, 설마 아파트 때문에 나랑 결혼한 거야? 우리 부모님 입장에서는 아파트 전세금도 적은 돈이 아닌데 그거 해준 것만으로도 부모할 일은 다한 거 아니야? 정말 당신한테 실망이다!"

그렇게 말하는 남편한테 "날 뭘로 보고 그런 말을 하느냐"고 맞대응했지만 마음 한구석에서는 뜨끔했다. 어쨌건 결혼하기 전의 약속을 어

긴 건 시댁과 남편 쪽인데, 왜 자기만 몰염치한 속물로 취급받아야 하는지 억울한 마음이었다. 따지고 보면 사기 결혼 아닌가 이 말이다.

예부터 남자들이 결혼 전 하는 가장 상투적인 거짓말이 '손에 물한 방울 안 묻히고 살게 해주겠다'는 것이었지만, 그 약속을 지킨 남편들은 만 명 중 한 명이나 될까 싶다. 여자들은 여자들대로 '그런 말을 믿는 바보가 어딨어?' 하면서도 그 말에 은근히 마음이 흔들린다. 적어도 그 말을 할 때의 마음만큼은 진심인 경우가 많기 때문이다.

D의 남편이나 시댁도 처음부터 집 장만해 줄 생각이 없으면서 신붓감을 '낚으려고' 밑밥을 뿌린 것은 아니었을 것이다. 사람의 마음이나 상황은 얼마든지 바뀔 수 있기 때문에 약속을 지키지 못할 수도 있다. 나도 일하다 보면 100퍼센트 마음 굳힌 일을 구두계약으로는 하기로 했다가도 사정이 생기면 그 일을 계획대로 못 하고 마는 경우가 생긴다. 그래서 회사 쪽에서도 일 얘기가 나오면 무조건 계약서부터 들이미는 게 보통이다. 하물며 남도 아닌 내 식구에게 입으로 말한 막연한 약속들이 모두 실천에 옮겨질 거라고 기대하는 것 자체가 무리다. 남편이나 시댁이 결혼 전과 다른 말과 행동을 한다고 해서 사기 결혼이라고 한다면 대한민국 기혼녀들의 최소한 반 이상은 사기 결혼을 당한 것이다. 억울해 할 것 없이 그 말을 믿은 사람이 바보다!

내 옆에 있는 사람의 현재 모습에 주목하라

나는 연애 시절 남편에게 숱한 거짓말을 했다. 결혼할 마음이 없었기 때문이었다. 어차피 곧 헤어질 텐데 솔직히 말해 얕보이고 싶지 않았던 것이다. 나중에 결혼하게 되어 다 들통나기 시작했을 때는 낯 뜨거워서 혼났다. 처음부터 결혼할 마음이 있었다면 아마 거짓말하기보다는 장점만 골라 말하는 연막작전을 택했을 것이다. 그런데 남자들은 좀 다른 것 같다. 기본적으로 남자들에게는 정도의 차이는 있을지언정 모두 허언증이 있다. 거짓말해야겠다고 작정해서라기보다는 자기 처지나 생각을 유리한 쪽으로 부풀려 말하다 보면 그게 거짓말이 되어버리는 것이다. 어떻게든 상대에게 잘 보이고 싶은 연애 시절 남자들이 하는 말을 모두 믿고 그것을 바탕으로 결혼 여부를 결정하는 것이 어리석은 이유가 여기에 있다. 차라리 국회의원 선거 때 정치인들이 내거는 선거공약을 믿고 우리나라의 빈부 격차가 해소되고 사교육이 없어지기를 기대하는 편이 나을 것이다.

가족들이 어렸을 때 해외여행을 자주 다녔다는 말로 여유 있게 자란 듯한 암시를 주더니 딱 한 번 동남아 가본 게 다였고, 회사 동료와 몇 년을 공식 커플로 지냈으면서 진지하게 사귄 여자는 네가 처음이라고 말하는 것 정도는 애교다. 3억짜리 아파트를 사놓아 집 걱정 없다고 큰소리쳤는데 결혼해서 보니 그중 2억이 빚이었다거나, 심지어 셋이나 되는 시누이를 한 명으로 줄여 말하는 남자도 있다! 나중에 거짓말임이 밝혀지면 "그런 말 한 적 없다"고 오리발을 내밀거나, "너를 너무 사랑해서 결혼하려고 그랬다"고 우기거나, "그래서 이제 와서 어쩌자는 건데?" 하고 배짱을 부리면 그만이다.

여자들이 특히 조심해야 할 것은 장밋빛 미래를 암시하며 남자들이 모르는 척 흘리는 말들이다. 특히 부모님의 배경을 은근히 강조하는 남자들에 대해서는 신중하게 생각해 봐야 한다. 물론 결혼 생활에서 시부모님 덕을 볼 때가 없는 것은 아니다. 사실 많다. 내가 10년 걸려 빚까지 내어 겨우 장만한 아파트에 신혼부부들이 매달 이사 들어오는 걸 보면서 대한민국에 통 큰 부모님들이 많다는 생각을 한다. 하지만 그건 어디까지나 '보너스'라고 생각하는 게 맞다(그리고 그 보너스에는 다소 대가가 따른다). 애초 당신 앞에 서 있는 그 사람의 현재 모습과 그 능력에 따른 잠재적 가능성 외의 다른 것은 처음부터 기대하지 말아야 한다. 최소한 그 사람이 약속한 확실하지 않은 미래 때문에 마음이 기우는 일은 없어야 한다.

사실 미래라는 것 자체가 확실하지 않은 것이기에 우리 사람이 할 수 있는 것이라고는 그 미래가 좀 더 나아지도록 최선을 다하는 것뿐이다. 그렇기에 당신이 '최선을 다할 필요가 없게 만들어줄 사람'이 배우자가 되기를 기대한다면 반드시 실망할 것이다. 만약 당신 곁에 있는 사람이 '저 사람과 함께라면 최선을 다할 수 있겠다' 싶은 사람이라면 부디 그를 꼭 잡기를. 그것이 미래를 보장받는 그나마 가장 확실한 선택이 될 것이다.

사람을 풀어서라도
알아볼 만큼 알아보라

세상에는 이해할 수 없는 남자가 너무너무 많다

친구의 소개로 만난 의사는 반듯하고 얌전한 남자였다. 좀 수줍은 듯하면서도 곧잘 여자를 배려해 줄 줄도 아는 점이 맘에 들었다. 30대 초반의 J는 그가 연애 상대로는 매력 없을지 몰라도 결혼 상대로는 괜찮다는 걸 한눈에 알아봤다. 몇 달간의 진지한 만남 끝에 둘은 결혼했다. 하루는 같은 아파트 주부와 친해져 이야기를 나누던 중에 그집 애 아빠가 남편과 같은 의대를 나왔다고 하여 반가워했다가 나중에 "그런 동기나 선후배는 없다"는 말을 듣게 되었다. 알고 보니 남편은 의사가 아니라 의료기기 영업사원이었고, 그녀는 충격을 넘어 공황 상태에 빠졌다.

일단 드러나기 시작하자 거짓말은 줄줄이 딸려 나오기 시작했다. 그녀가 알고 있던 성실하고 능력 있는 남편의 모습 중 진실이라곤 하나도 없었다. 출신 학교나 직업은 물론, 그동안 입에 올렸던 교우 관계, 취미 등도 모두 거짓이었고, 전에 결혼한 적도 한 번 있었다. "너무 사랑해서 결혼하고 싶어 거짓말했다"며 잘못을 비는 남편을 보면서, 그녀는 자신이 더 미워졌다. 30년 넘게 살면서 연애나 사회생활이나 해볼 만큼 해봤으면서도 그토록 사람 보는 눈이 없었나 싶어 스스로를 원망하게 되는 것이었다.

삼류 치정 드라마에나 나올 법한 이야기라고 생각할 수도 있겠지만, 적어도 결혼에서만큼은 드라마보다 더 어이없는 일들이 많다. J가 당한 일이 극단적일 수는 있겠으나 우리 주변에는 멀쩡한 얼굴을 한 이상한 남자들이 예상보다 훨씬 많다. "잠깐 살았으니 상관없다"며 이혼 경력을 숨기는 사람은 흔하고, 도박, 바람과 함께 절대 못 고친다는 손찌검 버릇을 갖고 있는 사람도 있다. 엄청난 빚을 지고도 대수롭지 않게 생각하고 결혼을 준비하는 남자, 한 회사를 1년 이상 다니지 못하는 남자, 정신과 질환 병력을 가진 남자, 가진 것이라고는 여자 꾈 때 좋은, 할부 낀 외제차 한 대뿐인 남자들도 있다. 나는 오직 결혼을 잘할 목적으로 대출받아 강남 고급 빌라를 월세로 얻은 다음 가족을 이사시킨 사람도 알고 있다. 이런 종류의 사람이 제일 무섭다.

이런 사람을 '사람 보는 안목' 하나로 집어낸다는 건 불가능하다. 우리가 흔히 '느낌이 좋다'고 말하는 직관은 무시할 수 없는 것이며 때로는 객관적인 데이터보다 정확할 수도 있지만, 그만큼 오류도 많다. 간혹 심리전에 능한 사람은 직관을 조작하기도 한다. 기본적으로 사람은 누군가를 믿는 마음이 기본 바탕이며 그렇기에 타인을 믿고 공동체에서 생존할 수도 있는 것이다. 따라서 누군가가 다른 누군가를 작정하고 속이려 들면 반드시 속게 되어 있다.

뭔가를 만져보기만 해도 과거를 읽어내는 초능력자를 뜻하는 '사이코메트릭'이라는 말이 있다. 결혼 상대를 찾고 있는 싱글이라면 그런 능력 하나쯤 꼭 구비하라고 말하고 싶지만, 그럴 수 없을 테니 자신의 직관에만 의존하지 말고 '수단과 방법을 가리지 말고' 일단 알아볼 것을 간절히 권하는 바다.

당신은 결혼할 사람에 대해 알 권리가 있다

H는 결혼 15년차 주부다. 가정적인 남편과 함께 눈에 넣어도 아프지 않은 두 딸을 키우며 잘 살고 있는 그녀는 결혼 초 우연히 알게 된 친정 부모님의 '만행'에 배신감을 느꼈다. 그녀가 당시 애인이었던 남편을 결혼할 남자로 집에 데려온 이후, 그의 뒷조사를 한 적이 있다는 것이다. 그 순간 H가 느낀 감정은 다름 아닌 '경멸'이었다.

"어떻게 그럴 수가 있어요? 만약 김 서방이 조금이라도 하자 있는 사람이었으면 결혼 못하게 했을 거 아녜요? 그 사실을 김 서방이 알면 다신 날 보려고도 안 할걸요. 엄마 아빠가 정말 부끄러워요!"

그 말에 어머니는 이렇게 말할 뿐이었다.

"너도 이다음에 자식 낳고 키워보면 다 이해할 수 있을 거다."

당시, 그녀는 어머니의 뻔한 말에 환멸을 느끼며 팽하니 토라져서 집으로 돌아왔다.

15년이 지난 지금, H는 가끔 그 일을 떠올리며 '엄마는 예언자'라고 생각하고 있다. 세상 경험이 쌓이고 두 딸이 점차 어린애 티를 벗어가는 걸 보면서 정말로 그때의 엄마 마음을 이해하게 된 것이다. 가끔 친정어머니와 수다를 떨다가 그 이야기가 나오면 "고맙다"고까지 말한다. 20대 중반, 지금 생각하면 세상 경험이 너무나 부족한 나이에 고른 남자가 운 나쁘게도 터무니없는 사람이었다면, 그리고 부모님이 자식 고집에 못 이겨 그 결혼을 허락했다면, 지금 자신의 인생이 어떻게 되었을까 모골이 송연해진다고 한다. 그녀는 나중에 딸들이 결혼할 사람을 데려오면 자기 역시 부모님처럼 할 거라고 말한다.

나는 남편과 20여 년을 살았는데도 아직도 계속해서 내가 모르던 면들을 새롭게 발견한다. 그에 대해 누구보다 잘 알고 있다고 생각했던 결혼 당시의 내 자신에게 코웃음만 나올 뿐이다. 나 역시 스무 살에는 H와 같았고, 나이 들고 있는 지금은 그녀의 어머니를 이해한다.

물론 결혼 상대에 대해 모든 것을 다 알 필요는 없다. 그러나 적어도 자신과 남은 인생을 함께할 만한 사람인가 하는 선까지는 알고 결혼하는 것이 옳다. 결혼 이후 그와 함께할 삶을 모조리 책임져야 하는 것은 어느 누구도 아닌 바로 당신이기 때문에, 당신이 무엇을 어디까지 책임져야 할지 알 권리가 있다. 그리고 당신이 도저히 책임질 수 없는 부분이 있다면 포기할 권리도 있다. 그러니 그의 신상이나 성향, 평판에 대해 적극적으로 알아보는 것을 거리낄 필요가 없다.

'뒷조사' 하면 드라마 속 막 나가는 사모님이 애용하는 흥신소가 먼저 떠오르며 계략과 음모의 공기가 느껴지는가? 그래서 건전하고 상큼 발랄한 싱글 여성인 당신이 가까이해서는 안 될 세계라는 경계심부터 품게 되는가? 꼭 필요할 때 그런 전문가(?)들이 최후의 수단이 되지 말란 법은 없겠지만, 보통의 경우라면 알음알음을 이용해서도 대략 윤곽이 드러나기 마련이다. 지구에 사는 모든 사람들은 여섯 다리만 건너면 서로 연결된다고 한다. 좁은 한국 땅에서는 한두 사람만 통해도 그 사람에 대해 알 수 있다. 회사, 학교, 거주지 등 여러 경로를 통해 그 사람의 면모를 알아볼 것을 권한다.

몇 년 전, 내 지인 하나가 지금의 남편에게 청혼을 받고 나서 여기저기 그에 대해 알아보다가 그가 사는 집의 등기부등본을 떼는 것을 보고 기겁한 적이 있었다. 등기부등본은 주소만 알면 누구나 열람할 수 있는 것으로, 그 집을 누구의 소유로 언제 샀으며 집 담보로 빚은 얼마나 있는지, 압류된 사항은 없는지 등이 상세히 나와 있다. 평소 그녀를 조용하고 여성스럽다고만 알고 있었기에 당시에는 무섭다는 생각마저 들었다. 하지만 그렇게 알아보고 따져보고 나더니 그녀는 좀 더 편하고 전적인 사랑을 하는 것 같았다.

많은 여자들이 대놓고 물어볼 수 없는 상대편의 정체를 탐색하며 끊임없이 의구심을 품다가 의문을 뒤로한 채 결혼에 들어간다. 물론 털어서 먼지 안 나는 사람 없다는 말대로, 그녀가 알아보는 과정에서 그의 단점이 드러나지 않은 것은 아니었다. 그녀는 그 부분에 대해서 충분히 숙고하고 떠안을 수 있다는 판단을 내렸다. 그녀는 자신이 할 수 있는 한 좋은 남자를 고르기 위해 최선을 다했고, 또 그렇게 선택한 남자를 최선을 다해 사랑할 용의가 있다고 했다.

그녀와는 달리 순전히 '속아서' 결혼했다고 주장하는 다른 친구도 있다. 결론적으로 현재 잘 살고 있는 그녀에게 "만약 알아볼 만큼 알아보고 결혼했다면 지금 남편과 결혼했겠느냐?"고 묻자 골똘히 생각해 보더니 "그래도 결혼했을 것"이라고 대답했다. 결혼해 보니 몰랐던 남편의 단점이 한두 가지가 아니지만 곰곰이 따져보면 용서 못할 단점은 없는 듯하다는 것이다. 그래도 과거로 돌아간다면 그때처럼 무조건 믿고 결혼하기보다는 좀 더 알아볼 것 같단다.

나는 많은 사람들 앞에서 강의할 때 "여러분, 남자 친구 뒷조사를 하세요"라고 말하지는 못한다. 그러나 아끼는 미혼 후배와의 사석에서는 "사람을 풀어서라도 알아볼 만큼 알아보라"고 속삭인다. 전 국민에게 장려할 만한 일은 아니지만, 인생 전체를 걸고 하는 결정인 만큼 신중을 기한다는 면에서 충분히 고려해 볼 만하다는 뜻이다. 단, 상대방이 그 사실을 알아챘다면 시도하지 않느니만 못하다. 보험을 든다는 기분으로 가만히, 은밀히, 그러나 담담하게 그의 뒷모습에 관심을 가져보라.

열심인 건 좋지만,
중독 상태는 봐주면 안 된다

취미에 몰입하는 사람은 좋은 남편감이 아니다

H에게는 호감을 보이는 남자가 둘 있었다. 한 남자는 얌전한 은행원이고, 다른 사람은 무던한 성격의 엔지니어였다. 은행원은 보기에는 얌전해 보이는데 의외로 대단한 축구팬이어서 보는 것뿐 아니라 직접 공을 차는 것도 좋아했다. 몇 년째 조기 축구회에서 뛰고 있다고 했다. 운동 좋아하는 사람치고 성격 나쁜 사람 없다는 말을 믿었던 그녀는 성실하면서도 건강해 보이는 그에게 내심 좀 더 점수를 주었다. 반면 엔지니어는 자기 전공 분야 외에는 도통 아는 것이 없고 뚜렷한 취미도 없어 보였다. 그녀의 눈에는 쉬는 날에 TV를 보거나 낮잠을 잔다는 그가 좀 한심해 보였다.

그러던 어느 주말, H는 은행원과 저녁 약속을 잡았다. 몇 주 전에는 예약해야 한다는 유명 레스토랑을 어렵게 예약했기에 기대가 많았다. 그날은 마침 낮에 은행원들의 조기 축구회 시합이 있는 날이라 그녀는 먼저 응원을 간 다음 저녁 약속에 가리라 생각했다. 시합을 볼 때까지는 좋았다. 그런데 시합에서 은행원 팀이 이기고 나자 회식하자는 이야기가 나온 것이었다. 그녀는 은행원이 당연히 적당한 핑계를 대고 회식에서 빠져나올 줄 알았다. 그런데 그는 두 번 생각도 안 하고 레스토랑 예약을 취소해 버렸다. 그러고는 싫다는 그녀를 회식 자리에 끌고 갔다.

땀내 풍기는 아저씨들은 고기와 술이 들어가자 정신 못 차릴 정도로 시끄럽게 수다를 떨었고, 은행원은 근사한 저녁을 위해 정장을 빼입은 그녀가 어떤 기분으로 고기를 뒤집고 있는지 이해하지 못하는 듯했다. 은행원에 대해 다시 생각해 봐야겠다 싶었던 그녀는 그 자리에서 더 충격적인 이야기들을 들었다. 그 조기 축구회에는 모임에 열성인 몇몇 사람이 있는데, 모두 유부남이었다. 그들의 말을 종합해 본 결과, 그들은 주말마다 축구 모임에 나오느라 결혼 후 가족과 여행이나 외출을 해본 적이 한 번도 없었다. 또한 새벽마다 위성 채널로 유럽 축구 중계를 보느라 회사 일에 지장이 있었다. 월드컵 때만 되면 휴가를 내고 비상금을 챙겨 가족 몰래 비행기를 타기도 했다. 중요한 점은 그녀와 지금 만나고 있는 은행원도 그들과 한 치도 달라 보이지 않는다는 것이었다. 그녀는 은행원을 한번 떠보기로 했다.

"결혼해도 꾸준히 모임에 나오실 거예요? 본인은 좋지만 가족들과 주말을 같이 보낼 수 없는 건 좀 그렇지 않나요?"

그러자 옆에서 아저씨들이 펄쩍 뛰며 이렇게 말했다.

"이 정도도 이해 못해주는 여자하고는 결혼하면 안 되지. 우리가 술집에서 돈을 쓰기를 해, 바람을 피워? 그저 이거 하나 하면서 건전하게 스트레스 풀고 하는 건데, 이것도 못하게 하면 어쩌라고."

이 말에 은행원도 적극 동감했다. 그날로 그녀는 은행원과 연락을 끊었고, 엔지니어와 만났다. 그 엔지니어와 결혼해서 아이 둘 낳고 잘 살고 있는 그녀는 지금 생각해도 옳은 선택이었다고 안도의 한숨을 내쉰다.

"주변에서 보면 취미에 너무 몰입하는 사람들, 결혼 생활에 지장이 많아요. 그 은행원은 한창 잘 보이고 싶어 안달하는 연애 초기 단계에도 그 정도였는데, 결혼하고 나면 어땠겠어요? 지금 남편은 결혼 전에는 너무 무취향, 무취미라 매력 없어 보이기도 했지만 결혼하고 나서 공통의 취미를 만드니까 더 좋더라고요. 요새는 남편하고 주말마다 탁구를 쳐요. 같이 하는 게 있으니 대화도 더 많이 하게 되고 부부 사이도 좋아지고요. 아무리 좋은 거라고 해도 취미 생활에 너무 빠져 있는 사람은 다시 생각해 보라고 말해 주고 싶어요."

남자의 열정과 중독을 혼동하지 말라

무언가에 몰입하는 사람의 모습은 아름답다. 그런데 그건 원할 때 얼마든지 빠져나올 수 있을 경우에 한해서다. 자신이 원하는 일에 원하는 만큼 몰입할 수 있는 것을 '열정'이라고 하고, 자신을 망가뜨려 가면서도 몰입에서 빠져나올 수 없는 것을 '중독'이라고 한다. 남자들은 기질적으로 여자들보다 무언가에 쉽게 중독된다. 초등학교 아이들을 보면 여자아이들은 인터넷 게임에 따로 제한을 두지 않아도 적당히 놀다가 컴퓨터 앞에서 물러나는데, 남자아이들은 그냥 두면 먹지도 자지도 않고 게임에 매달린다. 연쇄 살인범의 99퍼센트 이상이 남자이고, 도박 중독자, 마약 중독자, 알코올 중독자의 80퍼센트 이상이 남자다. 남자에게서 중독은 가장 큰 장애 중 하나이며 이것을 조절하지 못하는 사람은 자신에게 속한 그 무엇도 통제하지 못한다.

대상이 무엇이건 일단 그것에 몰입하면 헤어 나오지 못하는 사람은 문제가 있다. 마약이나 도박, 게임처럼 나쁜 것뿐 아니라 운동이나 취미, 심지어 일 등 긍정적인 대상도 마찬가지다. 좋은 것에건 나쁜 것에건 자아를 돌보는 일을 잊어버리고 빠져드는 행위는 같은 심리 구조에서 기인하는 것이기 때문이다.

상담가들의 말에 따르면, 이렇게 무언가에 중독이 잘되는 사람들은 어린 시절 제대로 기능을 못하는 가정에서 자랐거나 애정을 받지 못하고 성장한 경우가 많다고 한다. 심리적 자아가 제대로 서지 못했기에 끊임없이 무언가에 집착함으로써 정체성을 확인하려고 한다는 것이다. H가 만났던 은행원 같은 사람은 억지로라도 조기 축구회를 그만두게 되면 또다시 몰입할 대상을 찾아낼 것이다. 그게 도박이 될지 주식이 될지 여자가 될지는 아무도 모른다.

앞서 이야기에 나온 은행원이 결혼 상대로 부적합한 것은 단순히 '취미 때문에 가족에 봉사할 시간이 줄어들어서' 때문만은 아니다. 무언가에 지나치게 빠져드는 사람은 스스로를 돌보지 못하는 사람이다. 그는 일생에서 가장 잘 보여야 할 시기에 있는 여인을 배려하지 못하고 판단력을 잃었다. 스스로를 돌볼 줄 아는 사람이라면 취미보다 연인이 우선인 '척'이라도 해야 정상이다. 그는 눈멀고 운 없는 여자가 걸리지 않는 이상 장가가기 힘들 것이다. 이처럼 자신을 돌보지 못하는 사람이 다른 사람을 배려하고 돌보는 것은 심리학적으로 불가능하다고 한다. 사람은 자신이 도달한 자기애의 수준까지만 다른 사람을 생각할 수 있기 때문이다.

아직도 일 중독자이거나 정교한 취미를 가진 당신의 남자가, 정기적으로 가산을 탕진하는 사업병 환자나 여자 없이는 한시도 못 견디는 바람둥이와 같은 선상에 있다는 걸 모르겠는가? 그렇다면 그가 몰두하고 있는 대상 때문에 당신이 힘들 때 어떤 조치를 취하는지 잘 지켜보라. 당신의 고통에 공감해서 무언가 특정한 대책을 강구하고 그 자세가 오래 지속된다면 안심해도 된다. 그렇지 않다면 앞으로 당신이 지금 감내하고 있는 스트레스의 50배쯤을 평생 참아내야 한다는 사실을 인지하고 결혼을 감행하거나, 그와 헤어지거나 둘 중 하나다.

한 가지 분명한 사실은 결혼한다고 해서 그의 중독이 사라지는 일은 일어나지 않는다는 것이다. 암이나 악성빈혈이 결혼만 한다고 낫지 않는 것처럼 말이다. 모든 종류의 중독은 불치병이거나 난치병이다.

불행한 남자와
절대 인생을 공유하지 마라

스스로 불행하다고 생각하는 사람은
타인의 도움으로도 행복해지지 않는다

　M이 좋아하는 남자는 누군가의 배우자로서 '완벽한' 조건을 갖춘 사람이었다. 훌륭한 배경과 학벌은 물론이고 좋은 직장에서 높은 연봉을 받는 등 사회적으로도 인정받고 있었다. 게다가 그에게는 다른 사람에게서는 발견할 수 없는 묘한 매력이 있었다. 함께 술을 마실 때 수심 어린 촉촉한 눈빛으로 담배 연기를 내뿜는 옆모습을 보면 안아주고 싶은 충동마저 일었다. 그녀는 어느 술자리에서 그 그늘이 '이루지 못한 꿈'에서 기인했다는 걸 알게 되었다.

　그는 경영학을 전공했지만 실은 영화감독이 꿈이었다. 한때 부모님의 반대를 무릅쓰고 가출해서 영화판을 쫓아다니며 열정을 불태운 적도 있었지만, 끝내 꿈을 접고 현실로 돌아왔다. 그가 "겉보기에는 부족할 것 없어 보일지 몰라도 자기는 불행하다"는 말을 했을 때, M은 한없는 연민을 느꼈다. 한편으로는 그가 남부럽지 않은 좋은 환경에 있으니까 연인을 만나 사랑받기만 하면 행복해질 수 있을 거라고 믿었다. 자신처럼 긍정적이고 밝은 성격이라면 충분히 그를 양지로 이끌어낼 수 있을 것 같았다.

그녀는 그에게 헌신적으로 잘해주었다. 인터넷을 뒤져 요리법을 찾아내서 근사한 도시락도 만들어주고, 직접 뜨개질해 머플러나 스웨터도 선물했다. 그럴 때마다 그는 고마워했고, 점점 그녀에게 의지해 왔다. 그가 답례로 희미한 미소를 지을 때마다 그녀는 희망을 느꼈다.

그런데 기대와는 달리 그와 함께하는 시간이 길어질수록 그가 행복해지기보다는 그녀가 점점 불행해지는 것이었다. 작은 일 때문에 불편해도 사회나 시스템에 문제가 있다고 한숨 쉬고, 조금만 스트레스 받는 일이 있어도 세상이 끝난 듯 고민하는 그와 함께하는 시간은 좋으면서도 우울했다.

어느 날, 그가 술이 떡이 되도록 취해서는 "세상에 날 이해해 줄 사람은 아무도 없어"라고 울부짖는 모습을 보고서 그녀는 '그럼 지금까지 내가 한 짓은 뭐란 말인가' 하는 생각에 기가 막혔다. 그녀는 그제야 제아무리 잘해줘도 그가 행복해질 수는 없다는 걸 깨달았다. 그녀는 절망감 끝에 결국 그에게 공들이는 걸 포기하고 돌아섰다.

몇 달 후, 그가 그녀도 알고 있는 직장 후배와 결혼한다는 소식을 듣게 되었다. 그래도 한때 너무나 좋아했던 사람이기에 그녀는 결혼식에 갔다 와서 며칠을 앓았다. 그를 조금 더 따뜻하게 품어줄걸 그랬나 하는 후회도 했다.

그 후 직장을 옮기게 되어 소식이 끊겼는데, 몇 년 후에 그들이 이혼했다는 소식을 들었다. 다들 도무지 이혼한 이유를 모르겠다고 수군댔지만, 그녀는 그 이유를 알 것도 같았다.

보통 사람들은 누군가가 불행하다고 하면 환경이 좋지 않은 데서 그 이유를 찾는다. 그래서 불행한 남자와 결혼하지 말라고 하면 가난하거나 어려서 부모를 잃었거나 혼외자식으로 살아온 사람들을 떠올리며 결혼이 하자 없는 선민들만의 것이냐고 반발하곤 한다. 그러나 그렇게 말하는 사람들은 행복에 대해 한참 잘못 알고 있는 것이다. 물론 환경이 나쁘면 사람이 엇나갈 가능성이 높은 것은 부인할 수 없는 현실이다. 왜 슬럼가의 범죄율이 다른 곳에 비해 현저히 높겠는가. 하지만 '행복=좋은 환경'이라는 공식은 성립하지 않는다. 앞서 이야기한 바 있지만, 환경은 행복을 좌우하는 여건 중 10퍼센트 정도만을 좌우하기 때문이다. 미야베 미유키(宮部みゆき)의 소설에는 "남자나 여자나 상처받으면 착해지는 타입이 있고, 잔혹해지는 타입이 있다"는 말이 나오는데 나는 이 말에 무척 공감했다. 상처 때문에 잔혹해지는 사람이라면 세상에 대한 적개심을 이미 준비하고 있었던 사람이라는 생각이 든다. 외부의 자극이라는 것은 사람의 본성을 이

끌어내고 강화하는 역할을 할 뿐, 그 사람 자체를 변화시킬 수는 없는 것이다.

결국 M이 사랑했던 그 우울증 완벽남은 10퍼센트의 행복 조건을 채울 수 있는 사람이었을지 몰라도 행복을 좌우하는 50퍼센트의 유전형질이나 40퍼센트의 의지가 부족한 사람이었던 것이다. 이렇게 되면 왜 그 남자가 M에 의해 행복해질 수 없었는지에 대한 해답도 저절로 나온다. 유전이나 의지는 둘 다 타인에 의해 수동적으로 변화할 수 없는 것이기에 행복 역시 다른 사람을 통해서 얻어지는 게 아닌 것이다. 우울하고 매력적인 사람에게 호감을 느껴 결혼까지 결심했다면 평생 그 사람과 함께 회색빛 세상에서 살 각오를 해야 한다. 언제나 부정적인 것은 긍정적인 것보다 쉽게 전염되므로 제아무리 밝은 당신이라도 그가 당신에게 동화되기보다는 당신이 그에게 동화되기 쉬울 것이다. 사랑에 빠지면 행복해진다는 말도 틀린 건 아니지만, 사랑과 똑같은 유통기한을 가지는 일시적인 행복일 뿐이다.

유명인들의 성공담에서는 다른 사람의 도움으로 수렁에서 벗어난 사람들의 일화가 나오곤 하지만, 그건 당사자가 의지가 있을 때 누군가가 불을 댕겨준 것에 불과하다. 젖은 장작에 밤새도록 성냥불 그어봤자 바비큐해 먹기는 틀린 것처럼, 행복할 그릇이 못 되는 사람은 누구의 도움으로도 행복해질 수 없다.

사람들이 꿈꾸고 기대하는 것과는 달리, 자기를 구원할 수 있는 사람은 오로지 자기 자신뿐이다.

행복에 소질 있는 사람을 만나라

혹시라도 불행한 남자를 피하라는 충고를 듣고는 만나는 사람에게마다 "지금 행복하세요?"라고 묻고 있다면 그만둘 것을 권한다. 본래 행복을 체감하고 느끼는 일은 감정적으로 예민한 사람에게만 가능하다. 남자들은 자신의 감정에 대해 여자들만큼 예민하지 못하고, 자신이 뭘 느끼는지에 대한 관심도 별로 없다. 더구나 '행복'처럼 존재론적인 질문에 쉽게 대답할 수 있는 남자는 흔치 않다. 그 어떤 통계에서건 여자들이 남자들보다 "행복하다"고 대답한 비율이 높다고 하는데, 질문을 바꿔 '지금 불행한지' 묻는다면 그 역시 여자들이 더 많을 것이다. 통계처럼 여자들이 더 행복하기만 하다면 왜 자살 시도율이 남자들의 네 배나 되겠는가. 남자들에게 더 다가오는 말은 아마 행복보다는 '만족'일 것이다. 자신이 가진 것에 만족한다고 대답하는 남자라면 일단 행복에 소질이 있는 남자다.

남자들의 심리를 관통하는 한 가지 단어를 꼽으라면 '열등감'일 것이다. 자신의 처지가 어떻건 열등감이 없는 남자는 자기 삶을 운영하면서 씩씩하게 잘 살고, 아무리 누릴 것 다 누려도 열등감이 있는 남자는 지지리 못나게 산다. M의 그 남자 역시 영화인으로서 꿈을 이루지 못한 열등감을 불행의 재료로 삼은 사람이지 않던가.

사실 남자들의 행불행은 열등감에 달려 있다고 해도 과언이 아니다. 열등감이라는 게 꼭 주눅 들어 있는 것으로 표현되는 것만은 아니어서 필요 이상으로 큰소리치거나 잘난 척하는 남자 중에도 열등감에 찌들어 있는 경우가 많다. 내가 20대일 때에는 멀쩡한 일류대 학생이 "서울대 갈 성적이었는데 원서를 낮춰 써서 이 학교 왔다"며 묻지도 않은 말을 하는 경우가 꽤 있었다. 지금이야 통하지 않을 이야기지만, 그때에는 대학입시에서 복수 지원이 불가능한 때였기 때문에 실제로 아깝게 원하는 대학에 못 간 사람들이 많기는 했다. 그렇다고는 해도 말끝마다 '서울대 갈 뻔한 인재'임을 강조할 정도로 열등감으로 똘똘 뭉친 그들은 오히려 그들이 다니고 있던 대학교가 넘칠 정도로 못난 사람들이었다. 그들은 더도 덜도 아닌 꼭 그들의 됨됨이만큼만 만족하며 불행하고 좁게 살았다.

반면 그 어떤 보잘것없는 환경에서도 신기할 정도로 열등감이 없는 남자들은 다른 점이 부족할지라도 끝내는 잘 풀리는 인생을 산다. 주변에서 밝은 아우라를 내뿜으며 열심히 살아가는 남자들을 잘 관찰해 보면, 그들이 하나같이 열등감을 잘 관리하며 사는 사람들임을 알게 될 것이다.

현재 자신이 한 선택에 만족하며 최선을 다할 줄 아는 남자, 스스로에 대한 열등감을 잘 조절하며 겸손하게 사는 남자라면 행복에 소질이 있는 사람이다. 그런 사람과 함께라면 뇌의 변연계(가장자리계)가 남자보다 발달한 여자인 당신은 마음껏 행복에 예민해지며 남은 인생을 살 수 있을 것이다.

능력 있는 남자에 대해
생각해 볼 일들

능력 있는 남자는 너무 바쁘다

여자들이 배우자감을 고를 때 제1조건으로 꼽는 것이 능력이다. 능력이라 함은 여러 가지를 포함하겠지만, 한마디로 '험난한 세상에서 사냥해 오는 능력'이다. 사냥감을 많이 물어 올 수 있는 배우자를 두면 가정이라는 보금자리를 마련하고 꾸려가는 데 대한 불확실성을 줄일 수 있다. 뿐만 아니라 생계를 유지하고도 남는 잉여 생산물은 위대한 자본주의 세상에서 눈 휘둥그레지는 온갖 물건이나 서비스로 바꿀 수도 있다!

능력 있는 배우자와 산다는 건 말할 필요도 없이 매력적인 일이다. 그런데 미혼 여성들이 생각하는 것처럼 그 능력의 이면에는 그늘이 없으며 있다 해도 누구나 참아줄 만한 일인 것일까?

T가 결혼할 때 주변 사람들이 참 못마땅해 했다. 남자 친구가 사람 하나는 괜찮은데 그럴듯한 직장에 다니고 있는 게 아니어서였다. 그는 다니던 대기업을 그만두고 작은 외국계 중소기업에 다니고 있었다. 그녀도 처음에는 이름만 대면 다 아는 직장에 다니거나 고소득 전문직 남편을 둔 친구들이 부러웠다. 그런데 시간이 지나고 아이를 낳아 키우면서 점차 상황이 역전되기 시작했다.

T의 남편은 정확히 6시가 되면 퇴근해 집에서 가족과 저녁을 먹고는 그녀가 집안일을 하는 동안 아이와 놀아주었다. 회사에 비상이 걸리지 않는 이상 주말에 출근하는 일도 없었고, 아내의 생일이라고 하면 흔쾌히 휴가를 쓸 수 있게 해주는 사장 덕에 기념일도 빼놓지 않고 챙겨주었다. 대화도 많은 편이어서 그녀의 남편은 옆집 아줌마가 즐기고 있는 취미 생활은 뭔지, 아들의 친구들 이름은 무엇이며 어느 집 아이인지 훤히 꿰뚫고 있을 정도였다.

한편 T가 부러워하던 친구들은 돌아가며 우울증을 앓기 시작했다. 밀린 일이나 회식 때문에 밤늦게나 들어오고 주말도 없이 일하는 남편을 두고 있는 그녀들은 육아를 도맡다시피 했다. '아이들이 아빠 얼굴조차 잊어버릴 정도'라는 상투적인 표현 그대로 아이들은 남편과 함께할 시간이 없었다. 남편들은 1년에 한두 번 큰마음 먹고 휴가 내 해외여행을 가는 것으로 아빠의 의무는 다하는 것이라고 생각했다. 그녀들은 주말에도 혼자 애들을 태우고 차를 끌고 나가 전시회나 연극을 보여주는 게 일과였다.

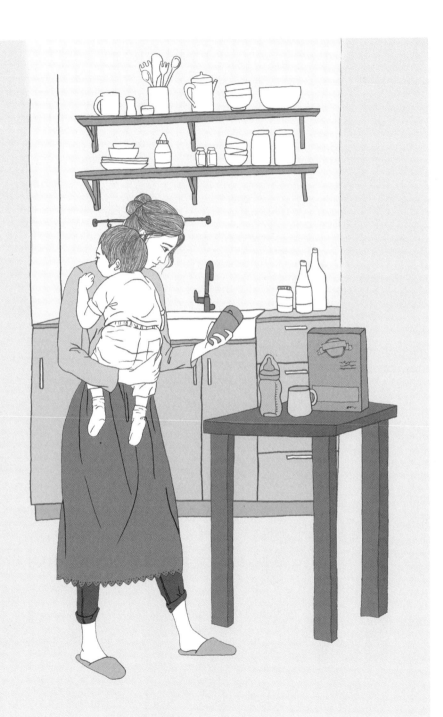

사는 낙이 없다고 말하는 한 친구에게 T가 "남편이 돈도 잘 벌겠다, 사람 써가면서 자기 시간 좀 가지라"고 말하자 그녀가 고개를 가로저으며 말했다.

"돈 좀 번다고 해도 집 늘리려고 저축하고 애들 교육시키고 하면 별로 남는 것도 없어. 돈이란 게 쓰다 보면 씀씀이가 그만큼 늘어나기 때문에 항상 부족하더라고. 애들 낳고 나서는 괜찮은 미용실에서 머리 한 번 못 해봤다면 믿겠니? 남편 빈자리를 돈으로 채우려면 우리 집 자리에서 온천이라도 터져야 할걸."

T는 시간이 지날수록 지금의 남편과 결혼하기를 잘했다는 생각이 들었다. 지금 와서는 억만금을 준다고 해도 친구들처럼 과부에 준하는 생활을 못 할 것 같다. 사실 사람 사는 맛이라는 게 지금의 그녀처럼 가족과 살 부대끼면서 주말에 가까운 공원 잔디에 돗자리 깔고 도시락 까먹는 거지 뭐 별건가 싶기도 하다.

'사냥 능력이 있는 남편'을 둔 여자들의 삶은 생각만큼 화려하지 않다. 연봉 2천만 원인 당신이 생각할 때 샐러리맨의 꿈으로 통하는 억대 연봉을 받는 사람들은 부족할 것 없이 누리며 살 수 있을 것 같지만 막상 결혼해서 그 돈으로 생활해 보라고 하면 생각만큼 많은 돈이 아님을 알게 될 것이다. 물론 연봉 1억이 연봉 5천만 원인 집하고 같을 수야 없겠지만, 수입에 비례해 두 배로 여유 있는 것은 아니다. 수입이 늘어나면 '당연히 생각하게 되는' 지출 규모가 커지고, 저축액도 늘어난다. 또 체면 유지비도 무시할 수 없다. 여러 말 할 것 없이 단순 계산으로 억대 연봉을 받아 수입의 70퍼센트를 10년 동안 저축한다고 해도 서울에 있는 30평대 아파트 한 채를 10년 이내에 장만할 수가 없는데, 정상적인 사고방식을 가진 사람이라면 무슨 수로 호화로운 삶을 누릴 수 있겠는가.

주변에서 억대 연수입을 올리는 사람들을 여럿 보았지만, 그 아내들 중 누구도 백화점 본품 매장에서 속 편하게 옷을 고르는 사람은 없다. 그녀들도 백화점 에스컬레이터 앞 도깨비 세일 매대에서 5만 원 이내의 괜찮은 옷을 운 좋게 발견해야 죄책감 없이 지갑을 연다. 하물며 매일 도우미 아주머니를 부르거나 카드 값 빠져나가기 전에 통장 잔고 따위는 확인할 필요도 없는 여유는 그녀들에게도 '남의 일'인 것이다.

그뿐만이 아니다. 억대 연봉을 받는 남자들 중 제시간에 퇴근할 수 있는 사람은 없다고 봐도 좋다. 적어도 한국에서는 그렇다. 공식적으로는 주 5일 근무일지 몰라도 급한 프로젝트가 있거나 피치 못할 사정이 있으면 주말에도 일해야 하는데, 그 '급한 프로젝트나 피치 못할 사정'이 없을 때가 드물다. 그녀들은 요즘 남편들이 가사를 도와준다거나 아이들과 잘 놀아준다는 것을 실감하지 못한다. 몇 푼이라도 남의 주머니에서 내 주머니로 돈을 옮기기가 산을 옮기는 것만큼 힘든 세상에서, 남들의 두 배만큼 돈을 받는다는 것은 남들의 두 배 이상으로 일한다는 의미다. 제아무리 좋은 회사라고 해도 연봉 이상으로 회사에 돈을 벌어주지 못하는 사원은 쓰지 않기 때문이다. 남에게 월급 받지 않는 사업가라고 해서 사정이 나은 것도 아니다. 자기 일에 목숨을 걸 수밖에 없는 구조이기 때문에 더욱 시간을 많이 투자해야 하는 게 '사장님'들이다.

마음 놓고 아이를 키울 수 있게 해주는 남편을 두고도 그와 함께 늙어갈 수 없다는 것, 아이들이 자라는 것을 함께 지켜볼 수 없다는 것은 역시 쓸쓸한 일임에 틀림없다.

능력 있는 남편과 가정적인 남편,
어디까지나 선택의 문제다

우리 어머니 세대에게 일찍 퇴근하는 남편은 끔찍한 존재였다. 특히 매일 저녁을 집에서 먹는 남편이라면 최악이었다. 가사나 육아에 일절 도움은 주지 않고 반찬 타박이나 하며 귀찮게 굴기만 했기 때문이다. 그렇지만 이제는 가정과 일에 어느 정도 균형을 맞출 수 있는 남편이 여자의 삶의 질을 결정하는 경우가 많은 것 같다. 요새 여자들은 경제권 밖의 생산 활동인 가사를 통해서는 도무지 보람을 느끼지 못한다. 그런 여자들이 '물주이며 가정의 상징적인 존재'일 뿐인 남편에게 만족하며 집안일을 전담하고 삶의 가치를 느끼며 살기가 어디 쉽겠는가.

하지만 일과 가정의 균형을 맞추면서 사회적으로도 성공하는 것은 거의 불가능하다. 우리는 식당에 앉아 10분이 지나도록 종업원이 주문 받으러 오지 않아도 손님이 도망가지 않는 프랑스에 사는 것이 아니니 말이다. 무엇이든 속전속결이어야 하며, 야근이 효율과 직결되는 게 아니라는 것을 알면서도 칼퇴근을 조직에 반하는 행위로 간주하는 상사들이 아주 많은 한국이다. 이런 사회 분위기는 앞으로 점차 변화하겠지만, 지금 이 책을 읽고 있는 당신이 중년이 되기 전까지는 어림없는 일이다.

사냥을 잘하는 남자는 능력 없는 사냥꾼이 열 시간 들여서 사냥할 수 있는 사슴을 세 시간 만에 잡고 일찍 집에 들어올 수도 있다. 하지만 보통 능력 있는 사냥꾼은 남보다 사슴을 서너 마리쯤 더 잡고 더 늦게 들어온다. 당신은 사슴을 왕창 잡아서 일찍 들어오는 남편을 바라서는 안 된다. 그건 이루어질 수 없는 꿈이다. 사슴 한 마리를 잡아가지고 일찍 들어와 가족과 함께 먹고 즐기는 남편이나, 혹은 여러 마리 사슴을 잡아와 집에 내려놓고는 이내 사냥하러 다시 뛰쳐나가는 남편 중 어느 쪽을 선택할 건지 결정해야 하는 것이다.

아, 그리고 사슴을 열 마리 잡아오는 남자는 사슴 한두 마리로 다른 여자를 유혹해 자신의 사냥 능력을 확인하며 만족을 느끼는 경우가 우리의 짐작보다 많다. 사냥에 정신이 팔린 남자는 사냥한 고기를 가족과 나누는 즐거움을 잘 모르기 때문에 자신의 기쁨을 밖에서 찾으려 들며, 사냥꾼들 사이에서는 많은 여자를 거느리는 것만큼 부러움을 사는 일도 없기 때문이다.

남자의 능력과 가정에 대한 충실도 중 어느 쪽을 우위에 두고 배우자를 선택하는 것이 더 좋은지는 나도 모른다. 불고기백반과 부대찌개를 동시에 먹을 수 없으며 어느 쪽이 점심 메뉴로 더 낫다고 말할 수 없는 것과 같다. 여기에 '양념 반 후라이드 반'이나 '짬짜면' 같은 중도와 대타협은 적용되지 않는다.

분명한 것은 능력 없으면서 가정적이지조차 않은 남자는 외계인에게나 양보할 것이며, 일단 선택한 배우자는 있는 그대로 받아들이고 그 상태에서 행복하고자 노력해야 한다는 것이다. 능력 있고 바쁜 남자에게 설거지와 빨래를 강요한다거나, 가정적인 남자에게 억대 연봉을 요구하며 뜻대로 되지 않음에 슬퍼하지 말라는 이야기다. 자신이 한 선택의 결과에 만족하고 기뻐하라. 그러면 일차적으로 당신은 결혼해서 잘 살 자격을 갖춘 셈이다.

3장

결혼에도
기준이
필요하다

내게 반하지 않은
남자와는 결혼하지 말라

남자는 쉽게 얻은 것은 가치 없다고 여긴다

J가 지금 결혼해 살고 있는 아내는 아주 적극적인 성격이다. 부잣집에서 자라 뭐든 갖고 싶은 것을 손에 넣으며 살았고, 추진력도 있어서 일도 잘한다. 그런 아내가 노골적으로 호감을 표시하며 다가왔을 때, 솔직히 처음에는 부담스러웠다. 그래도 쾌활하고 열정적이며 미모까지 갖춘 그녀가 싫지는 않았기에 "널 사랑하지 않아" 하고 등 떠밀 이유는 없었다. 그렇게 몇 년쯤 만나는 동안 아내가 임신했고 자연스럽게 결혼으로 이어지게 되었다.

문제는 결혼하고 아기를 낳으면서부터 바로 터졌다. 그는 본인의 의사와 상관없이 생계를 떠맡고 육아에 시달리는 것도 힘든데, 열정적인 성격 탓에 화도 불같이 잘 내는 아내는 맞벌이하는데도 가사를 돕지 않는다며 매일 싸움을 걸어 왔다. 그는 정말 아내를 이해할 수가 없었다. 아내가 자신에게 잘 대해주는 건 인정한다. 그러면 그걸로 된 거지, 왜 자신에게 똑같이 잘해주기를 바라며 괴롭히는 건지 모르겠다. 본인이 좋아서 결혼했고 J가 남편 노릇을 하지 않는 것도 아닌데, 뭐가 그렇게 불만이 많은지 알 수가 없었다.

그렇게 지내던 J는 어느 날 '도대체 사는 게 이게 뭔가' 하는 생각이 들었다. 쥐꼬리만 한 월급을 받기 위해 죽어라 일하고, 그걸 또 정 없는 아내에게 갖다 바치는 삶에 회의가 느껴졌다. 결국 그는 분연히 사표를 던지고는, 이제부터 사법고시를 준비하겠다고 선언했다. 아내는 "그럼 나 혼자 벌어서 살림하고 학비 대고 애까지 키우라는 말이냐"며 울고불고 난리였지만, 이내 받아들이는 눈치였다.

그는 지금 아내의 뒷바라지를 받으며 공부에 열중하고 있다. 아내가 고생한다는 것은 알고 있지만 솔직히 그에 대해 별 느낌은 없다. 그게 그녀가 선택한 삶이라는 생각이다.

많은 여자들이 말한다. 바야흐로 여자가 소극적으로 남자의 선택을 기다리는 시대는 지났다고. 당당히 자신이 선택한 사람과 결혼한 여자가 진짜 행복한 것이라고. 그런데 도대체 왜, 자신이 좋아하는 남자에게 적극적으로 다가가 결혼한 여자의 일고여덟은 그토록 힘들게 사는지 알다가도 모를 일이다.

여자도 자신이 선택한 사람, 자신이 좋아하는 사람과 결혼해야 하는 것은 당연하다. 그런데 좋아하는 사람에게 접근하는 방식이 남자와 똑같아야 한다고 생각하는 데 문제가 있는 듯하다. 여자는 아주 터무니없는 상대가 아닐 경우 열 번 찍으면 넘어가지만, 남자는 다르다.

대부분의 남자들은 힘들게 얻은 것만을 가치 있게 생각하는 것 같다. 사랑할 때도 온라인 게임에서처럼 자신이 노력해 호감을 얻는 과정을 거치며 상위 단계로 올라가야 상대에게 애착을 느낀다. 그런 과정 없이 너무나 쉽게 다가오는 여자, 더구나 먼저 다가와 사랑을 고백하는 여자에게는 매력이 느껴지지 않는다고 남자들은 입을 모아 말한다.

남자들은 어떤 일이든 자신의 능력으로 쟁취해서 얻을 때 기쁨을 느낀다. 그들은 쉽게 자신의 품에 뛰어 들어온 여자를 함부로 대함으로써, 일생에서 가장 중요한 일인 결혼을 자신의 능력으로 이루어낼 기회를 빼앗아간 대가를 치르게 하는 셈이다. 그들이 '거저 얻은 여자'에게 얼마만큼 잔인해질 수 있는지 모르는 여자들이 너무나 많다.

앞의 이야기의 J처럼 여자를 힘들게 하는 남자들을 애초 인간성이 글러먹은 사람이라고 욕하기 쉽지만, 지극히 상식적이고 반듯한 남자들조차 자신을 사랑하는 여자에게만은 조리돌림을 당해도 시원찮을 행동을 아무렇지도 않게 하곤 한다. 무슨 철학이나 신념을 가지고 그러는 게 아니라 저절로 그렇게 되는 것이다. 실제로 남자들에게 왜 자기에게 다가오는 여자들에게 못되게 구느냐고 물어보면 자신들도 제대로 설명하지 못한다. 흔히들 말하는 '나쁜 남자'가 따로 있는 게 아니다. 자기 여자를 충분히 사랑하지 못할 때 모든 남자들이 나쁜 남자가 될 수 있다.

자신을 좋아하는 여자와 잘 지내면 여러모로 본인에게 더 유리한 점이 많은 게 자명한 이치인데 그걸 잘 못하는 걸 보면 남자들이 더 본능에 충실한 순진한 무리일지도 모른다는 생각마저 든다. 그들에게 상대가 얼마나 착하고 괜찮은 여자인지는 중요하지 않다. 자신이 매력을 느끼는 대상이 선(善)이고, 그렇지 않은 게 악(惡)이다.

"더 사랑하는 사람이 약자다"라는 말이 있듯이 연애할 때는 이런 남녀의 태도 차이가 눈에 띄게 드러나지 않을 수도 있다. 평소에는 다 정다감한 성격이다가도 남자 친구에게만은 본데없이 패악을 부리는 여자들이 머릿수로 따지자면 더 많을 것이다. 그러나 결혼하고 나면 남녀 간의 태도는 뚜렷이 달라진다.

미국에서 이루어진 조사에 따르면 부부 사이가 나쁠 경우 여자는 건강이 많이 나빠지고 남자는 별반 변화가 없다고 한다. 그 이유가 아내는 아무리 사이가 나빠도 옆에서 잔소리하며 남편의 건강을 챙겨주기 때문이라고 한다. 이처럼 상식적인 여자들은 일단 결혼하고 나면 배우자에게 최선을 다하는 게 보통이다. 내가 좋아서 결혼했건 남편이 좋아서 했건 상관없이 말이다. 더구나 여자들에게는 공감 능력이 발달해 있어서 상대방이 지극한 정성으로 자신을 대하면 쉽게 그 감정에 동화되고 애정도 느끼게 된다. 그래서 그런 커플들이 막상 결혼하면 아내가 남편을 더 많이 사랑하는 일도 아주 흔하다.

그러나 남자들은 그렇지 않다.

남자들은 상대방이 자신을 더 사랑해서 결혼했다고 생각하면 묘하게도 내가 '결혼해 줬으니까' 그걸로 됐다고 생각한다. 노력해서 아내를 행복하게 해주고 싶다는 의욕을 갖지 못하고, 그녀를 유복하게 살게 해주기 위해 하는 사회생활에 보람을 느끼지 못한다.

남자들의 이런 속성을 잘 아는 요령 있는 여자들은 드러나지 않는 적극성으로 호감을 느끼는 사람에게 접근한다. 주변에 자주 머물며 상대의 호감을 얻도록 노력하되, 결코 필요 이상으로 감정을 드러내지는 않는다. 어떻게든 남자 쪽에서 먼저 좋아한다는 말이 나오도록 유도한다. 만약 여자가 먼저 다가간 경우라면 남자가 사랑을 쉽게 얻을 수 없다는 걸 깨닫도록 완급 조절을 해준다. 여자가 먼저 고백해 결혼해서 잘 사는 커플은 여자가 이 부분에서 솜씨를 발휘한 경우가 대부분이다. 재미있는 점은 이런 경우 남자가 자신이 먼저 여자를 좋아했다고 착각한다는 것이다. 사람의 기억이란 편의에 따라 재구성되곤 하는데, 아마 남자들은 자신이 능력을 발휘해 우러르던 '여신'을 자기 곁으로 불러들였다는 식의 스토리텔링을 선호하나 보다.

사랑에 빠진 남자는 말이 아닌 행동으로 말한다

나는 어떤 '-이즘'이 아니라 순전히 심리적인 이유로 남자가 여자를 더 좋아하는 커플이 안정적이라고 생각한다. 그러나 이 생각에 어느 정도 동의하면서도 자신을 그다지 사랑하지 않는 남자와 연애하고 결혼까지 꿈꾸는 여자들이 허다하다. 그것은 많은 여자들이 상대 남자가 자기를 사랑하고 있다고 착각하기 때문이다. 사람은 눈앞에 보이는 현상들을 자기 좋을 대로 해석한다. 그녀들 역시 자신이 좋아하는 사람이 하는 평범한 행동조차 자신에 대한 애정 표현이라고 믿고 싶기 때문에 그렇게 하는 것일 뿐이다.

당신도 이미 알고 있다시피 남녀 불문하고 누구나 상대를 끔찍이 사랑해야만 연애하는 것은 아니다. 연애는 하고 싶은데 맘에 꼭 차는 상대가 나타나지 않으면 주변의 적당한 이와 일단 연애를 시작하는 사람도 많다. 당신이 지금 만나고 있는 사람이 바로 그런 상황이지 말란 법도 없다.

상대가 당신을 진정으로 사랑하고 있는지 어떻게 아느냐고? 우선 그런 질문을 하는 것 자체가 문제가 있는 것이다.

내게 조언을 구해 온 27세의 여성은 남자 친구 때문에 고민이 많았다. 다정하고 달콤한 성격에 반해 사귀게 된 그는 학교 선배였고, 그녀의 주변 사람들도 열렬히 지지하는 모범 연인이었다. 그렇지만 겉보기와는 달리 그녀는 그와 사귀면서 행복한 순간보다는 불안하고 서글픈 순간이 더 많았다.

특별한 날 일이 있다며 곁을 지키지 못할 때가 많았고, 휴가를 받아서는 그녀를 두고 혼자서 여행을 떠난 적도 있었다. 친구들과 그녀와의 약속이 겹치면 주저 없이 친구들을 택할 때도 한두 번이 아니었다. 그럴 때마다 합당한 이유가 없었던 건 아니었다. 회사의 비상사태 때문에 어쩔 수 없이 생일 때 못 만난 것이고, 휴가 때 혼자 간 것은 외국에 사는 친척집에 신세 지러 가는 것이기 때문에 그녀를 데려갈 수 없었으며, 그녀와의 약속을 취소하고 친구들을 만날 때는 분위기상 빠질 수 없었다. 그의 말을 가만히 듣고 있으면 다 이해할 만했고, 그녀는 이해해 주었다. 그런데 그가 자신을 사랑하고 있다는 사실을 믿어 의심치 않으면서도 가끔은 이래도 되는 건가 하는 생각이 드는 것이었다.

최근에는 친한 친구가 연애를 시작하면서 그녀도 사랑이라는 것을 다시 생각해 보게 되었다. 자기네와는 달리 그 커플은 남자 쪽에서 여자를 항상 최우선으로 생각했다. 지금의 남자 친구 말고는 별다른 연애 경험이 없었던 그녀에게는 새로운 충격이었다. 한편으로는 사람마다 사랑하는 방식이나 상황이 다른 법인데 자신이 너무 예민하고 까다롭게 굴며 스스로를 들볶고 있는 게 아닌가 싶기도 했다.

남자 친구를 사랑하고 있고 결혼도 생각하고 있는데 그의 사랑을 믿어도 될까?

여자들은 연애할 때 알쏭달쏭한 메타포로 남자들을 혼란스럽게 만든다. 여자가 길거리에서 "저 가방 예쁘다"고 말하면 보통의 남자들은 정말 가방이 예뻐서 그런가 보다 하며 흘려듣고, 경험이 좀 있는 남자들은 저걸 사달라는 말인지 취향을 떠보는 것인지 탐색하며 치열하게 머리를 굴린다. 반면 남자들은 연애할 때 여자들처럼 '게임'을 하지 않는다. 여자의 눈에 보이는 게 그 남자의 진심이다. 이 이야기의 그녀처럼 연인 때문에 외롭고 서글프다면 남자는 여자를 충분히 사랑하고 있지 않은 것이다. 정말 피치 못할 사정으로 그녀가 섭섭해 할 만한 상황을 만들었다면 남자들은 자신이 미안해 하고 있으며 여전히 사랑하고 있다는 메시지를 전달하기 위해 안달한다. 여자가 그 일로 사랑을 의심하게 할 만한 여지를 남기지 않는다.

쿨하고 영리한 여자들조차 옆에서 보기에는 그 남자가 그녀를 사랑하지 않는 게 뻔해 보이는데도 온갖 합리화로 그가 그렇게밖에 행동할 수 없는 이유를 설명하려고 든다. 주변을 둘러보라. 몇 달 동안 단둘이 만나 밥을 먹으면서도 사귀자는 말을 도통 안 하는 남자가 여전히 자신을 좋아한다고 굳게 믿는 여자들이 얼마나 많은지.

남자가 자신을 진심으로 사랑하는지 알고 싶다면 그가 그 마음을 행동으로 표현하는지, 말로만 때우고 그치는지를 보라. 남자들은 문제 해결적인 종족이어서 호감을 표현하고 싶을 때는 물리적인 변화가 따른다. 입으로만 사랑한다, 미안하다, 말하는 건 그들의 본질에 맞지 않는다. 그들이 입에서 뱉은 것을 행동으로 옮기지 않는 것은 마음이 없다는 증거다. 그가 손가락 하나 까딱하기 싫어하는 게으름뱅이여도 마찬가지다. 지금 결혼을 생각하고 있는 그 남자의 사랑이 영 불량하다는 판정이 내려지면 바로 지금 결단을 내려야 한다. 그가 나를 더 사랑하도록 전략을 짜든가, 나를 더 사랑하는 사람을 찾아 떠나든가.

세상에 수없이 많은 남자 중에
나에게 딱 맞는 남자는 많지 않다

여자들은 늦게 결혼하고 싶다!

"결혼을 빨리 할까요? 늦게 할까요?"

미혼 여성들이 내게 가장 많이 던지는 질문 중 하나다. 하지만 그건 "구찌와 프라다 중 어느 게 좋으냐" 혹은 "파리와 뉴칼레도니아 중 어디가 여행지로 좋으냐"고 묻는 것과 같다. 그러니까 어느 하나가 절대적 우위에 있는 것이 아니라 그걸 선택하는 사람과 궁합이 더 맞는 게 어느 쪽이냐의 문제인 것이다. 그러므로 어떤 선택을 하든 장단점은 있기 마련이다.

내 경우, 일찍 결혼해 상대적으로 이른 나이에 육아의 피로에서 벗어나 일과 사생활을 즐기고 있어서 이제 막 돌쟁이를 키우며 화장실도 맘대로 못 다니는 친구들의 부러움을 사기도 한다. 그러나 한창 좋을 나이에 연애도 실컷 못 해보고, 싱글 친구들과 몰려다니며 놀아보지 못한 아쉬움은 있다. 나에게는 유부녀들이 흔히 말하는 '잘나가던 시절'이 없다. 가족 관계나 경제 문제가 일찍 안정되어 기본적인 문제 때문에 에너지를 낭비하는 일이 줄어든 것은 장점이지만, 어차피 남은 평생을 결혼한 상태로 지내게 될 텐데 귀하디귀한 젊은 날의 자유를 단축시킬 필요가 있었을까 하는 생각이 들기도 한다. 한마디로 나 자신은 크게 불만이 없지만, 남들에게 굳이 이른 결혼을 권하고 싶지는 않다는 말이다.

사람들이 성향과 상황에 따라 결혼할 시기를 스스로 선택하기 때문인지, 요즘 결혼에는 '평균 연령'이라는 것이 의미가 없는 것 같다. 통계에 따르면 결혼하는 여성들의 평균 연령이 30.1세(2016년 통계청 발표 자료 기준)라고 하지만, '대부분의 여성들이 30세 전후에 결혼한다'는 뜻은 아니다. 22세에 결혼하는 여성들과 38세에 결혼하는 여성들이 동시에 늘어나고 있어서 평균 연령이란 말 그대로 산술적인 평균치에 불과하다. 실제로 내 주변에서는 30세 정도에 결혼한 사람을 거의 만나보지 못했다.

요즘 한국의 여성들은 적어도 심정적으로는 '여건이 허락하는 한 충분히 늦은 결혼'을 원하는 것 같다. 여성들의 인식은 점점 글로벌화되고 있는데 우리의 가족 제도가 그것을 따라가지 못하고 있고 미혼 여성들 역시 그 사실을 잘 알고 있기 때문이다. 사실 여자들이 나이 들어 결혼하게 되면 결혼 초기에 유리한 점이 훨씬 많기는 하다. 세상

물정을 좀 알고 결혼하면 시댁에 마구잡이로 휘둘리지도 않고, 사회 경험을 가족 관계에도 적용해 결혼에 더 수월하게 적응하기도 한다. 무엇보다 남자 보는 눈이 생겨 어처구니없는 결혼을 할 확률이 줄어든다. 단, 결혼할 수만 있다면 말이다!

여자들이 만혼에 장점이 더 많은 걸 뻔히 알면서도 원하는 만큼 결혼을 미루지 못하는 이유는 크게 두 가지, 출산과 '쓸 만한 남자들의 조기 품절' 때문이다.

좋은 남자는 조기 품절되고, 좋은 여자는 재주문된다?

서른 넘은 미혼 여성들이 한목소리로 하는 말이 "남자가 없어도 너무 없다"는 것이다. 괜찮은 남자가 없다는 말은 내가 스무 살에도 했던 말이니만큼 전에는 그냥 범상하게 넘겼다. 그런데 오랜 시간을 두고 찬찬히 살펴보니 결혼 시장에서 뒤처진 노처녀들의 자기 합리화라고 치부할 수만은 없었다.

30대 중후반 여성들 중에는 같은 여자가 봐도 근사한 여자들이 많다. 그녀들은 경제적으로 안정되어 있고, 매끄럽게 다듬어진 매너와 20대 못지않은 세련된 외모까지 갖추고 있다. 그런데 비슷한 나이의 싱글 남성들은 동갑내기 유부남들보다 대여섯 살은 나이 들어 보이고, 좀 탐낼 만하다 싶으면 어김없이 바람둥이다. 결혼할 수 있는 경제적 여건이 안 되는 사람들은 아예 결혼 시장에서 숨어버리기 일쑤다.

싱글 여성들은 괜찮은 남자들은 30대가 되기도 전에 '조기 품절'된 다고 입을 모은다. 반면 괜찮은 여자들은 사람들이 선호할수록 '리오 더', 즉 품절 이후 재주문이 되기 때문에 공급이 끊이지 않는다. 단, 호가는 점점 더 올라가기 때문에 아무나 넘볼 수는 없다. 그래서 그 녀들은 '어쩔 수 없이' 파트너를 연하에서 찾는다고 한다. 현재 전체 부부의 20퍼센트를 차지하고 있는 연상연하 커플이 매해 늘어나고 있는 것은 한번 불고 지나갈 유행이 아니라 이유 있는 사회현상인 것 이다.

그렇다면 도대체 왜 30대 이상의 남자가 이토록이나 없는 것일까?

이유는 간단하다. 대체로 남자들은 결혼을 일찍 하고 싶어 하고, 여자들은 늦게 하고 싶어 하기 때문이다. 2017년 경제행복지수 자료 에 따르면 대한민국에서 스스로를 가장 행복하다고 여기는 집단은 '공무원이거나 소득이 높은 20대 미혼 여성'이다. 다시 말해, 경제적 으로 안정된 싱글 여성들이 가장 행복하다는 말인데, 그런 여자들이 굳이 행복한 시절을 제 손으로 일찍 마감하고 덜 행복한 집단으로 들 어가고 싶겠냐는 말이다. 여자들은 여행도 다니고 문화 생활도 하면 서 싱글 생활을 즐기지만, 남자들이 보내는 혼자만의 시간은 나이 들 수록 궁상스러워지는 경우가 대부분이다. 오죽하면 앞서 말한 통계에 서 가장 불행한 집단이 '교육 수준이 낮은 60대 독신 남성'일까.

요즘은 세상이 바뀌어서 남자들도 가장 노릇이 부담스러워 결혼을 기피한다고도 하지만, 대한민국 평균 남자들은 능력만 되면 결혼을 미루고 싶어 하지 않는다. 어차피 할 결혼이라면 되도록 빨리 해서 아내의 보살핌도 받고, 마음껏 섹스도 하고, 데이트 비용도 아끼고 싶은 것이다. 더구나 남자들의 경우 나이를 한 살 먹을 때마다 예상 결혼 비용이 소득 증가율의 세 배나 증가한다고 하니 일찍 결혼할수록 경제적으로도 이득이다. 그러니 경쟁력 있는 남자들이 '일단 결혼할 의사가 있는 여자'에 의해 먼저 소진되는 것은 매우 당연한 일이다.

게다가 뒤늦게 경쟁력을 확보한 남자들은 웬만해선 같은 나이대에서 배우자를 찾지 않는다. 그들은 '나이 들었지만 경쟁력을 갖춘 남자를 선호하는 20대 여자' 가운데서 배우자를 찾는다. 이런 경우 배우자감이 되는 여자들에게 중요한 조건은 본인의 능력보다 '결혼할 의사(意思)와 젊은 나이'다. 이런 현상은 우리보다 여러 면에서 자유로워 보이는 미국도 마찬가지다. 한 예로 30세 이상의 이혼녀 40퍼센트는 평생 재혼을 못한다고 하는데 그게 같은 또래의 이혼남들이 더 어린 여자들을 찾기 때문이란다.

이런 식으로 이리 빠지고 저리 빠지다 보면 결국 남는 것은 20대 때 결혼을 거부한 능력 있고 자의식 있는 30대 여자다. 여자들은 끊임없는 자기계발로 나이 들면서 점점 더 가치 있는 배우자감이 되어가는데, 그것이 시장의 수요가 없는 가치라는 게 딜레마다.

날이 갈수록 늦게 결혼하는 여성들이 많아지고 또 싱글 생활의 로망이 젊은 여성들 사이에서 확산되고 있어서, 이제 여자들이 늦게 결혼하는 것에 대한 부담이 없어졌다. 여자들이 '자기만의 결혼 적령'을 선택할 수 있는 범위가 한결 넓어진 것이다. 그러나 문제는 단순히 시간을 보내며 기다린다고 해서 자신만의 결혼 적령이 저절로 찾아와 주지는 않는다는 것이다. 적극적으로 준비하지 않으면 환갑이 되어도 적령기에 이르지 못할 수도 있다. 결혼을 늦게 하고자 결심했다면 그 기간 동안 자신이 얻을 것에 대한 확고한 목표가 있어야 한다. 그렇지 않으면 그사이에 무섭게 경쟁력을 키운 동년배들과 시장을 지배하고 있는 동생들에게 외면당한 '재고품'들 사이에서 숨은 보석을 찾아내야 하는 어려운 길을 가야 하는 것이 현실이다.

당신이 독신주의자가 아니라면 고정관념에서 벗어나 '좋은 남자를 골라 결혼한 이후에도 싱글 시절 못지않게 잘 살겠다'는 생각을 하고 있어야 자신만의 결혼 적령기와 실제로 결혼하기 좋은 시기 사이의 균형을 맞출 수 있다.

부모가 반대하는 결혼은
열 번 다시 생각해 보라

결혼, 확률에 걸어라

오피스 타운의 카페 옆자리에서 우연히 두 여자가 나누는 대화를 듣게 되었다. 한 여자는 40대 초반쯤으로 보이는 경륜 있어 보이는 커리어 우먼이었고, 다른 하나는 이제 막 사회생활을 시작한 젊은 여성이었다.

"선배 결혼식이 있는데 오늘 조금 일찍 나가도 될까요?"

"그렇게 해. 그런데 평일 저녁에 결혼하는 사람이 다 있네. '수금'에 별 미련이 없구나."

"사실은요, 그 선배가 초혼이 아니거든요. 그런데 다섯 살이나 연하인 총각하고 결혼해요."

"그래? 그 선배가 미인이니?"

"음, 그냥 수수해요."

"그래? 아마 남편감은 잘생겼겠지?"

"어머, 어떻게 아셨어요? 완전 미남이에요."

"그 선배 돈 많지?"

"어머어머, 맞아요. 그 선배가 아파트 샀잖아요. 그 선배 아는 사람이에요? 부장님이 어떻게 그렇게 잘 아세요?"

신입사원의 호들갑에 여자는 코웃음을 치며 대답했다.

"아는 사람일 리가 있니. 사람 사는 모습이 어찌나 거기서 거긴지 알고 싶지 않아도 다 알게 되더라. 너무 뻔히 보여서 지겹다."

MBTI라고 꽤 신빙성 있다고 알려진 전통적인 성격 검사가 있다. 심리학에 조금이라도 관심 있는 사람이라면 한 번쯤 이 방법으로 자신의 성격을 테스트해 보았을 것이다. 이 검사 결과에서는 사람의 성격을 16가지 유형으로 나누는데, 대부분의 사람들이 이 중에서 자신과 꼭 맞는 성격 유형을 찾으며 신기해 한다. 제각각 다른 얼굴과 환경에서 자랐고 당연히 그만큼 성격도 다양할 60억의 사람들이 불과 16가지로 분류되는 것이다.

확률과 통계에 대해서 불신을 품는 사람들이 많고, "내가 살아보니 그렇더라" 하는 어른들의 이야기를 '일반화의 오류'라고 비난하는 이들도 많다. 그러나 내 자신이 어설프게나마 나이가 들어가고 사람들이 살아가는 모습을 지켜보며 그에 대해 많은 생각을 하다 보니 사람 사는 모습의 원인과 결과가 일정한 틀을 크게 벗어나지 않는다는 걸 알게 되는 듯하다. 이러니 앞으로 더 나이가 들고 더 지켜보는 것들이 많아지면 얼마나 더 정리될까 싶다.

나이 든 사람들이 편견을 갖게 되는 것은 인생이라는 도박에서 확률이 높은 쪽에 거는 편이 그나마 안전하다는 것을 경험으로 알게 되기 때문이다. 편견은 새로운 길을 개척하는 데는 방해가 될지 모르지만, 삶을 편하게 살 수 있게 해주며 결정에 시간을 낭비하지 않게 해준다. 삶이 가치 있으려면 모험과 안정이 균형을 이루어야 하는데 '안정' 쪽을 지탱해 주는 게 편견이다. 그러니 편견에 대한 편견을 버리는 것도 삶을 지혜롭게 사는 방법 중 하나다.

부모님의 편견은 당신에게 결혼해서 잘 살 수 있는 가장 확률 높은 길을 보여줄 것이다. 물론 부모님의 판단이 틀릴 수도 있다. 출신 지방이나 궁합 등 도무지 납득할 수 없는 이유를 들어 반대할 수도 있다. 그러나 자신의 전 존재를 걸고 당신의 결혼에 관심을 가져줄 사람은 이 세상에 부모님뿐이다. 대개 주변 사람들은 '아니다 싶은' 사람을 드러내놓고 반대하지 못한다. 자신의 충고에 책임질 자신이 없기 때문이다. 만약 당신의 친구가 당신의 결혼을 뜯어말린다면 그는 경솔하거나 당신을 살붙이처럼 아끼고 있거나 둘 중 하나다. 부모님은 자신의 의견에 책임지고 경우에 따라 원망과 희생을 감당할 각오까지 하는 사람들이기에 필요하다고 판단하면 망설임 없이 반대한다.

그들은 수십 년 동안 쌓은 삶의 지식을 총동원해 당신이 선택한 결혼의 미래를 점쳐줄 것이다. 당신이 시대착오적이라며 우습게 여기기 쉬운 그 지식들은 생각만큼 가치 없는 것이 아니다. 결혼 자체에 대한 가치관은 세대를 거치면서 변할 수 있지만, 사람 혹은 결혼에 충실할 수 있는 사람의 성향만큼은 변하지 않기 때문이다.

물론 결혼해서 살아가야 할 사람은 당신이기 때문에 최종 결정은 결단코, 반드시, 기필코 당신이 내려야 한다. 그렇지만 부모님이 당신의 결정을 반대한다면 그들을 설득하려고만 들지 말고 적어도 열 번은 다시 생각해 보라. 그것도 충분히 시간을 두고 말이다.

"왜 그때 날 더 말리지 않았어요?"

B가 결혼하기까지의 과정은 그야말로 열 권짜리 파란만장한 대하드라마였다. 순탄하고 예쁘게 연애하던 그들이 벽에 부딪힌 건 상견례 자리에서였다. 남자 친구의 어머니가 대놓고 혼수에 대한 욕심을 드러냈고, 그녀의 엄마는 사색이 되어 그날로 결혼을 반대하고 나선 것이었다.

"이건 단순히 혼수만의 문제가 아니다. 사돈 될 사람한테조차 저렇게 대놓고 함부로 구는데 하물며 너한테는 어떻겠니? 살면서 정말로 힘들 거야."

엄마의 걱정에 그녀는 대수롭지 않게 말했다.

"어머니가 좀 직설적인 성격이라서 그래. 그런 사람들이 뒤끝은 없고, 화끈한 데가 있잖아. 그이가 그러는데 어머니가 평소엔 안 그렇대.
엄마, 마음 풀어요."

"글쎄, 내가 마음을 풀고 안 풀고의 문제가 아니라니까. 널 위해서
이러는 거야, 이것아!"

남자 친구를 사랑하는 마음에는 변함이 없었기에, 당사자의 문제
도 아니고 시어머니의 성격 때문에 결혼을 포기할 수는 없다고 생각
했다.

며칠 단식투쟁을 하고, 남자 친구가 집에 와서 무릎 꿇고 눈물 흘
리는 등의 우여곡절 끝에 그녀의 엄마도 두 손 들고 말았다.

"자식 이기는 부모 없단 말이 왜 나왔는지 알겠다. 어쨌든 네가 내
린 결정이니까 무슨 일이 있어도 잘 살아야 돼. 알았어?"

"엄마도 참, 당연한 말을 왜 해?"

로미오와 줄리엣도 울고 갈 애절함 끝에 식을 올렸기에 앞으로는
행복할 일만 남았을 줄 알았다. 하지만 결혼만 하면 '내 식구'라고 여
기고 잘해줄 거라고 믿었던 시어머니의 횡포가 예사롭지 않았다. TV
통속극에서 보던 비상식적인 시어머니들의 행태가 작가의 막 나가는
상상력의 산물인 줄로만 알았더니 현실에서는 그보다 더 심할 수도
있다는 걸 몸소 체험했다. 결국 시댁 문제로 남편과 다투다가 부부
사이까지 나빠진 그녀는 짐 싸들고 친정에 들어오게 되었다.

"이것아, 그렇게 반대하는데도 결혼했으면 잘 살아야지. 이러려고
엄마 가슴에 대못 박고 결혼했어?"

그러자 적반하장으로 그녀가 더 화를 내며 대답했다.

"그러게 엄마가 더 독하게 말렸어야지. 아픈 척해서 응급차에 실려 가든가, 내 머리를 싹 밀어버리고 밖에도 못 나가게 하든가, 암튼 무슨 수를 써서라도 말리지 그랬어. 나야 철이 없어서 그랬다지만 엄마는 다 알면서 딸이 사지로 걸어 들어가는 걸 보고만 있었단 말이야?"

B의 엄마는 너무 기가 막혀서 더는 할 말이 없었다.

B의 행동이 어처구니없다는 생각이 들겠지만, 당신은 앞으로 살면서 부모가 말리는 결혼을 한 여자들이 그녀와 똑같은 말을 마치 미리 짠 것처럼 하는 모습을 너무나 많이 보게 될 것이다.

"그때 엄마 말을 들을걸 그랬어. 너는 절대로 부모님이 반대하는 결혼은 하지 마."

이것도 그녀들의 단골 멘트다.

다른 의미에서 상대방, 즉 남자 쪽의 부모님이 반대하는 결혼은 열 번이 아니라 백번 더 생각해 보라. 아직 한국에서는 일단 결혼하면 여자 쪽 부모가 약자가 된다. 그들은 아무리 무섭게 반대했더라도 딸을 위해 마음을 열려고 애쓰는 경우가 많다. 그렇게 못 된다고 해도 남자 입장에서는 그저 '살면서 마음에 걸리는 뭔가'가 생기는 것일 뿐이다. 그러나 여자가 같은 상황에 놓이게 되면 이야기가 달라진다. 잘못하면 삶 전체가 무간지옥이 될 수도 있다. 그래서 우리네 엄마들이 저쪽에서 반대한다는 이유 하나만으로 그 결혼을 반대하기도 하는 것이다.

당연히 삶은 살아봐야 아는 것이다. 아무리 좋은 여건에서 시작했어도 생각지도 않은 변수가 생기기도 하며, 출발은 나빴어도 나중에 잘 사는 경우가 없는 것도 아니다. 하지만 시작이 좋았어도 무한한 노력을 해야 겨우 얻을 수 있는 게 결혼 생활의 행복이므로, 불안을 품고 첫발을 내딛기로 결정했다면 당신은 매우 현명해져야 하고 아주 오랫동안 고강도의 노력을 기울여야 할 것이다. 그 정도의 노력을 사회 활동에 쏟아 부으면 초고속 승진이 가능할 정도로 말이다.

엄마가 반대하는 결혼을 하고도 행복하게 잘 살고 있는 친구에게 "역시 결혼은 자기 주관대로 해야 하는 건가 봐" 하고 말했다가 몹시 타박을 당한 적이 있다.

"뭐야? 내가 그동안 얼마나 힘들었는지 알아? 죽을 노력을 해서 이만큼 사는 거야. 엄마가 결혼하라던 사람과 결혼하고서 그 노력의 반만 쏟았어도 지금쯤 공작부인처럼 살고 있을 거다. 부모 말을 들으면 자다가도 떡이 생긴다는 속담이 딱 맞는데, 그땐 그 말이 왜 그렇게 짜증나게 들렸을까? 넌 작가니까 알 거 아냐, 말 좀 해봐!"

내가 헤밍웨이라고 해도 그걸 설명할 도리는 없다. 누구나 삶은 본인이 살아봐야만 아는 거니까. 그러니 '살아봤기 때문에 아는 사람'의 심정을 온전히 이해할 수는 없더라도 일단은 그들의 말에 진지하게 귀를 기울여보라.

섹스해 보지 않은
남자와는 결혼하지 마라

결혼 이후에는 섹스가 사랑이다

S는 결혼 전 순결을 지키고 싶었다. 그러나 사귄 지 1년쯤 된 남자 친구가 키스나 애무 이상의 것을 몹시 조르기 시작했을 때 여간 고역이 아니었다. 그녀에게는 결혼식과 첫날밤에 대한 환상이 있었고, 종교적 신념도 있었다. 게다가 결혼도 하지 않은 사람들이 호텔 방에서 뒹구는 것처럼 추한 일은 없다는 생각을 갖고 있었기 때문에 단호히 거절했다. 그러자 남자 친구는 잡지에서 많이 본 것 같은 말과 행동들을 하기 시작했다. 자신을 못 믿기 때문에 허락해 주지 않는 거라며 시도 때도 없이 한숨을 쉬고, 교외로 놀러 나가기만 하면 아무 짓도 안 할 테니 호텔 들어가서 잠깐 쉬다 오자고 졸랐다.

남자 친구를 사랑했고, 언젠가 그와 결혼할 수도 있다고 생각했기에 결국 함께 호텔에 들게 되었다. 그러나 이왕 몸을 허락한 것, 로맨틱하고 에로틱하기를 기대했던 그녀는 실망만 하고 말았다. 잠자리가 영 시원치 않았던 것이다. 그래도 그날은 서로 처음이니까 서툴러서 그렇거니 했지만, 그다음부터 함께 있는 시간이 반복되어도 별반 나아지지 않았다.

그 이후 꼭 섹스 때문이라고 할 수는 없지만 그와 헤어지게 되었고, 그녀는 지금 다른 남자와 결혼해서 썩 잘 살고 있다. 가끔 그녀는 이렇게 말한다.

"그땐 처음이라 잘 몰랐는데 지금 생각해 보면 어지간히 속궁합이 안 맞았던 것 같아. 지금 남편을 만나고 나니까 그걸 확실히 알겠더라고. 결혼하고 나니까 섹스가 사랑이더라. 그런데 그걸 결혼에 고려하지 않았다니, 내가 철이 없어도 한참 없었지. 그때 그 사람이랑 그냥 결혼했으면 지금 내가 바람을 피우지 않고 있다고 장담 못하겠다."

임신한 채 웨딩드레스를 입는 신부에게 '필수 혼수품'을 해 간다는 덕담을 해주는 시대에 결혼식 후 '진짜 첫날밤'을 보내는 사람이 몇이나 있을까 생각하는 사람들도 있을 것이다. 하지만 의외로 오래된 연인에게 정절을 요구하는 여자들도 꽤 많고, 미래 아내의 순결을 환상으로 갖고 있는 남자들도 많다. 그리고 결혼 전 몇 번 잠자리를 함께 했더라도 섹스 자체를 별로 중요하지 않게 생각하는 사람들은 헤아릴 수 없이 많다.

연애 시절에는 사랑이라는 감정이 모든 것을 넘어서기 때문에 섹스가 그리 중요하게 생각되지 않을 수도 있다. 그 반대로 외적인 조건들만을 중요하게 생각해서 섹스를 소홀하게 여기는 경우도 있다. 그러나 결혼 생활에서 섹스가 얼마만큼 중요한 것인지는 결혼해 본 사람만이 안다(나는 결혼 전에는 마흔 살만 넘으면 부부는 섹스를 안 하고 사는 줄 알았다). 흔히 말하는 이혼 사유인 '성격 차이'가 실은 '성격 차'가 아니라 '성 격차'더라는 말은 농담이 아니라 현실이다. 실제로 사이가 나쁜 부부들은 부부 관계에 문제가 있는 경우가 많다. 반면 자주 다투면서도 묘하게 사이가 좋아 보이는 커플은 거의 틀림없이 함께하는 밤이 즐거운 사람들이다.

물론 섹스와 사랑은 당신이 알다시피 일방적인 것이 아니다. 아내가 망나니 남편을 영화 〈A. I.〉의 '섹스 머신' 같다는 이유 하나만으로 사랑하고 존경할 수는 없는 일이다. 하지만 함께 살다 보면 어쩔 수 없이 생기는 작은 마찰과 악감정은 만족스러운 부부 생활로 눈 녹듯 사라지기도 한다. 부부가 하는 섹스는 연인이나 불륜 커플이 하는 섹스와는 달리 건강과 정신적 안정을 가져다준다고 한다. 부부 관계는 순간적인 욕구를 충족시키는 배설 행위가 아니라 일종의 교감이자 대화이기 때문이다.

섹스는 대화의 한 방법이다

당신은 아마 사랑하는 연인과 결혼하면 매일 포옹하고 키스할 거라고 생각할 것이다. 하지만 제아무리 사랑했던 사이라도 결혼하면 의식적으로 노력하지 않는 이상 서로를 보듬게 되지 않는다. 서구인들은 오래된 부부라도 끊임없이 키스하고 만지고 하지만, 그들도 연인 시절처럼 '사랑하는 사람에게 저절로 손이 가서' 그러는 게 아니라 그네들의 습관일 뿐이다. 우리나라처럼 부부들끼리의 스킨십이 꼴사나운 일로 여겨지는 문화권에서는 당연히 그게 습관이 되기 힘들다. 습관이 되지 않은 상태에서 틈틈이 손잡고 입 맞추고 포옹하기에는 결혼 생활이 너무 바쁘다. 오죽하면 "중년 남녀가 길이나 카페에서 손잡거나 팔짱을 끼고 있으면 100퍼센트 불륜"이라는 말이 있겠는가. 나는 결혼하고 나서는 한 번도 키스한 적이 없다는 지인의 고백을 듣고 기함한 적도 있다.

정말 한국에서는 섹스가 아니면 부부가 서로의 몸에 손댈 일이 거의 없다. 그러나 어떠한 형태건 사랑하는 사이라면 서로 피부를 맞대고 전기적인 자극을 주고받을 필요가 있다. 때로 그게 백 마디 말보다 더 많은 메시지를 담아내기도 한다.

전에 어느 글을 읽다가 "항문 바로 옆에 종기가 났는데 거기에 약을 발라줄 사람이 아내밖에 없더라"라는 대목에서 공감 어린 웃음이 났던 기억이 난다. 피 한 방울 섞이지 않은 관계인 부부가 다른 가족

관계와 다름없거나 그보다 앞설 수 있는 유일한 이유는 '살을 섞는 사이'이기 때문이다. 그 부분이 유지되지 않는다면 부부가 타인만도 못한 관계가 되는 것은 시간문제다. 몸으로 하는 원초적인 대화가 안 되는 부부가 말로 하는 일상적인 대화를 원활하게 하는 경우는 거의 없다고 봐도 좋다. 남자들이 기본적으로 더 좋아하고 잘하는 게 섹스인데 몸으로 하는 대화에 문제가 있는 남자가 입으로 하는 대화를 잘할 리 만무하다.

남편과 등만 맞대고 잔 지 반년이 넘었다는 어느 30대 주부는 그래도 결혼 생활에 만족한다고 하던데, 본인 말로는 '돈 쓰는 재미'로 산단다. 또 다른 독수공방 주부는 욕구 불만을 먹는 것으로 풀어서 비만이 되었다고 한다.

물론 섹스가 안 되는 부부 모두가 불행한 것은 아니다. 밤에 서로 손만 꼭 잡고 자도 행복하다는 부부들이 있기는 하다. 다리가 다섯 개 달린 강아지나 하얀색 까마귀가 있는 것처럼 그 어떤 전형성에도 예외는 있기 마련이다. 하지만 혈연도 아니면서 육체적 대화까지 없는 부부가 애정을 유지하기는 너무나, 너무나 어려운 일이다. 세상의 그 어떤 정신적인 가치도 물리적인 뒷받침 없이 유지될 수는 없다. 모성 보호를 위해 탁아 시설을 만들고, 동물 보호를 위해 법을 바꾸는 등 정신적인 가치를 지키려는 모든 노력들이 사실은 그 물리적인 뒷받침이지 않은가. 결혼 후 사랑이라는 정신적 가치의 중요한 물리적 뒷받침 중 하나가 섹스다.

연애 기간 동안 도무지 섹스가 되지 않았던 남자가 결혼 후 노력과 대화를 통해 나아질 수 있다는 기대는 크게 하지 않는 게 좋다. 그 시절이 남자들의 일생에서 가장 섹스를 잘할 수 있는 시기이며, 그 문제로 따로 노력해야 한다는 사실 자체가 남자들에게는 커다란 상처이기 때문이다.

결혼할 남자와 자봐야 하는 이유가 또 있다. 남자들은 여자와 잠자리를 하고 나면 본성을 드러내는 경우가 많다. 더 극진하게 사랑하는 남자가 있는가 하면, '넌 이제 내 여자'라며 마초 근성을 드러내거나 갑자기 흥미를 잃으며 눈에 띄게 소홀해지는 사람도 있다. 잠자리를 함께하고 나서 태도가 돌변하는 남자라면 그와 결혼해서 그 어떤 공포스러운 일이 벌어질지 알 수 없는 노릇이다.

어쩌면 '결혼할 남자이기 때문에 섹스한다'기보다는 '결혼할 것인지 결정하기 위해 섹스한다'는 말이 더 설득력 있는지도 모른다.

보이지 않는 복병, 가치관

19세기 남자에게서는 100미터 이상 떨어져라

A는 나이 많은 남자와 결혼하겠다던 친구 C가 영 불안했다. 하지만 둘 다 결혼해 아이까지 낳은 지금은 점차 생각이 바뀌고 있다. 그저 평범한 동갑내기 대학 동창과 결혼한 A는 좁은 집 전세와 맞벌이에 하루하루를 전쟁처럼 버티고 있지만, C는 집안이 넉넉하고 경제적으로도 자리를 잡은 남편과 좋은 집에서 편안하게 살고 있기 때문이다.

몇 년 만에 어렵게 시간을 내어 마련한 친구들과의 모임에서 A와 C도 만났다. 다들 해방감에 마음껏 술을 마셨는데, 술기운이 돌자 C가 느닷없이 눈물을 쏟는 것이었다.

"나, 이혼하고 싶어."

그녀의 눈물은 괜한 술주정이 아니었다. 비단 방석에 앉아 호사를 누리는 줄로만 알았던 C는 전혀 뜻밖의 결혼 생활을 하고 있었던 것이다.

C의 남편은 가난한 집에서 자수성가한 사람인데, '여자와 접시는 내돌리면 깨진다'와 '절약만이 살 길이다', 두 가지가 삶의 신조라고 했다. 그가 가장 싫어하는 게 아내가 밖에 돌아다니면서 돈 쓰는 것이란다. 남편은 어린 아내가 철없이 돈을 쓸까 봐 걱정되어 생활비도 자신이 직접 관리한다고 한다. 결혼 후 C는 백화점에서 옷 한 벌 사 입어본 적이 없고, 제대로 여행을 다녀보지도 못했다고 한다.

그런데다가 사고방식은 몹시 구식이어서 아내를 조선시대 조강지처처럼 대하고, 살갑게 애정 표현 할 때도 드물고, 기념일 챙기는 것을 사내답지 못한 일이라고 여긴다고 한다. 아내가 병이 나 사경을 헤매도 밥상은 차려내야 하고, 아내의 생일조차 외식하기 싫다며 생일 당사자 손으로 저녁상을 차리게 하는 식이다.

2년 전 임신해 만삭의 몸으로 추석을 맞았을 때 C가 시골에 있는 시댁에 못 가겠다고 하자, 자기 어머니는 아이 낳고 바로 밭일도 했다면서 기어이 열 시간 가까이 걸리는 귀경길에 함께 온 남편이었다.

"남편이 착하고 성실한 사람이라는 건 나도 잘 알아. 그래서 결혼도 한 거고. 그 사람, 돈 때문에 어려움 당하게 안 할 거고, 바람도 절대 안 피울 사람이야. 자기 나름대로는 나를 아낀다고 아낀다는 것도 알겠어. 근데 그래서 더 미치겠는 거야. 나쁜 사람이 아니라, 도저히 말이 안 통하는 사람이거든."

A는 매일 돈 문제 때문에 티격태격하지만 적어도 아내를 동등한 존재로 인식하는 자신의 남편이 그나마 다행인 게 아닌가 하는 생각이 들었다.

확실히 세상은 무서운 속도로 변하고 있다. 대부분의 미혼 여성들은 그에 따라 사람들도 변하며 전통적인 남존여비의 사고방식도 천연두처럼 19세기의 기록 속으로 사라져가고 있다고 생각한다. 그래서 C의 남편 같은 사람은 50대 이상의 구세대에나 드물게 존재한다고 여긴다. 그러나 한국에서 사람들의 사고방식이나 가치관은 사회의 변화 속도를 도무지 못 따라가고 있다.

비교적 젊은 사람들조차도 자신을 성장시킨 앞 세대의 영향으로 구시대적인 가치관을 갖고 있는 경우가 많다. 그들은 그 가치관들을 변화하는 시대를 앞질러야 생존할 수 있는 사회에서는 꽁꽁 숨기고, 가정에서만 풀어놓는다. 최첨단 글로벌 사고방식이 태동하던 시대에 고등교육을 받은 수많은 커플들이 얼마나 비민주적인 가정생활들을 하고 있는지 알면 깜짝 놀랄 것이다.

경제력 같은 외적인 조건들은 최악이 아닌 출발점이기만 하다면 노력 여하에 따라 나아지기도 하고, 마음먹기에 따라 행복에 영향을 미치지 않을 수도 있다. 그러나 눈에 잘 띄지도 않는 가치관이라는 것은 서로 맞지 않으면 어찌해볼 도리가 없다. 그건 일종의 장애와도 같아서 노력한다고 해서 달라지는 것이 아니다.

사람은 주로 자신에게 유리한 가치관을 따르기가 더 쉽기 때문에 대부분의 여자들은 남자들보다 더 빨리 '개화'된다. 아무리 보수적인 여자라도 '나는 결혼하면 남편과 시댁 식구들을 뒷바라지하며 희생적으로 살아야지'라고 생각하지 않는다는 말이다. 그런 요즘 여자들이 끝 간 데 없이 보수적인 남자와 산다면 그것처럼 힘든 일도 없다.

그렇다고 페미니스트나 남녀평등주의자만이 남편 자격이 있다는 말이 아니다. 필요한 가치관의 본질은 '아내를 인격체로서 존중'하느냐 하는 거다. 똑같이 '집안 살림은 아내가 하는 일'이라고 생각하는 남편이라도 아내를 존중하는 마음이 있다면, 그녀가 집안일을 하면서 힘들 수도 있다고 생각하고 상황에 따라 도와줄 줄 안다. 반면 보수적인 사고의 뼈대가 남존여비(男尊女卑)인 남자는 아내가 한 사람의 인간으로서 어떤 고충을 겪는지에 관심이 없으며 아내가 힘들다는 것 자체를 공감하지 못한다. 일정 부분에서는 사이코패스인 것이다. 같은 맥락에서 나는 남자 친구가 결혼 후 시부모님을 모시고 살자고 태연히 말하는 사람이라면 일단 그 결혼은 말리고 싶다. 시부모님을 모시고 사는 일의 고단함 때문이 아니다. 경우에 따라서는 함께 살 수도 있는 일이다. 다만 시부모를 모시고 사는 일이 아내에게 얼마나 큰 부담인지를 고려하지 못하는 남자라면 살면서 아내를 어떻게 대할지 겪어보지 않아도 알 일이다.

가는 길이 같아도 지향점이 다르면 동지가 될 수 없다

대학 시절, 선배의 연애 무용담을 듣다가 죽도록 사랑했지만 집안의 반대로 헤어졌다는 대목에 의아해 했던 기억이 있다. 이별하고 3년이 지났는데도 여전히 상대를 그리워하고 있다는 선배의 말을 듣고 내가 다 안타까워서 반대한 이유가 뭐였냐고 다그쳐 물었다. 아마 상대 남자가 가난하거나 집안에 흠이 있겠지 싶었다. 그때 선배의 입에서 "종교 때문에"라는 말이 나왔을 때, 내 반응은 이랬다.

'애걔…….'

애들도 아니고 다 자란 어른들이 한쪽은 교회 다니고 한쪽은 절에 다닌다는 이유로 결혼을 못한다는 게 일종의 코미디로 여겨졌다. 그런 정도로 반대하는 어른들의 까탈에 순종하는 그 커플의 사랑이라는 것도 종잇장처럼 가벼울 것 같았다.

가치관의 중요성을 알게 된 지금은 그 커플이 결혼했어도 행복이 오래가지는 못했을 거라고 확신한다. 아기가 세례를 받던 날, 한껏 웃으며 아기를 축복하던 부부들 틈에서 마치 유복자를 낳은 것처럼 홀로 아기를 안고 차례를 기다리며 눈물을 삼켰다는 내 친구의 서러움은 비단 교회에서만 느끼는 게 아닐 것이다. 종교적인 면에서만이 아니라, 삶을 지배하는 가치관이 다르면 부부는 공존하기가 어렵다.

가치관은 그 사람이 살고 있는 하나의 세계이며 삶의 지향점이다. 사람들은 살면서 일어나는 고난들을 그 가치관에 따라 해석하고 극복한다. 그런데 같은 현상을 두고 부부의 해석이 달라지면 힘을 모아 극복하기가 힘들다.

스페인의 '카미노 데 산티아고(산티아고 가는 길)'를 따라 걷는 긴 여정을 담은 어느 여행서를 읽으며, 그 책의 작가가 함께 걷는 길동무와 친해지고 인간애를 나누는 부분에서 깊은 인상을 받았다. 그가 길가에서 만난 낯선 이들과 그토록 가까워진 건 그들의 지향점이 '산티아고'이기 때문이었다. 그래서 그들은 긴 여정에서 잠시 헤어져도 여전히 서로를 동지로 느끼고 마음에 담고 있다가 다시 반갑게 만나곤 하는 것이었다. 우연히 같은 길을 가고 있을 뿐인 여행객은 잠간의 길동무는 될 수 있어도 동지는 될 수 없다. 마찬가지로 부부도 같은 가치관을 가지고 같은 지향점을 바라보지 않으면 인생의 동지가 되기 힘들다.

가치관은 눈에 보이지 않는 것이다. 도덕 윤리와도 달라서 좋고 나쁘고를 딱 잘라 판단할 수도 없다. 그래서 배우자감을 두고 볼 때 그냥 지나쳐버리기 쉽다. 그러나 살면 살수록 함께하는 삶의 질을 좌우하는 가치관의 문제는 절대로 소홀히 해서는 안 된다. 그러기 위해서는 항상 자기 자신에게 관심을 가지고 자기 가치관이 무엇인지를 인식하고 있어야 한다. 그저 '좋은 게 좋은 거'라며 넋 놓고 살지 말라는 말이다. 결혼하고 나서야 '뭔가 이건 아닌데'라며 뒤늦게 고민하고 깨달아봤자 그땐 이미 늦다.

4장

결혼
36개월의 승부,
미리 알면
평생이 천국이다

우리는 사랑을
배우기 위해 결혼했다

결혼은 사랑의 종말이 아니다

"어떤 물건에 계속 눈이 가는 상태에서 벗어나는 가장 빠른 방법은 그것을 사는 것이다. 어떤 사람을 자꾸 보게 되는 상태에서 벗어나는 가장 빠른 방법이 그 사람과의 결혼인 것과 마찬가지로."

알랭 드 보통의 말이다. 그의 아내가 이 구절을 보면 무슨 생각을 할지 모르겠지만, 어쨌든 틀린 말은 아니다. 나 역시 하루 종일 5분에 한 번씩 생각나는 남자와 결혼하고 나자 비로소 마음의 안정과 평화를 찾게 되었으니 말이다.

결혼 후 변색하고 마는 사랑에 대한 수많은 괴담은 대부분의 미혼들에게 일찌감치 실망감을 안겨준다. 혹은 그 반대로 '나만큼은 그러지 않을 거야'라는 터무니없는 생각을 하게 만든다. 분명히 결혼 후에는 사랑이 변한다. 하지만 그것을 사랑의 종말로 받아들이고 당연하다는 듯 상대방을 소홀히 대하는 것은 경계해야 한다. 결혼 후에는 사랑하지 않게 되는 것이 아니라 사랑의 종류가 변하는 것일 뿐이다.

결혼 후의 사랑은 우리가 알고 있는 사랑처럼 미칠 듯이 심장이 뛰게 하지도 않고 잠을 설치게 하지도 않는다. 하지만 종종 열불 나는 상황을 만나 심장이 조여 올 때면 그의 말 한마디만으로도 맥박이 안정된다. 전처럼 24시간, 꿈속에서조차 그 사람 생각을 하지는 않지만, 맛있는 것을 먹거나 재미있는 것을 보면 나중에 그와 함께해야겠다는 생각이 먼저 든다. 누군가의 정의처럼 행복이 "아주 기쁘지도 않고 아주 슬프지도 않은 잔잔한 상태"라면 결혼 후의 사랑은 연애 시절의 사랑보다 행복에 훨씬 가깝다.

결혼은 이제까지 미혼이었던 당신이 경험해 보지도, 알지도 못했던 전혀 새로운 관계를 만들어준다. 친구는 물론 형제자매보다 앞서는 0촌의 관계다. 나는 결혼을 가장 가치 있게 해주는 것이 이 부분이라고 생각한다.

가족 중 가장 소원한 사람을 생각해 보라. 집안일에 무심하고 바깥으로만 떠돌던 아버지일 수도 있고, 말끝마다 딴죽을 거는 모자란 남동생일 수도 있다. 아마 당신은 그들보다는 사귄 지 1년 된 연인에게 더 친밀감과 신뢰를 느끼고 있을 것이다. 그런데 만약 그 소원한 가족과 연인이 모두 급하게 신장 이식 수술을 받아야 한다면 당신은 누구에게 신장을 떼어줄 것 같은가? 십중팔구는 가족에게 신장을 줄 것이다. 그건 그 사람을 좋아하는 마음이 얼마만큼인가와는 다른 문제다. 직계가족은 '관계의 우선순위'에서 연인보다 앞서기 때문에 당신은 누가 시켜서가 아니라 스스로 가족을 택하게 된다. 결혼한다는 것은 지구상의 그 어떤 관계보다 우선하는 최우선의 관계를 맺는 것이다. 세상의 모든 남편과 아내는 마땅히 신장 이식을 다급하게 필요로 하는 백만 명의 사람을 제쳐두고 자신의 배우자에게 신장을 줄 수 있어야 한다. 설사 그 당위를 실천하지 않는 사람이 있더라도 '그래야 한다'가 당연시되는 관계를 심리적으로 보장받을 수 있는 것이 부부다. 결혼한 이들의 사랑이라는 것도 같은 맥락에서 볼 수 있다. 밸런타인데이에 초콜릿은 주지 않을지언정 결정적인 순간에 그를 살리기 위해 전 재산이라도 내놓을 수 있는 사랑이다.

나는 조물주가 연애 시절 초기에만 도파민이 듬뿍 나오도록 사람을 설계한 것은 정말 현명한 일이었다고 생각한다. 결혼하고도 평생 처음 만났을 때의 격렬한 연애 감정이 지속된다면 사람은 사랑 이외의 다른 어떤 일도 할 수 없을 것이다. 지금 내가 편하게 쓰고 있는 노트북 컴퓨터도, 페니실린도 세상에 나와 있지 않을 것이다. 호르몬이 지배하는 격한 사랑은 파괴적이기 때문이다. 한 번쯤 그 파괴적인 사랑에 빠져보지 못하는 건 아쉬운 일이겠지만, 평생 그 감정이 유지되는 것도 아마 또 다른 형태의 지옥이 될 것이다.

어느 인터넷 사이트에서 결혼의 정의를 내려보라는 주문에 대부분의 사람들이 약속이나 한 듯이 이렇게 대답했다.

"새로운 시작!"

그들은 그 새로움의 정체를 정확히 모르고 그렇게 말했을 테지만, 결혼이 새로운 시작이라는 말의 진짜 의미는 같은 사람과 전혀 다른 종류의 사랑을 시작해야 한다는 것이다. 사랑을 잃는 것이 아니라 새로 사랑을 배운다는 마음을 가지고 시작하라. 그러면 80퍼센트의 기혼자들이 얻지 못한다는 '행복'을 얻게 될 것이다.

행복한 기혼녀는 평생 '여자'다

가장 답답한 것은 많은 사람들이 결혼 후의 새로운 사랑을 '정(情)'이라고 부르며 같이 살기만 하면 샘물처럼 퐁퐁 솟아나는 것이라고 믿는다는 사실이다. 그들은 결혼 후의 사랑은 '남자'와 '여자'가 아니라 '아줌마'와 '아저씨'가 하는 것이라고 생각한다.

우리가 아줌마와 아저씨라는 말을 싫어하는 진짜 이유가 무엇인가? 분명 나이나 처지만으로는 사전적인 의미의 아줌마, 아저씨가 맞는데도 말이다. 그건 아줌마와 아저씨가 무성(無性)의 존재이기 때문이다. 한번은 길에서 남자 고등학생이 나더러 "아줌마"라고 부르며 길을 물었는데, 길을 알려주기는커녕 어퍼컷을 올려붙이고 싶은 충동을 느꼈다. 어른만 보면 "아줌마"라고 부르는 초등학생이었다면 신경 쓰지 않았을 테지만, 철이 들 대로 든 시커먼 남학생이라면 이야기가 다르다. 그들은 아줌마라는 말의 함의를 알기 때문이다. 요즘 '아줌마'라는 말은 더 이상 특정 나이대의 여성을 뜻하는 호칭이 아니다. 그건 차라리 모욕에 가깝다. 그때 그 말은 내게 "아마도 결혼했을 법한 30대 이상의 여자분!" 하고 부른 것이 아니라, "과거에 여자였지만 지금은 남자도 여자도 아닌 퇴화한 지구인!"이라고 부르는 것으로 들렸다.

결혼 후의 사랑이 바로 그 무성의 존재들이 마지못해 이어나가는 애매한 인간관계가 된다면 매우 서글픈 일일 것이다. 겉모습은 세월의 흐름에 따라 아저씨, 아줌마가 되겠지만, 사랑의 대상으로서는 남편은 언제까지나 '남자'여야 하고 당신은 '여자'여야 한다.

영리하게 결혼 생활을 잘 영위해 나가는 여자들의 공통점은 아무리 나이가 들어도 자기 안의 여자를 잃지 않는다는 것이다. 그녀들은 스스로가 매력이 있다고 믿으며, 또 실제로 그렇게 보이기도 한다. 걸음걸이부터 여느 아줌마들처럼 성큼성큼 걷지 않으며, 여자처럼 말하고 여자처럼 처신한다. 그런 그녀들의 특성은 '결혼 후의 사랑'을 키워 나가고 유지하는 데 큰 도움이 된다. 아무리 사랑의 종류가 달라진다고 해도 남자들은 씩씩한 동지를 얻기 위해 결혼하는 게 아니기 때문이다(그런 남자들은 대개 여자를 등쳐먹으려 든다). 그들은 '여자'가 필요해서 결혼하는 것이다. 입장 바꿔 생각해서 당신도 '남자'와 살기 위해 결혼하려는 것이 아닌가.

기혼녀가 여자로 남기 위해서는 처음부터 부단한 노력이 필요하다.

열정적인 사랑이 안정적인 사랑으로 탈바꿈하는 과정에서 긴장이 풀려 점점 중성화의 길을 가게 되기 때문이다. 그 중성화가 가속되면 바로 무성의 존재인 '아줌마'가 되는 것이다. 어떤 여자들은 그렇게 자기 안의 여자를 놓고 있다가 어느 순간 남편이 자신을 여자로 대하지 않는다는 것을 깨닫고 급작스럽게 무리수를 두기도 한다. 그러나 중성화되어 가던 아내가 갑자기 여자 냄새를 풍기면 남자들은 절대로 감당하지 못한다. 그래서 처음부터 꾸준히 여자로 남아 있는 게 중요하다.

남편과 다투었다는 S가 시간 나면 밥이나 먹자며 나를 불러냈다. 남편과 유난히 사이좋은 그녀가 무얼 가지고 다투었나 궁금해서 물었더니, 남편이 TV를 같이 보다가 유명 여배우를 보고 예쁘다고 말했단다. "엄마보다 더 예뻐?" 하는 딸의 물음에 남편이 "그렇지 않나?" 하고 무심히 대답했는데 그 말에 홱 토라져서 집을 뛰쳐나왔단다.

너무나 한심하다는 생각이 들어서 "진심으로 남편이 너를 그 배우보다 예쁘다고 말했어야 한다고 생각하느냐?"고 물었다. 그러자 그녀는 오히려 나보고 제정신이냐는 듯한 말투로 대답했다.

"평범한 아줌마하고 젊고 예쁜 연예인이 어떻게 비교되겠니? 그냥 남편한테 내가 아직 질투도 하고, 남편 말에 상처도 받을 수 있다는 걸 알려주고 싶었을 뿐이야. 핑계 김에 바람도 쏘이고 좋지, 뭐."

알고 보니 그녀는 신혼 때부터 정기적으로 자신이 아직 여자라는 걸 직접적으로 남편에게 알려주고 있었다. 재미있는 것은 그 남편도 그런 그녀에게 적용되어 아내의 '여자인 척'을 당연시한다는 것이다. 그래서 종종 S가 말도 안 되는 이유로 토라진 척(!)해도 적당히 사과하며 받아들여주는 것이다. 어찌 보면 서로가 속내를 다 알면서 짜고 치는 고스톱일 수도 있지만, 그 덕에 남편은 항상 아내를 여자로 대우해 주는 태도가 몸에 배어 있다.

그녀가 감히 행복이라는 말을 쓸 수 있을 만한 결혼 생활을 하고 있는 것은 틀림없이 그런 노력과 관련이 있었다.

그러나 나만 여자로 남아 있어서는 소용없다. 나도 남편을 남자로 볼 수 있어야 한다.

바람피우지 못하게 하려고 남편의 외모를 방치한다는 아내의 이야기를 들은 적이 있다. 일부러 옷도 허름하게 입히고 밤에 간식을 먹여 살을 찌웠다는 말을 듣고 기가 막혔다. 솔직히 말해 그럴 만한 남자라면 슈렉 같은 외모를 하고 있어도 얼마든지 딴짓을 한다. 설사 그 까닭으로 바람을 안 피운다고 해도 '아무도 호감을 못 느낄 만한 사람'에게 당신인들 살가운 감정을 품을 수 있겠는가. 구더기 무서워서 장 못 담근다는 말은 이럴 때 쓰는 것이다. 게다가 배우자인 남편은 당신의 거울이다. 당신이 바라보는 남편의 모습이 추레하면, 당신도 당신의 삶도 추레하게 느껴지기 마련이다.

그러니 당신, 언제나 여자로서, 그리고 남자와 평생을 산다고 생각하고 출발하라.

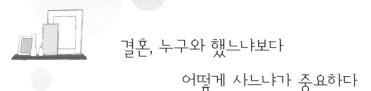

결혼, 누구와 했느냐보다
어떻게 사느냐가 중요하다

결혼은 노력이고 노력도 사랑이다

썩 행복하고 모범적인 결혼 생활을 하고 있는 10년차 부부가 있었다. 내가 친분 있는 사람은 아내 쪽이었는데, 그녀에게 오랜 결혼 생활에도 좋은 부부 관계를 유지하기 위해 어떤 노력을 하느냐고 물었다. 그랬더니 그녀는 속세를 초월한 듯한 소탈한 미소를 짓더니 이렇게 말했다.

"결혼 생활이라는 건 노력 가지고 억지로 되는 게 아닌 것 같아요. 서로 편하게 대하고 자연스럽게 내버려두면 그냥 흘러가는 게 부부 아닌가요?"

그 후 몇 달이 지나 그 남편과 동석할 기회가 생겼다. 남편은 긴소

매 정장을 정식으로 빼입고 있었다. 아내의 지인을 처음 만나는 자리라고 신경을 썼다는 것이다. 첫눈에 보기에도 드물게 아내에게 세심한 사람이구나 싶었는데, 이야기를 나눠볼수록 대단하다는 생각이 들었다. 아내가 밸런타인데이를 시큰둥하게 넘겨도 자신은 화이트데이에 꽃이나 사탕을 꼭 선물하고, 아이가 캠핑이라도 떠나 집에 없을 때면 아내가 혼자 저녁을 먹지 않도록 무리해서 일찍 퇴근하는 식이었다. 대화 내내 나는 그가 아내를 의식해 기분 좋은 말을 하고, 기분 좋은 행동을 하려고 애쓴다는 것을 느낄 수 있었다. 그는 혼신을 다해 아내에게 최선을 다하는 남편이었으며 백번을 짚어봐도 '흘러가는 대로 자연스럽게 방치하는' 것과는 한참 거리가 먼 사람이었다. 처음 만난 나도 그처럼 강렬하게 느끼는 노력의 의지를 오직 그 아내만이 느끼지 못하고 '자연스럽게 흘러간다'고 생각하고 있었던 것이다.

몇 년 후, 그들 사이에서 별거 이야기가 흘러나왔을 때 그게 누구의 탓일까 굳이 알아보지 않아도 짐작할 수 있을 것 같았다.

우리는 "그 후로 그들은 행복하게 살았답니다" 하고 끝나는 모든 공주류 동화를 통해 결혼은 고난과 역경의 종착역이라고 배웠다. 거기서 얻은 교훈은 사랑하는 사람과 결혼하기만 하면 더 이상 노력하지 않아도 되고, 노력해 봤자 소용도 없다는 것이다. 그래서 우리는 잘되면 내 팔자가 좋은 거고, 안 되면 남편이나 그런 남편을 보내준 신의 탓이라고 생각한다. 그러나 살면서 가장 열심히 노력해야 할 때는 대학 입시도 아니고, 취직을 앞둔 대학 졸업반 2학기도 아닌, 결혼 초, 더 구체적으로 말해 결혼 후 3년 이내다. 그러나 불행히도 그 사실을 아는 사람은 소수다.

결혼 생활을 잘하기로 소문난 사람에게 비결을 물었더니, 그는 단 두 가지만 있으면 된다고 했다. 바로 '인내심'과 '연기력!' 일찍이 결혼에 대해 그처럼 명쾌한 대답은 들어본 적이 없는 것 같다. '사랑'은 행복한 결혼 생활의 필요충분조건이 아닌 것이다.

사실 사랑해서 결혼하는 것까지가 뭐가 힘든가. 사랑도 본능이며, 사랑하는 사람과 같이 사는 일도 본능이다. 실제로 국내 한 방송사에서 한 실험을 본 적이 있는데 연애 초기인 사람들의 뇌를 MRI 촬영해 보니 본능을 관장하는 부분인 미상핵이라는 부분이 활성화되는 것을 눈으로 확인할 수 있었다.

그게 무엇이건 본능을 따르는 일 자체는 그리 어려운 게 아니다. 갖가지 장애로 어려움을 겪기도 하지만 결혼 후 극복해야 할 일들에 비하면 새 발의 피다. 결혼하고 나면 그 순간부터 우리는 본능과 싸워야 한다. 홀가분하게 마음껏 뒹굴며 자던 침대를 덩치 큰 남자와 공유하며 칼잠을 자야 하고, 아무리 부탁해도 남편이 꼭 양말을 뒤집어 벗어놓을 때 그 뒤통수를 가격하고 싶어지는 타격 본능을 억눌러야 한다. 손가락 하나도 까닥하기 싫을 만큼 피곤할 때 자장면을 배달시키고 싶은 간절한 욕구를 억누르고 쌀을 씻어야 하는 순간은 또 얼마나 많은가. 시댁 경조사에 동원되어야 하는 주말이면 서커스의 시베리아 흑곰처럼 철창을 부수고 탈출하고 싶은 본능과 맞닥뜨리기 일쑤다. 안간힘을 써서 본능을 억제하고 그것이 체화되어 그 자체가 본능이 되도록 도를 닦는 과정이 결혼이다. 결혼 생활을 잘하는 것이 곧 수도(修道)의 결과이기에 철없고 어린 아내가 애교 몇 번 부린다고 저절로 잘 굴러가는 일 따위는 벌어지지 않는다. 그런데 어떻게 결혼이 노력 없이 가능한 일이라고 말할 수 있겠는가?

지난 화이트데이의 점심시간, 백화점에 들렀다가 식품 매장 사탕 코너에 우글우글한 중년 직장 남성들을 보고 깜짝 놀랐다. 남자들이 뭔가를 사려고 백화점에 몰려 있는 풍경은 수십 년 만에 처음 보는 진정 기이한 것이기 때문이었다. 하도 신기해서 주변을 어슬렁거려본 나는 이내 진상을 파악할 수 있었다. 뭘 좀 아는 젊은 애들은 싸고 예쁘게 포장된 사탕을 사기 위해 근처 번화가에 흩어져 있고, '백화점에서 사면 기본은 하겠지' 하는 생각을 가진 아저씨들은 급한 대로 백화점에 달려온 것이다. 점원에게 일일이 물어봐서 겨우 고른 사탕을 계산하느라 장사진을 이룬 풍경을 보면서 내가 제일 먼저 떠올린 말은 '요즘 남편들은 역시 달라'라든지, '자상한 남편들이네, 로맨틱하다' 같은 감탄이 아니라 바로 이 말이었다.

'쯧쯧, 살아남으려고 애들 쓴다.'

저들이 어떤 마음을 가지고 사탕을 사는지 나는 알고 있었다. 그 사탕은 연애 시절처럼 자신의 마음을 전하기 위한 사랑의 메신저가 아니라, 그 한 몸 편하게 하기 위한 보신과 입막음의 용도를 겸한 비교적 저렴하고 효율적인 도구일 테다. 그런데도 나는 화이트데이에 사탕을 사는 남자들의 가정은 그나마 행복할 거라고 믿어 의심치 않는다. 사탕을 받는 아내들이라고 그 뻔한 의도를 모를 리 없겠지만, 그래도 그 사탕 덕분에 미소 짓게 될 것이다. 거기에는 달달한 사랑은 없을지 몰라도 최소한 아내를 의식한 노력이 담겨 있으니 말이다.

연구에 따르면 사랑하는 남녀의 결혼 자체로 인한 행복감은 2년 정도 유지되고 2년이 지나면 이전 상태로 돌아간다고 한다. '쾌락 적응'이라는 심리 기제 때문인데, '저 푸른 초원 위에 그림 같은 집을 짓고 사랑하는 님과 산다'고 해도 그 행복이 3년 가기가 힘들다는 것이다. 그런데 애정을 유지하기 위해 끊임없이 노력하는 사람들은 이른바 '사랑의 약발'이 떨어지는 기간을 늦출 수 있다고 한다. 결혼하면 그 순간부터 노력 자체가 사랑이 되는 것이다.

나는 주말마다 집에 틀어박혀 종일 잠자고 TV를 보고 싶어 하는 남편을 일으켜 세워 아이와 함께 외출하자고 들들 볶는다. 다른 집들처럼 낮잠 자는 아빠를 혼자 남겨두고 엄마와 아이만 외출하는 일은 없다. 물론 주중에 힘들게 일하다가 휴일에 늘어지게 자고 싶은 남편의 심정을 모르는 바는 아니다. 천성이 게으른 데다 일과 가사에 동시에 시달리기까지 하는 나는 200퍼센트 이해한다. 그러나 외출하기 귀찮다고 다 같이 집에만 있게 되면 짜증만 늘어 더 피곤해지고 서로가 지긋지긋하게 느껴진다. 몸을 일으키기는 힘들어도 바깥바람을 쐬고 나면 언제나 나오기 잘했다는 생각을 한다. 게다가 그건 노후에 가족 간의 추억과 유대 없이 은퇴할 위험에 처해 있는 남편을 위한 보험이

기도 하다. 평생 가족과 시간을 보내지 못하고 일만 한 남편들은 아내가 먼저 죽으면 얼마 못 가서 따라 죽지만, 그런 남편이 먼저 죽은 아내들은 오히려 수명이 늘어난다지 않는가. 남편이 내 수명이나 갉아먹는 존재가 되지 않게 하려고 나는 자꾸만 침대로 파고드는 남편에게 외친다.

"세라비(이게 인생이야)! 세라비! 힘들어도 받아들여!"

노력하는 게 힘들 때마다 나는 "세라비!"를 외친다. 노력하기 귀찮아서 포기해 버리면 나중에 더 많은 노력을 해야 하기 때문이다. 결혼뿐만 아니라 그 어떤 삶의 영역에서건 끊임없이 배우고 연구하고 노력해야 하는 게 어쩔 수 없는 우리 삶이다.

결혼이 무한한 노력이 필요한 일이라는 것은 한숨 나올 일이기도 하지만, 바꿔 생각하면 어떤 여건에서든 노력 여하에 따라 행복을 거머쥘 수도 있다는 뜻이 된다. 극단적으로 이상한 사람과 결혼하지만 않는다면 노력 여하에 따라 얼마든지 행복해질 수 있다. 부부 관계라는 게 참 희한해서 벼랑 끝에 서 있다고 생각했는데 의외로 벼랑 너머에 길이 나 있는 경우가 많다. 행복하게 살고 있는 수많은 기혼 여성들은 대부분 처음부터 좋은 팔자를 타고났다기보다는 그 절벽 앞에서 끝까지 포기하지 않고 길을 찾은 사람들이다.

그러니 조금만 생각을 바꾸면 얼마든지 행복해질 수 있는데도 불행을 운명이라고 여기고 살며 결혼을 저주하는 수많은 여자들이 안타깝기만 하다.

영리하게 노력하라

신혼여행 직후부터 남편과 다투기 시작했던 A는 결혼 3년차 되는 지금, 하루에 열 번 정도는 이혼을 생각하며 산다. 그들 부부의 문제는 서로 맞지 않는 성격을 맞추려 하지 않는다는 것이다. 조용하고 꼼꼼한 성격에 남편에 대한 집착이 심한 편인 그녀는 외향적이고 술 좋아하는 남편을 이해하지 못했다. 그녀에게는 평소엔 얌전하지만 일단 히스테리를 부리기 시작하면 전혀 딴사람이 되어 상대를 질리게 만드는 면이 있었는데, 진득하게 집에 붙어 있지 못하는 남편에게 그 버릇을 보일 때가 점점 잦아졌다. 그럴수록 남편은 집에 들어오는 것을 싫어하고, 그녀는 점점 더 예민해지는 악순환이 반복되었다. 그녀는 아이가 태어나면 남편도 가정적인 사람이 되지 않을까 생각했지만, 막상 아이가 태어나자 상황은 더 심각해졌다. 남편도 사람이라 아이를 예뻐하기는 했지만, 아이 때문에 가정적으로 변하지는 않았다. 오히려 육아 스트레스까지 겹친 그녀만 점점 더 힘들어지는 것이었다.

하루는 아기를 데리고 장을 보고서는 녹초가 된 그녀와 길에서 마주쳤다. 저녁으로 손 많이 가는 잡채를 할 거라고 했다. 돌쟁이 아기를 데리고는 요리는커녕 차려놓은 밥 먹기도 힘들다는 사실을 잘 아는 내가 깜짝 놀라자, 그녀가 한숨을 쉬며 말했다.

"그이가 내가 한 음식이 맛없어서 집에서 밥을 안 먹는 거래요. 애 아빠가 잡채를 좋아하거든요. 인터넷에서 틀림없는 레시피를 찾아냈으니까 맛은 괜찮을 거예요. 요새 이것저것 맛나게 만들어보려고 하는데 정말 너무나 힘드네요."

결혼은 노력해야 하는 것이다. 문제가 없을 때는 없는 대로 그 상태를 유지하기 위해 노력해야 하고, 문제가 생기면 노력해서 그 문제를 풀어야 한다. A는 후자의 상황에서 노력해야 하는 경우이며 나름대로 죽을힘을 다해 노력하고 있다. 그런데 지금과 같은 노력을 할 뿐이라면 상황은 나아지지 않을 것이다. 노력의 방향이 잘못되었기 때문이다. 생각해 보라. 보물 상자가 산에 묻혀 있는데 바닷가에서 10리를 파 들어간들 금화 한 닢이라도 나오겠는가.

A 부부의 문제는 요리가 아니다. 아내와 사이좋은 남편은 파와 두부를 넣은 미역국이나 비린내 나는 콩나물무침 같은 음식에도 적응한다. 설사 적응을 못한다 해도 그것 때문에 사이가 나빠지지는 않는다. 그게 원인이 아니라면 해결의 열쇠도 거기에 있지 않은 것이 분명하건만, 그녀는 얼마 되지도 않는 에너지를 요리에 쏟아 붓고 있었다. 문제를 해결하고 싶다면 두 사람 사이의 문제가 무엇인지 알아내서 그걸 해결하기 위해 애써야 할 것이다. 당분간 세 끼 식사를 외식으로 해결하는 한이 있더라도 서로의 문제를 해결하는 데 주력해야 한다고 아무리 말해도 그녀는 내 말을 듣지 않는 눈치였다. 상담을 받아보라는 것도 그저 제삼자가 쉽게 내뱉는 상투적인 충고로 받아들였다. 매일 남편과 거친 입씨름을 하면서 다른 한편으로 집 안 청소와 요리에 아까운 기력을 낭비하는 그녀. 별다른 변화가 찾아오지 않는 이상 그 커플은 오래가지 않을 것으로 보인다.

누구든 결혼에 노력이라는 것이 필요하다는 사실을 깨달았다면 반은 성공한 것이다. 그러나 그 노력이 결과로 돌아오기를 바란다면 반드시 자신이 기울일 노력의 반 이상은 '어디에' 노력을 쏟아 부을지 찾는 데 써야 한다.

결혼한 사람들은 대부분 자신들의 문제에 대해 정확히 알고 있다고 착각한다. 그래서 문제를 해결하려고 할 때 방법을 찾고 실천하는 데만 골몰하지만, 진짜 어렵고도 중요한 것은 문제의 원인을 찾는 것이다. 만약 당신이 결혼해서 벽에 부딪힌다면 열린 마음으로 '왜?'라는 질문에 대한 답을 먼저 찾아야 한다. 그리고 그 답이 가리키는 노력의 방향을 겸허히 받아들여야 한다. 그렇게 노력한 여자들만이 '엄마와는 다른 인생'을 산다.

요즘 젊은 여성들 사이에서 "똑똑한 여자가 예쁜 여자 못 따라가고, 예쁜 여자가 팔자 좋은 여자 못 따라간다"는 말이 유행이라는데, 어쩌면 결혼할 배우자를 만나는 순간까지는 크게 틀린 말이 아닐 수도 있다. 하지만 결혼 후의 삶으로 보자면 그 부등식은 전혀 들어맞지 않는다. 결혼 전보다 훨씬 긴 결혼 후의 삶, 거기서는 예쁜 여자가 똑똑한 여자 못 따라가고, 똑똑한 여자가 노력하는 여자 못 따라간다. 그리고 노력하는 여자가 좋은 팔자를 만든다.

엄마와 다른 인생 살기

서로에게 적응하는 것이 결혼의 행복이다

아름다운 문학작품들에 자주 등장하는 것이 파스텔 빛 유년 시절이다. 그런데 실제로 유년을 마냥 행복했던 시절로 추억하는 사람은 생각보다 흔하지 않다. 무지와 두려움으로 가득한 그 시기를 인생의 가장 암울한 시기로 해석하는 학자들도 많다. 그런데도 유년을 향수로만 기억하는 사람은 정말 행복한 어린 시절을 보낸 사람이다. 그리고 "엄마처럼 살고 싶다"거나 "아빠 같은 사람과 결혼하고 싶다"고 말하는 여자는 비현실적일 정도로 행복한 유년 시절을 보낸 것이다.

세상의 많은 딸들의 인생 목표는 '엄마처럼 살지 않는 것'이다. 심지어 엄마가 행복하게 살았다고 생각하는 대부분의 딸들도 엄마처럼 사는 것만은 싫다고 말한다. 엄마와 다르게 살기 위해 기를 쓰고 공부하고, 아빠와 딴판인 남자를 고르기 위해 애쓴다. 하지만 살다 보면 어느 순간 엄마가 그랬던 것처럼 팔자 타령을 하고, 엄마가 대했던 것과 똑같이 아이를 대하는 자신을 발견하게 되는 것이 딸들의 운명이기도 하다.

여자들에게 자아에 대한 인식이 거의 없었던 시기, 여자대학교에서 가정관리학과가 상종가를 치던 그 시대에 결혼해서 남편 뒷바라지와 육아를 천직으로 알았던 우리 엄마들조차 자신의 결혼 생활이 행복했노라고 쉽게 말하지 못한다. 우리 세대보다 이혼을 많이 하지 않았지만 그래서 더 불행했던 그네들이다. 적어도 입으로는 남자가 여자보다 사회적으로 더 쓸모 있다는 말을 하지 않게 된 요즘에도 상황은 대단히 나아지지 않았다.

우리가 살고 있는 한국의 여성 성평등지수는 매해 조사 대상 130여 개국 중 100위 언저리에서 왔다 갔다 한다. 적어도 남녀평등 문제에서만큼은 나미비아나 우간다, 베트남 등의 나라들이 경제 규모 세계 11위인 우리보다 사정이 훨씬 낫다. 이슬람 국가인 쿠웨이트가 우리와 비슷한 정도란다.

부모와 함께 살면서 '공식적으로는' 남녀가 평등한 사회에서 직장 생활을 하는 미혼 시절에는 차별을 거의 느끼지 못한다. 하지만 결혼하고 나면 우리나라 여자들의 사정이 어떤지 깨닫게 된다. 이런 환경에서 결혼으로 행복하게 산다는 것은 확실히 힘든 일이다. 이러면서까지 꼭 결혼을 해야 하냐고? 결혼하지 않고 나이 든 여자에 대한 사회적 차별이 결혼하고 나서 느끼는 차별보다 덜할 거라고 생각하면 오산이다. 엄마보다 훨씬 넓은 시야로 세상을 살고 있지만, 그리 다르지 않은 사회 안에 갇혀 있는 우리는 훨씬 지혜로울 필요가 있다.

통계에 따르면 우리나라 이혼하는 커플의 30퍼센트가 결혼 3년 내에 서류에 도장을 찍는다고 한다. 통계뿐 아니라 나 개인과 다른 기혼자들의 경험을 들어봐도 결혼 후 3년 정도의 시간을 기점으로 관계에 확연한 변화가 일어난다. 그 기간에는 서로 맞지 않는 두 사람이 격렬히 맞닥뜨리며 서로에게 적응하고 결혼 생활에 적응하는 과정을 거친다. 그 과정에서 서로에게 적응을 못하면 이혼하는 것이고, 살아남은 커플은 이 시기에 형성된 관계를 고착화시켜 그대로 나머지 인생을 살게 된다. 따라서 이 시기에 잘하면 평생이 행복하고, 잘못하면 평생이 피곤해진다. 결혼 전에 그가 나에게 얼마나 헌신했는가는 상관없다.

결혼이라는 제도 안에서 행복해질 의향이 있는 당신이라면 결혼 후 서른여섯 달을 보내기까지 정신을 바짝 차려야 한다.

이혼해도 잘 살 수 있는 여자가
결혼 생활도 행복하다

이혼할 수 있게 되면서 여자들은 행복해졌다

어느 여성 컨퍼런스에 참여했을 때의 일이다. 제3세계의 여권 문제 발표에 대한 질의응답 시간이었다. 발언권을 얻은 어느 나이 지긋한 남성이 자신을 모 대학의 교수라고 밝히고 말하기를, 오늘날 여성들이 자기 권리를 무리하게 주장함으로써 가정이 파괴되고 있다는 것이었다. 그는 여성들이 사회에 진출하면서 남성들의 일자리를 빼앗고 이혼이 늘어나며 그에 따라 아이들이 불완전한 가정에서 자라게 되어 사회가 무너지고 있는 현실에 대해 여권론자들에게 책임을 물었다.

표면적으로라도 남녀평등 사회를 지향하고 대통령까지 페미니스트를 자처하는 시대에 이게 웬 개 풀 뜯어 먹는 소리인가 싶겠지만, 그 세대 남성의 사고방식을 생각한다면 충분히 할 수 있는 말이다. 그 시대의 사회 환경과 자라면서 주입받은 사고 체계 등을 고려해 볼 때 다시 태어나지 않는 한 그런 생각은 고쳐지지 않는다. 다만 그들은 사회적 비난을 고려해 공공연히 말하는 것을 자제할 뿐이며 그런 면에서 오히려 그 남성은 특별히 생각이 비뚤어졌다기보다는 나름 용기 있는 사람일 수도 있다.

그 시절에는 남자들이 참 살기 좋았다. 가족을 먹여 살려야 한다는 책임은 무거웠지만, 사회에서는 말만 하면 커피를 척척 타다 주는 꽃 같은 여직원들이 적은 돈을 받고도 귀찮은 일을 도맡아 해주었고, 집에는 남편이 구박하건 바람피우건 굳건히 자리를 지켜주는 아내가 있었다. 그때는 서구의 치솟는 이혼율을 보면서 우리만은 안정되고 아름다운 가정을 지키고 있노라고 자부했다. 하지만 그 안정과 평화는 여자들의 희생과 한(恨)을 대가로 한 것이었다. 그 시대 여자들은 결혼 생활이 아무리 고통스러워도 이혼할 수 없었다. 사회에서 제대로 된 일자리를 얻을 수 없었고, 이혼 자체가 쉽지 않았으며, 재산분할청구권조차 없었기에 이혼은 여자에게 곧 사회적 자살이었던 것이다.

미국의 가족학자인 스테파니 쿤츠(Stephanie Coontz)는 여러 데이터를 통해 이혼이 쉬워지면서 결혼 만족도가 높아졌다고 단언한다. 더불어 아내가 남편을 살해하는 사건이 급격히 줄었다나! 오래전부터 이혼을 밥 먹듯이 하는 것 같던 미국에서도 협의이혼이 가능해진 건 1970년대 이후부터다. 여자들에게 자립 능력이 생기고 법적으로 이혼도 쉬워져 여자들이 원하면 언제든 이혼할 수 있게 되면서 남자들이 이혼당할까 봐 결혼 생활에 더 신경 쓰게 되었다는 것이다. 당연히 이혼율은 높아졌지만 계속해서 결혼 생활을 하는 나머지 사람들은 이전보다 행복하게 살게 되었다는 말이다.

물론 내 주변에 결혼 생활을 잘하고 있는 여자들 중 "잘못하면 이혼해 버리겠다"고 남편에게 협박을 일삼는 사람은 없다. 정말 이혼을 염두에 두고 있는 여자는 더더구나 없다. 마치 전쟁을 가장 잘할 것처럼 준비한 나라가 가장 평화로운 것과 마찬가지다. 미국을 보라. 세계 최고의 핵 보유국이고 웬만한 나라 국가 예산의 몇 배나 되는 군사 비용을 들이면서도 남북전쟁 이래 자기 땅에서 전쟁을 벌인 적은 한 번도 없다. 마찬가지로 그녀들도 다만 '남편 없이도 잘 살 것 같은 여자들'일 뿐이다. 당장은 일을 하지 않고 있는 전업주부지만 언제고 일자리를 다시 구할 수 있을 것 같고, 그마저 안 되면 금세 다른 남자를 찾아내 결혼이라도 할 수 있을 것 같은 여자들이다. 남편 없이도 외롭기는커녕 전시회 구경이나 실컷 다니고, 전화만 하면 밤새 함께 술 마셔줄 누군가가 있을 것 같은 여자들이다. 그녀들 중 남편 없으면 하루도 못 살 것 같고, 빌딩 청소 외의 일자리는 못 구할 것 같은 여자는 없다. 그런 일이 실제로 일어났을 때 정말로 잘 살 것인가와는 관계없이 말이다.

한 지인은 어느 날 남편이 유난히 살갑게 굴기에 이상하게 생각했는데, 그날 저녁 남편이 새벽에 이상한 꿈을 꾸었노라고 고백하더란다. 아내가 다른 남자와 불륜을 저지르는 꿈을 꾸었다는 것이다. 그는 꿈속에서 느낀 상실감의 영향을 받아서 그날 그렇게 아내를 특별히 대했던 것이다.

셰리 아곱(Sherry Agov)은 여자는 남녀 관계에서 안정과 예측 가능한 상태를 원하지만, 남자는 흥분과 위험, 예측 불가능한 상태를 즐긴다고 했다. 그래서 아내가 언제든 떠나갈 수 있다는 생각을 은연중 하게 만들어야 한다는 것이다. 자기 외에는 선택의 여지가 없는 아내를 최선을 다해 대하는 남자는 없다.

남자는 자기에게만 관심 있는 여자에게는 관심 없다

나는 오랫동안 밀폐된 곳에서 혼자 일하면 우울증에 걸린다. 집이나 작업실에서 벗어나야 될 때가 됐다 싶으면 짐을 싸들고 카페로 향한다. 그곳에서 차 마시는 사람들 틈에서 창밖을 지나는 사람들을 구경하면서 글을 쓴다. 그러면서도 카페에 있는 사람들의 이야기 소리가 신경 쓰여 항상 이어폰으로 음악을 듣는다. 사람 냄새가 그리워 나왔으면서, 한편으로는 그들과 나를 분리하기 위해 애쓰는 것이다. 그런데 주변을 둘러보면 나 같은 사람이 한둘이 아니다. 혼자 책을 읽거나 공부 혹은 일을 하는 사람들은 모두 이어폰을 끼고 있다. 그렇게 시끄러우면 도서관이나 회사에서 볼일을 보면 될 것을 왜 굳이

'공공연히 떠들어도 되는 장소'인 카페에 찾아와 힘들게 집중하려 하는 것일까?

아이러니하지만 그게 가족 관계를 포함한 인간관계에 대한 기본적인 우리의 태도다. 같이 있고 싶지만 자신이 원하는 것만 공유하고 싶은 것이다. 다만 가족이나 친구는 상대방의 입장도 있기 때문에 내가 원하는 부분만 열어놓을 수는 없다. 그러나 카페에 있는 사람들은 모두 일면식 없는 타인이 아닌가. 그래서 암묵적인 합의하에 그들과 공간을 공유하면서도 내 마음껏 그들을 외면할 수도 있는 것이다. 이렇다보니 다른 사람과 함께하는 공간에서 일하기 위해 카페에 가지만, 정말로 아는 사람을 우연히 만나버리면 그 날 일은 공치게 되는 아이러니한 상황도 벌어진다.

당신과 결혼 생활을 하게 될 그도 엄밀히 말하면 타인이다. 타인이 별건가. 그 누구도 나 자신이 될 수는 없으니, 내가 아니면 그는 타인이다. 결혼하면 대개 관계가 역전되기 때문에 아내는 남편에 대한 관심과 애정이 더 깊어지고, 남편은 아내에 대한 사랑이 현저히 옅어지기 마련이다. 그래서 많은 여자들이 남편에게 더 집착하고 안달하며 예전으로 돌아와달라고 호소한다. 그러나 그들은 점점 결혼 전만큼 자기 자신에게 투자하지 않고 남편만 바라보는 여자에게서 흥미를 잃는다. 그리고 그는 카페에서 이어폰을 끼는 것 같은 일이 전혀 허용되지 않는 결혼 생활에 염증을 느끼게 된다.

결혼해서 잘 사는 그녀들은 종종 이어폰을 귀에 꽂고 각자 다른 음악을 듣는 것을 즐긴다. 남편에게 왜 자기를 바라보고 자기 이야기를 듣지 않느냐고 닦달하며 눈물을 흘리지 않는다. 남편과 상관없이 자신이 좋아하는 음악을 맘껏 즐기고, 그가 원한다면 자신의 음악도 들어보라고 권하기도 한다.

소설가 이순원은 여자들이 결혼하면 결혼 전에 쓰던 책상을 친정에 두고 와 집 안에 남편의 책상만을 놓는 것에 의문을 표한다. 밥하고 빨래하는 일 이외에 자신만을 위한 무언가를 할 수 있는 공간을 상징하는 책상이라는 것을 왜 엄마들은 가지지 않는 거냐고. 그는 자신의 소설에서 "어쩌면 한 집안에서의 엄마의 가장 기본적인 권리가 그 책상 위에서 나오는 것인지도 모른다"고 말했다. 그가 말하는 엄마의 책상이란 카페에서 귀에 꽂는 이어폰과 같은 의미를 지닌다. 자신의 책상을 가지고 있는 아내들은 대개 이혼해도 잘 살 것 같은 여자들이다. 자신만의 삶의 영역을 가지고 있는 여자들 말이다.

행복하고 싶다면 결혼해도 남편에게 의존할 생각은 하지 말라. 그렇다고 완고한 페미니스트처럼 굴라는 말이 아니다. 벽에 못을 박는 것을 그가 나보다 더 잘한다면 기를 쓰고 내가 할 필요는 없다. 대신 요리는 내가 더 나으니 각자가 잘하는 것으로 서로를 도우면 된다. 내가 말하는 의존이란 모든 문제의 해답을 남편에게서 찾으려고 하는 태도다. 외로움이나 정서적 트라우마 혹은 경제적 문제까지 남편이 해결해 줄 거라는 생각은 처음부터 하지 말아야 한다. 사람은 누구나 쓰러지려 하는 사람이 넘어지지 않도록 조금쯤 힘을 보태줄 선의를 가지고 있다. 그러나 누군가가 무게중심을 자기 쪽으로 옮기며 온전히 기대 오는 것을 반길 사람은 없다. 누구나 사람은 자신의 인생을 책임질 능력밖에 없기 때문이다. 상대방이 배우자라도 말이다.

신혼 때는 서로에 대한 기대가 클 수밖에 없다. 그때는 남편이 나를 위해서라면 심장이라도 떼어줄 것 같다. 그래서 수많은 여자들이 한없이 남편에게 기대고 의지하다가 점차 실망하게 된다. 그러다 5~6년쯤 지나면 돈 외에는 아무것도 기대하지 않게 된다. 그런 처량한 만족에 도달하지 않기 위해서는 처음부터 '그와 내가 서로를 돕는다'는 개념으로 결혼 생활을 시작해야 한다. 사실 남자들은 여자들이 의지할 만큼 대단하고 강인한 존재가 아니다. 예전에야 월등히 근력이 좋은 남자들에 비해 여자들이 약자일 수 있었지만, 머리로 노동하는 이 시대에는 두뇌 진화가 상대적으로 좀 뒤처져 있다는 남자들이 약자가 되는 면모도 있다. 그 모든 것을 염두에 두고 시작하는 것은 분명 의미 있는 일이다.

혹시 외롭기 때문에 결혼하겠다는 사람이 있는가? 그렇다면 결혼 전에 서둘러 생각을 뜯어고치기를 바란다. 결혼 여부에 상관없이 사람은 언제나 외롭다. 실은 주변에 아무도 없는 것보다 누군가가 있는데도 외로운 것이 더 끔찍할 때도 많다. 사는 게 외롭다는 것을 인정하고 혼자서도 즐겁게 살아가야 한다는 생각을 먼저 하고 있어야 결혼 생활이 주는 의외의 만족감에 기뻐할 수가 있다. 그러기 위해 결혼 전에 미리 준비해야 할 것은 나만의 책상과 혼자서 즐길 수 있는 놀거리 그리고 굳건한 자아다.

기혼녀에게도 돈은 권력이다

직장, 그만두지 마라

십수 년 전만 해도 여자들은 결혼하면 직장을 그만두었다. 그러다가 몇 년 전부터는 출산하면 사표를 냈다. 그런데 요즘은 출산하고도 잘 버티다가 아이가 초등학교에 들어가면 회사를 그만두는 경우가 많다. 셔틀버스가 돌고 아침부터 저녁까지 아이들을 돌보아주던 어린이집과는 달리 학교는 '엄마가 하루 종일 아이를 돌보기 위해 대기하고 있는 상황'만을 전제로 돌아가기 때문이다. 게다가 우리나라에서 부부가 똑같이 직업을 가지는 것은 육아 의무를 부부가 똑같이 지는 것과는 아무 상관이 없다.

아이가 있는 여자들이 직장을 그만두는 이유를 나는 충분히 이해

한다. 내 주위에는 이른바 '잘나가는' 직장인이었다가 집에 들어앉은 여자들이 수없이 많다.

원래 세상살이는 힘들다. 특히 힘든 게 남의 주머니의 돈을 내 주머니로 옮기는 일이다. 우리는 사회에 발을 내디디면서 학교 다닐 때까지는 겪지 않아도 되었을 일들, 드라마에서나 봤음 직한 끔찍한 일들을 몸소 겪게 된다. 그렇지 않아도 때려치웠으면 딱 좋을 힘든 일들인데, 그 일을 유지하기 위해 아이가 희생되는 상황까지 겪게 되면 극심한 회의가 밀려들기 마련이다.

내가 아는 한 전직 은행원은 지점 열쇠를 맡아 가지고 있던 날 5개월 된 아기를 봐주는 육아 도우미 아주머니가 오지 않더란다. 열쇠까지 가지고 있어 남들보다 일찍 출근해야 하는 상황인데 도우미는 연락조차 안 되니 속이 타들어갔다. 시간이 지나고 할 수 없이 잠든 아기를 빈집에 혼자 눕혀놓고는 엉엉 울면서 출근했다고 한다. 자신이 가진 열쇠로 은행 문을 열고는 바로 월차를 내고 부랴부랴 집으로 돌아오면서 자신이 무얼 위해서, 누굴 위해서 이렇게까지 일해야 하나 하는 생각이 들었단다. 얼마 후 사표를 낸 그녀는 지금까지 전업주부로 지내고 있다.

이 밖에도 아이를 키우면서 일하는 여자들이 겪은 각종 일들은 때론 무용담이기도 하고, 때론 괴담이기도 하다. 사실 여자들뿐 아니라 대개의 사람들이 하는 일은 평범한 것이다. 일하면서 자아 성취감을 느낀다든지, 인류의 평화를 지킨다는 자부심을 느끼는 사람들은 극히 일부다. 적나라하게 말해 돈 때문에 마지못해 일하는 사람들이 대부분이다. 로또에 당첨되면 제일 먼저 하고 싶은 일 1위가 '회사에 멋지게 사표 내는 것'이라고 하지 않던가. 그러다 보니 아이를 가진 여자들은 자신의 월급과 아이의 가치를 저울질하게 된다. 그런 수평적인 비교에서야 당연히 아이에게 무게가 실린다. 그렇게 해서 10여 년 동안 죽어라 공부해서 대학에 가고, 부모 등골을 뺀 돈으로 유학 다녀와 수십 대 1의 경쟁률을 뚫고 들어간 회사를 간단히 그만두게 되는 것이다.

나는 공적인 자리에서는 여자와 일의 관계에 대해 이렇게 완곡하게 말해 왔다.

"모든 여자들이 일할 필요는 없고, 그래서도 안 된다."

그러나 내 여동생들에게는 결혼해도 절대로 일을 그만두지 말라고 당부한다. 엄밀히 따지자면 둘 다 틀린 말은 아니다. 그건 이 세상의 모든 아이들이 학교 공부만을 잘한다면 축구 선수도, 요리사도 없어질 테니 세상을 위해 바람직하지 않지만 어쨌든 내 자식만큼은 공부 잘하기를 바라는 부모의 마음과 비슷하다. 여자가 존중받고, 삶을 더 살 만한 것으로 느끼려면 일을 가지는 편이 훨씬 낫기 때문이다.

아이를 낳고도 직장을 다니는 여자들은 직장이 아이보다 소중해서 선택한 것이 아니다. 그녀들은 일을 놓지 않는 것이 결국 아이를 위해서도 좋은 일이라고 판단하기 때문에 그렇게 하는 것이다. 그리고 나도 그녀들의 판단에 동의한다.

당연히 죽을 만큼 힘들기야 하겠지만, 모든 경우에 일률적으로 "절대로 그만두지 말라"고 말할 수도 없겠지만, 그래도 일을 계속하는 것은 생각보다 훨씬 가치 있는 일이다.

황금을 가진 자만이 존중받는다

《포브스》의 창간자 맬컴 포브스(Malcolm Forbes)는 이렇게 말했다. "돈으로 행복을 살 수 없다고 생각하는 사람이 있다면 쇼핑 장소를 잘못 택한 것이다."

난 이 말이 틀리지 않다고 생각하는 사람이다. 많은 심리학자들이 동의하듯 행복이 '기분 좋은 시간이 많은 것'을 의미한다면 돈으로 그 조건을 충족시킬 수 있는 방법은 무한하기 때문이다. 한 가지 문제는 포브스가 말한 '쇼핑 장소'를 잘 선택할 수 있는 지혜는 돈으로도 어떻게 할 수 없다는 것이다. 천문학적인 액수의 재산이 있으면서도 마약 중독에 빠져 피폐해진 할리우드 스타들은 쇼핑 장소를 잘못 택한 것이다. 반면 한창 나이에 세계적인 기업의 CEO 자리에서 물러나 자선 사업에만 전념하고 있는 빌 게이츠는 쇼핑 장소를 잘 택했다.

그들처럼 3대가 먹고살 수 있는 돈을 벌어놓지 못한 우리는 '돈으로 쇼핑할 수 있는 행복'보다 '돈을 벌기 위해 희생해야 하는 행복'이 더 큰 관심사가 될 수밖에 없다. 더하고 빼서 남는 게 있어야 장사를 계속할 게 아닌가. 결혼한 여자들은 직장 일을 계속하면서 이 셈이

헛갈릴 때가 한두 번이 아니다. 카드 명세서가 날아와 심기를 어지럽힐 즈음 구세주처럼 입금돼 통장에 찍혀 있는 급여액을 볼 때면 남는 장사 같기도 하고, 출근할 때만 되면 목 놓아 어미를 부르는 아이의 목소리를 들으며 피 같은 월급에서 보육비를 헐어 내어줄 때면 손해 같기도 하다. 그러나 '돈을 번다'는 것은 계산기를 두드려서 얼마가 남고 안 남고의 문제가 아니다. 그 자체가 권력의 문제이기 때문이다.

부부가 티격태격할 때 흔히 아내들은 "나는 뭐 집에서 노는 줄 알아?"라고 말한다. 양식이 있는 남편이라면 여기서 더 다툼을 진전시키지는 않겠지만 속으로 하는 생각들은 다 같다. 그들은 정말 아내들이 집에서 노는 줄 안다!

산업사회 이전에는 여자가 집에서 하는 일이 지금보다 훨씬 더 가치를 인정받았다. 농업이나 가내수공업은 어차피 남녀 구분 없이 함께 뛰어들어야 유지될 수 있었고, 화폐경제가 발달하지 않아 남편이 밖에서 하는 일이나 아내가 집 안에서 하는 일을 뚜렷이 구분 지을 만한 근거가 없었다. 그런데 노동이 돈으로 환원되는 사회가 되면서 돈으로 정확히 계산되지 않는 여자들의 집안일은 아예 가치를 인정받지 못하게 되었다. 앨빈 토플러(Alvin Toffler) 같은 선각자는 화폐로 환원되지 않는 생산 활동을 하는 이들을 '프로슈머'라고 이름 붙이고 주부들이 하는 일의 가치를 역설했지만, 이 미래학자가 예견한 '돈으로 바꾸지 못하는 일들의 가치'는 그야말로 미래에서나 구현 가능할 것으로 보인다.

이 천박한 화폐경제 시대에서는 '황금을 얻는 자'가 모든 권력을 가진다. 남자들은 같은 회사 안에서도 돈을 벌어 오는 부서만이 대접받는 현실을 매일 몸으로 접한다. 그런데 집 밖으로 한 발짝만 나가도 교환가치가 제로인 집안일을 가치 있게 보겠느냐는 말이다. 일일이 인식하지는 못하더라도 확실히 일하는 여자들은 집안에서 더 많은 발언권을 가지고 존중받는다.

그것은 여자 자신이 체감하는 것도 마찬가지다. 집안일로 다른 가족의 생산 활동을 돕는 것도 중요한 일이지만, 눈에 보이는 가치를 생산하지 못하는 일로 보람을 느끼는 건 웬만큼 단련된 긍정론자가 아니고서는 힘든 일이다.

내가 아는 출판계 종사자들은 여러 경로를 통해 외서 번역 일을 하게 해달라는 사회 유력 인사의 청탁을 심심치 않게 받는다고 한다. 일하고 싶어 하는 사람들은 주로 그 아내들이다. 경제적으로는 전혀 돈을 벌 필요가 없는 그녀들인데, 왜 적은 보수에 많은 시간을 들여 고된 일을 해야 하는 번역 작업을 하고 싶어 하는가에 대한 답도 여기에 있다. 젊은 시절 유학을 다녀오거나 좋은 직장에서 일해 봐서 영어는 꽤 하는데, 그걸 도무지 쓸데가 없는 사모님들이 병을 앓기 시작한 것이다. 당신은 매달 들어오는 월급이 별거 아니라고 생각할 수도 있겠지만 바로 그것이 눈에 보이는 결과이고 내가 무언가 하고 있다는 증거인 것이다.

특히 우리나라에서는 가사노동에 대한 평가 가치가 터무니없다. 법원이나 통계청에서 인정하는 주부의 연봉은 많아야 2천 5백만 원, 일

당으로 치면 고작 7만 4천 원이다. 일당 7만 4천 원에 하루 18시간 빨래, 청소, 요리를 해주고 아이까지 풀타임으로 돌봐주면서 학교 공부나 숙제까지 도와줄 도우미는 필리핀 정도는 가야 구할 수 있다. 국내에서는 불가능하다. 반면, 미국에서 주부 노동 가치는 연봉 1억 5천만 원 정도다.

전업주부 일이 가치 없다는 것이 아니라 현재 상황에서는 일을 갖고 있는 편이 행복에 이르기가 더 쉽다는 말이다. 보람과 행복을 체감하고 사는 전업주부들을 만날 때면 나는 진심으로 그녀들을 존경하게 된다. 그녀들은 어려운 길에서 답을 찾은 이들이기 때문이다.

청년 실업이 늘고 빈부 격차가 심해져 살기가 팍팍해지고 있는 요즘, 젊은 미혼 남자들의 입에서 "내가 벌어 오는 돈을 미래의 내 아내가 집에서 편히 놀면서 쓸 생각을 하니 벌써부터 화가 나고 억울하다"라는 말이 나오는 걸 심심치 않게 듣게 된다.

혹시 직장 생활을 못 견디겠어서 나를 먹여 살려줄 사람을 찾는 의미로 결혼을 고려하고 있다면 빨리 생각을 바꿔야 한다. 전업주부가 된다고 해도 그런 생각을 가지고서는 남편이나 시댁에게 식충이 취급밖에는 받지 못한다.

일은 제2의 인생의 방이다

금융권 종사자들이 말하기를, 부자들에게는 일반인들과 다른 커다란 특징이 하나 있는데 그것은 '돈 나올 구멍'이 여러 개라는 사실이다. 월급이 나오지 않으면 당장 생계가 막막해지는 서민들과는 달리, 한 가지 경로가 막혀도 다른 경로에서 수입이 들어오게 되어 있는 재무 구조를 갖춰놓고 있다는 것이다.

이는 돈의 문제만이 아니다. 마음이 부자인 사람도 삶의 의미를 찾을 수 있는 여러 개의 경로를 갖춰놓고 있다. 나름대로 행복 지론을 갖고 부러운 결혼 생활을 하고 있는 지인 B는 결혼한 여자가 직업을 갖는 것을 "또 하나의 방을 갖는 것"이라고 표현한다. 나 역시 그 생각에 동의한다.

사람은 아무리 좋아도 자신이 속하거나 가진 것에 늘 만족할 수는 없는 법이다. 간혹 실망하거나 회의를 느끼기도 하는데 그럴 때면 다른 영역으로 관심을 옮겨 한숨 돌려야 한다. 그래야 삶이 균형을 잃지 않고 행복한 감정을 유지할 수 있다. 그래서 오로지 집안일에만 묻혀 있는 여자나 일 중독증으로 회사 일에만 몰두하는 남자는 행복하기 어렵다. 요즘에는 주부들도 가정 외의 '또 다른 방'을 갖기 위한 노력들을 많이 하는 것을 볼 수 있다. 취미 생활을 하거나 봉사 활동을 하는 것이다. 그러나 그 방이 오랫동안 가치를 지니고 유지되기 위해서는 명분이 필요하고, 현실적으로 가장 명분다운 명분이 '금전적인 보상'이다.

일하는 여자들은 가정생활이 부침을 겪을 때 일하면서 자긍심과 보상을 받을 수 있고, 또 직장에서 설움을 당할 때 가정에서 위로를 얻을 수 있다. 삶에서 '또 다른 방'은 정서적인 안정감과 자신감을 준다.

하지만 일과 가정을 동시에 갖고 있다는 것이 곧바로 행복을 의미하지는 않는다. 그랬다면 그 많은 기혼녀들이 사표를 썼을 리 없을 것이다. 실제로 두 삶의 영역을 병행하는 수많은 여자들이 지치고 찌든 채 살아가고 있는 모습을 흔히 볼 수 있다. 일도 하고 결혼 생활도 하면서 그를 통해 행복을 누리고 있는 여자들은 그 힘든 고비들을 넘기고 '어떻게든 방법을 찾은' 여자들이다.

나는 당신이 결혼하기 전에 "절대로 일을 그만두지 않을 거야"라는 각오를 가지고 출발하기를 바란다. 앞으로는 분명히 나아지겠지만 당분간은 쉽지 않을 일과 결혼 생활의 병행에서 '포기'보다는 '자신만의 방'을 지키기 위한 방법을 찾을 수 있도록 말이다.

불평하지 말고 행동하라

약이 되는 수다, 독이 되는 수다

혼자서 카페나 식당에 앉아 있다 보면 여러 사람들의 수다가 원치 않아도 테이블 건너로 들려오곤 한다. 화제는 사람들이 아무리 바뀌어도 뻔하다. 여자들이라면 연예인, 연애, 다이어트 등이고, 남자들끼리는 거의 대화하지 않으며, 남자와 여자는 도무지 이해가 닿지 않는 농담 따먹기를 하거나 들리지 않게 소곤거린다. 그 모든 이야기들이 영화의 배경음악처럼 상황에 녹아드는 데 반해 정말 못 들어주겠는 화제가 있다. 바로 기혼녀들의 불평이다.

싱글들이 생각하는 것과는 다르게, 결혼한 여자들의 시댁 욕, 남편 욕은 같은 기혼녀들 사이에서도 금기다. 어쩌면 기혼녀들이 더 듣기 싫어할 수도 있겠다. 결혼 생활 자체가 좀 너절한 구석이 있는 데다가, 그에 대한 불평은 더 구질구질하기 때문이다. 경제가 어려울 때면 상류층의 사치스러운 삶을 소재로 한 드라마가 더 호응을 얻는 것과 같은 이유일지도 모른다. 대중은 극중 인물의 사치가 위화감을 조성한다고 외면하지 않고, 오히려 그 판타지를 통해 위로받는다. 삶에서 '불편한 진실'이 언제나 도움이 되는 것은 아니다.

여자들에게 수다는 가장 확실한 스트레스 해소법이다. 입덧이 심하다며 사경을 헤매는 목소리로 전화를 받던 내 친구 하나는 한 시간여 통화하는 동안 점점 목소리가 커지더니 어느 순간 입덧이 없어졌다며 신기해 했다. 약도 없다는 입덧까지 치유하는 기적의 효능을 가진 수다는 기혼녀들의 정신 건강에도 돈 안 드는 장뇌삼이다. 하지만 이 수다의 내용이 불평불만으로 이어지다 보면 하는 사람도 듣는 사람도 오히려 스트레스를 받게 된다.

아는 사람들끼리 하는 말이지만 수다로 '남의 욕'을 공유하는 것은 묘한 쾌감을 준다. 뒷담화는 일종의 공범 의식을 형성해서 대화 상대와 친밀감을 느끼게 하기도 하고, 자신의 악감정에 정당성을 부여해 죄의식도 덜어주기 때문이다. 누군가를 깎아내림으로써 은근히 내가 더 나은 사람이 된 듯한 느낌도 든다. 치졸하지만 그게 인간이다. 그래서 나는 누가 봐도 문제가 있는 사람에 대해 지나치게 입조심하는 사람에게는 마음을 열지 않는다. 그 사람은 천사이거나 상대방을 옹졸한 사람으로 만들면서까지 천사인 척하고 싶은 사람이다. 양쪽 다

가까이 지내기에는 부담스럽다.

그러나 남의 험담을 통해 스트레스를 푸는 데는 몇 가지 제한 사항이 따른다. 말하는 사람이 험담의 대상과 심한 악감정으로 얽혀 있지 않아야 하고, 대화 상대와 공통적으로 알고 있는 사람이어야 한다. 그리고 보안은 기본이다. 그렇지 않으면 뒷담화는 사소하고 은밀한 감정 공유의 행위가 아니라 추잡한 중상모략이나 패배자의 자기 변명으로 변질되고 만다. 이럴 경우, 뒷담화는 듣는 사람을 짜증나게 만들고, 말하는 사람은 감정이 더 악화되어 오히려 서로 정서적 피해를 입는 결과가 초래된다. 결혼한 여자들이 하는 시댁 험담이 정확히 이런 경우에 해당된다.

시댁 험담은 하는 사람이나 듣는 사람 모두를 어딘지 모르게 처참한 기분으로 만들어버리는 데가 있다. 어떤 화제든 흉금을 터놓고 말하던 남자 동료가 내 이야기를 듣다가 시댁 이야기가 나오려는 기미가 보이자 "잠깐만요" 하고 말을 막았다. 그러더니 "그 이야기는 듣고 싶지 않은데요"라고 딱 잘라 말하는 것이었다. 어떤 이야기인지 들어보지도 않고 '시' 자 비슷한 것이 나오자마자 사양한 그의 반응을 통해 남녀노소 불문하고 그 화제가 얼마나 불편한 것인지 확인할 수 있었다.

힘들어서 도무지 좋은 말이 안 나온다면, "말도 마. 내가 왜 아줌마들이 '시' 자 들어가는 시금치도 안 먹는다는지 알겠다" 하고 한마디 하면 그만이다. 더 이상의 디테일은 그들도 원하지 않는다. 정 누군가를 '씹고' 싶은 충동이 생긴다면 차라리 연예인이나 정치인을 안주 삼는 게 낫다. 서로가 감정적으로 관여되지도 않고 누구나가 공통적으로 아는 그들은 뒷담화 대상으로 맞춤이다. 인터넷에 악성 댓글을 올리거나 해서 그들 귀에 들어가지만 않는다면, 없는 데서 욕 좀 한들 어떤가.

불평, 그 악순환의 고리를 끊어라

수전 놀런(Susan Nolan)이라는 심리학자는 불행한 사람의 특징 중 하나로 '오버 싱킹(Over Thinking)'이라고 이름 붙인 특징을 들었다. 그것은 의미도 없이 자신의 생각이나 느낌 혹은 문제에 대해 지나치게 생각하는 습관이다. 일반적으로 여자들은 남자들보다 더 많은 생각을 하고 그래서 우울증도 네 배나 많이 앓는다. 오버 싱킹에서 벗어나 행복해지려면 기본적으로 불평은 애써 잊어버리고 좋은 생각과 좋은 말을 많이 해야 한다.

결혼하는 여자들이라면 이 문제에 좀 더 진지하게 접근해야 한다. 남편에게, 친구에게 혹은 일기장에 결혼 생활의 불만을 계속 표현하는 일은 자신의 문제에 대해 오버 싱킹하게 만들고, 그에 따라 결혼 생활을 더 불행하게 한다.

S는 결혼하자마자 남편이 시댁에서 가까운 지방 소도시로 발령받아 따라가게 되었다. 남편은 무뚝뚝하고 보수적인 사람이어서 항간에

떠도는 우스갯소리처럼 집에 오면 "밥 줘", "자자"라는 말밖에 하지 않는 사람이었다. 그런데다가 시댁이 가깝다 보니 거의 매일 시댁에 불려 다니며 스트레스를 많이 받았다. 급기야 그녀는 우울증 초기 증세를 보이기 시작했다. 그래서인지 별다른 이유 없이 임신도 되지 않았다.

백화점도, 문화센터도 없는 그곳에서 달리 할 일이 없었던 그녀는 매일 인터넷을 하며 시간을 보냈다. 젊은 기혼자들이 많은 인터넷 동호회에 가입해 자신의 처지를 하소연하고 같은 처지의 사람들과 댓글을 주고받는 낙으로 살았다. 그런데 그러다 보니 상황이 나아지기는커녕 우울증이 점점 더 심해지는 것이었다.

1년이 지나 서울로 돌아온 그녀는 여동생이 결혼해 살고 있는 지역에 집을 얻어 살게 되었는데, 동생은 활동적이고 적극적인 성격이었다. 처음에는 동생의 성화로 마지못해 함께 운동도 다니고 전시회나 영화도 보러 다녔지만, 몸을 움직이다 보니 점차 우울한 기분이 사라지는 것 같았다. 전근대적인 시부모님에 대한 원망도 희미해져 갔다. 이사해 시댁과 멀어진 것도 이유였지만, 동생이 시댁 이야기를 듣기 싫어해서 안 하기 시작하자 점차 답답하고 억울한 생각도 사라지는 것이었다. 자연스럽게 남편과의 사이도 좋아졌고, 그의 타고난 무뚝뚝함도 좀 나아졌다.

머지않아 그녀는 임신했고 부른 배를 안고 태교와 부모 교육 강의를 들으러 다녔다. 고민하고 원망하기보다는 바깥 공기를 쏘이고 다리를 움직여 무언가를 하는 편이 훨씬 낫다는 걸 깨달은 그녀는 지

방 소도시에서 살았던 1년 동안 집에 처박혀 우는 대신 그 고장 명소들을 두루 여행하지 않았던 것을 후회했다.

사람의 뇌는 말이나 행동으로 표현하는 것과 다른 생각을 하지 못한다고 한다. 그러니까 입으로 "난 불행해"라고 말하는 동시에 '사실은 행복하다'고 생각하지 못하는 것이다. 적어도 "난 불행해"라고 말하는 그 순간만큼은 정말로 불행하다. 이 불행한 순간들이 점점이 모여 삶 전체를 감염시키는 것은 순식간이다. 그런데도 왜 수많은 사람들이 좋은 행동과 생각을 하려고 노력하지 않고 그냥 불행에 머물러 있는 것일까?

불행한 사람들에게는 자신의 힘으로 불행에서 벗어날 수 있다는 걸 인정하지 않으려는 특징이 있다. 그걸 인정하는 순간, 이제까지의 불행이 자신의 책임이라는 사실을 받아들여야 하는 데다가 힘들게 노력을 해야 하기 때문이다. 그들은 자기 잘못을 인정하기도 싫고 몸을 움직여 노력하기도 싫다. 그들은 이제까지도 충분히 힘들었다. 자신의 불행을 그저 불운 탓으로 돌릴 뿐, '불행하지만 평온하게 살았던' 이제까지의 삶에 평지풍파가 이는 게 싫다. 그들은 불행에 책임과 비난까지 더해지는 게 자신에게 너무 가혹하다고 느끼는 것이다.

부정적인 측면에서 보자면 불합리하고 육체적으로 힘들며 없던 편두통도 생기게 하는 것이 결혼 생활이지만, 다른 관점에서 보면 좋은 점이 한둘이 아닌 게 결혼 생활이기도 하다. 결혼하고자 하는 사람이라면 어두운 진실은 덮어두고, 결혼의 긍정적인 면만을 끈질기게 바라볼 각오를 해두어야 한다. 그 누구도 듣고 싶어 하지 않는 불평은 입을 틀어막아서라도 삼키고 품위를 지켜라. 공공장소에서 젊은 기혼녀들이 모여 수다를 떨기 시작하면 주변 사람들이 '질렸다'는 표정으로 멀찌감치 자리를 옮기는 일이 더 이상 생기지 않았으면 좋겠다.

불행은 여자를 살찌게 한다

먼저 나 자신을 소중히 여겨라

어느 날 동창이 전화를 해 왔는데 전에 없이 들뜬 목소리였다. 여러 이야기를 늘어놓고 있지만 정말 하고 싶은 말은 따로 있는 것 같았다. 통화가 끝날 때쯤, 그녀는 아마도 본론인 것으로 보이는 말을 무심한 척 던졌다.

"너, H 기억나지? 왜 걔네 엄마가 치맛바람 심해서 선생님들이 티 나게 예뻐했잖아. 자기 비위 안 맞춰준다고 애들 부추겨 왕따시켜서 1년 동안이나 날 힘들게 하고. 애가 아주 못됐었잖아."

"응. 기억나."

"나 어저께 길에서 걔 봤다."

"그래? 어떻게 지낸대?"

"아니, 뭐 특별히 아는 척하지는 않았어. 옆에 남편으로 보이는 사람도 있고. 그런데 말이야……."

동창은 대단한 사건이라도 되는 듯 뜸까지 들였다.

"걔 엄청 살쪘더라! 20킬로는 찐 것 같았어!"

그녀는 자신의 손을 더럽히지 않고도 복수했다는 듯 몹시도 통쾌해 했다.

아마도 동창은 자신을 괴롭혔던 H와 머리채를 잡고 싸워서 이겨 코피를 터뜨렸어도, 그녀의 남자 친구를 빼앗았어도 그만큼 기분이 후련하지는 않았을 것이다. 여자가 살쪘다는 것은 그런 것이다. 사실 여부를 떠나서 현재 누구에게든 사랑받지 못하고 있고, 무언가 욕구불만이 있으며, 자신의 삶을 통제하지 못하고 있다고 남과 자신이 느끼는, 움직일 수 없는 상태인 것이다. 그보다 더 완전한 복수가 어디 있겠는가.

20세기의 지성 프랑수아즈 사강(Françoise Sagan)은 "불행은 여자를 살찌게 한다"고 말했다. 아닌 게 아니라 결혼해서 무기력하고 자신감을 잃은 여자들 중에는 심하게 체중이 늘어 되돌아오지 않는 사람들이 유난히 많다. 반면 결혼 생활이 행복한 여자들은 세월이 나잇살을 만들기 전까지 변함없는 외모를 유지하는 경우가 많다. 심지어 금슬이 좋은 중장년층 부부들 중 아내 쪽이 비만인 경우는 극히 드물다. 대체 그 지방덩어리가 뭐기에 여자들의 행불행과 그토록 깊은 관계를 가지는 것인지.

어느 설문 조사에서 상당수의 남자들이 "아내가 결혼 후 너무 살찌고 퍼지면 바람피우면서도 죄책감을 덜 느낀다"고 대답한 것을 보고 충격을 받은 적이 있다. 역겨운 일이긴 하지만, 남자들이 그렇게 생각하는 데는 단순히 '몸이 불어 외모가 보기 싫다'는 것 외에도 이유가 있는 것 같다.

몸이 날씬하고 관리가 잘되어 있다는 것은 여자들이 '나는 나를 소중히 여긴다'는 것을 시각적으로 증명해 보이는 일이다. 남편들은 무의식중에 그 신호를 받아들여 그녀들을 소중히 대하게 된다. 남자들은 여자가 자신을 사랑하는 것 이상으로 여자를 사랑하지 못하는 존재다. 여자가 자신의 몸을 관리하는 것은 남편이 바람피울까 봐 전전긍긍하는 제스처가 아니라, '내가 나를 소중히 여기고 있으니 나를 함부로 대하지 말라'는 경고의 메시지로 읽는 게 옳다.

나는 55사이즈 이상은 모조리 비만으로 몰아버리는 요즘 세태에 동참할 생각은 없다. 결혼 이후 한 치수를 크게 입게 된 여자들을 게으르다고 질타할 의도는 더더욱 없다. 다만 결혼이라는 사건을 전후로 여자들이 마음의 끈을 놓는 것을 경계할 따름이다. 결혼 전과 변함없는 몸과 마음으로 누군가의 아내나 엄마만이 아닌 나 자신으로 살겠다는 의지를 놓지 말라.

5장

TV 리모컨보다
쉬운
남편 사용법

그의 단점,
바꾸려 하지 말고 '관리하라'

사람은 변하지 않는다

세상에서 가장 어리석은 사람은 '결혼하면 이 사람이 바뀌겠지' 하는 마음으로 결혼하는 사람이다. 아파트마저 금연 건물로 지정되는 요즘 같은 때 갖은 설움을 당하면서도 담배 하나를 못 끊는 게 사람이다. 설사 사람이 변할 수 있다고 해도 그 계기가 결혼은 아니다.

물론 사랑은 힘이 세다. 그래서 상대에게 반해 있는 동안에는 이전과 전혀 다른 사람이 되어 말하고 행동한다. 그가 변하겠다고 맹세하면 적어도 그 순간만큼은 진심일 것이다. 하지만 중세시대에 정신병으로 취급되던 사랑이라는 병은 아무리 길어도 3년을 넘기지 않고 완치된다. 더구나 결혼은 치료 기간을 더욱더 앞당긴다. 도파민이 지배하는 본능적 사랑에서 벗어나면 사람은 제정신이 들어서 이전과 똑같은 사람으로 돌아온다.

결혼하고 나면 상대방의 단점이 슬슬 눈에 들어오기 시작한다. 대부분은 못마땅하지만 그런대로 받아들일 수 있는 것이다. 하지만 살다 보면 이건 정말 못 참겠다 싶은 점이 발견되기 마련이다. 난감해진 여자들은 잔소리를 하기 시작한다. 그래도 안 되면 협박하고, 그래도 안 되면 애원한다. 하지만 단언하건대 그들은 변하지 않는다.

마음에 들지 않는 점이 있다고 해도 무리하게 상대방을 변화시키려는 것은 금물이다. 우선, 나를 불편하게 하는 점들을 뜯어고치려는 시도는 사랑이나 결혼의 취지에도 어긋난다. 모든 사람의 성향은 어차피 다 다르고, 모든 면이 똑같다 해도 바로 그 점 때문에 또 마음에 들지 않게 될 것이다. 그 점을 받아들일 수 없다면 결혼이라는 것을 처음부터 하지 말았어야 했다.

만일 상대방의 단점이 그냥 포용하고 넘길 수 없는 것이라면, 필사적으로 뜯어고치려 애쓰기보다는 나쁜 영향을 끼치지 않도록 '관리'하는 측면에서 접근해야 한다.

태어나기를 약골이었던 나는 아이를 낳고 일이 많아지면서 건강이 몹시 나빠졌다. 검사해 보면 특별한 이상은 발견되지 않는데 자꾸 시름시름 앓는 것이었다. 몇 년 전에는 6개월간 일주일 정도의 휴지기조차 없이 쭉 감기에 걸려 지낸 적도 있었다. 나는 참다 못해 내 병과의 전쟁을 선포했다. 그해의 목표를 건강해지는 것으로 삼고 양·한방, 민간요법까지 동원해 온갖 검사와 처방을 받아보았다. 의사들은 내가 약한 게 이유라고 했고 치료약도 없다고 했다. 그런데도 나는 체질 개선을 위해 비싼 약을 지어 먹고, 운동도 했고, 단식까지 했다. 많은 시간과 돈과 노력이 들었다. 그런데도 내 병의 뿌리는 뽑히지 않고, 치료받는 동안만 잠깐 나아졌다가 곧 다시 나빠졌다. 한동안 실의에 빠졌던 나는 얼마 전부터 내 병과 싸우기를 포기하고 평화롭게 공존하는 방법을 터득했다. 알고 보니 나는 약간이라도 추위에 노출되거나 잠이 부족하거나 끼니를 거를 때 급격히 건강이 나빠졌다. 그런데 규칙적인 생활을 하고 사시사철 가방에 덧입을 옷을 싸들고 다니면서 전처럼 아프지 않게 되었다. 나는 아무리 혹사시켜도 끄떡없는 몸을 만드는 데만 관심이 있었고 혹사하지 않도록 내 몸을 '관리'하는 것에는 그다지 신경 쓰지 않았던 것이다.

배우자의 단점들은 내 병처럼 뿌리 뽑을 수 없는 것들이 대부분이다. 그것들을 공격해 없애려고만 하면 지치고 상처만 남을 뿐 얻는 것이 없다. 애초부터 없애는 게 아니라 관리한다고 생각하면 상대방과 충돌할 일도, 단점으로 피해를 볼 일도 없다.

수많은 결혼 초보들이 '초반에 해치워야 한다'며 상대방의 단점을 억지로 뽑으려 집게까지 들고 덤비기 때문에 자꾸만 상처가 나고 곪는 것이다. 상처는 금세 아무는 것 같지만 같은 일이 반복되면 암이 생길 수도 있다. 원래 암이란 게 세포가 스트레스를 받아 변이를 일으키는 것이니 말이다. 관계의 암도 마찬가지다.

미켈란젤로 효과

　사람은 자신이 스스로 돌아보겠다고 결심하지 않는 이상 결코 진심으로 반성하지 않는다. 그렇기 때문에 타인을 말로 변화시키고 반성시키려고 애쓰는 것은 어리석은 일이다. 제아무리 진심을 담은 충고라고 해도 상대방에게는 '잔소리'로 들릴 뿐이다.

　B는 결혼하고 나서야 남편이 심각할 정도로 밖으로만 도는 성격이라는 걸 알게 되었다. 연애할 때야 밝고 사교적인 성격이 좋아서 사랑에 빠지게 된 것이었지만, 저녁마다, 주말마다 친구들과 어울려 술 마시며 시간을 보내는 것으로만 삶의 보람을 느끼는 남편을 두는 것은 괴로운 일이었다. 남들은 술자리를 좋아하다가도 결혼하고 아이가 생기면 발길을 뚝 끊는다던데, 그녀의 남편만은 결혼 전과 후의 생활이 달라지지 않았다.

　그녀는 6개월간 남편이 좀 더 가정적인 사람이 되기를 설득해 보려다가 잦은 싸움으로 상처만 받았다. 그냥 포기하고 남편 성격대로 맞춰 살아볼까도 생각해 보았지만 도저히 그럴 수는 없었다. 차라리 이혼하면 했지, 집을 하숙집처럼 여기는 남편과의 결혼 생활은 의미가 없었다. 그녀 자신이 개인적 취향으로 싫은 점이야 어떻게든 이해하고 포용하면 되겠지만, 지금 남편의 행동은 결혼의 존립 자체를 위협하는 것이기 때문에 어떻게든 고쳐야 하는 것이라고 판단했다.

숱한 날을 울기도 하고 고민도 해본 그녀는 어느 날부터인가 잔소리를 멈추고 신앙의 힘에 의지해 기도하기 시작했다. '가족과 함께하는 시간에서 행복을 느끼는 좋은 남편이 되게 해주세요'라는 내용으로 하루도 빠짐없이 기도했고, 남편이 이미 그런 사람이 되었다고 믿기로 했다. 그리고 자신이 믿는 대로 남편을 대하기 시작했다.

재미있는 것은 자신이 상상의 힘을 빌려 남편을 가정적인 사람이라고 믿으려 하다 보니, 정말 남편에게 그런 면도 있다는 사실을 발견하게 되더라는 것이다. 그녀는 그런 뜻밖의 장점을 발견할 때마다 기뻐하고 고마운 마음을 열심히 표현해 주었다. 남편이 이전과 크게 달라진 것은 아니었지만 자신의 마음이 달라진 것만으로도 꽤 견딜 만했다. 적어도 기분만으로는 꽤 괜찮은 남편이 된 것이었다.

그런데 그렇게 3년이 지나고 나니 B의 남편은 더 이상 '기분만으로'가 아닌, 진짜 가정적인 남편이 되어 있었다.

이 훈훈한 이야기는 어딘지 작위적으로 느껴질지도 모른다. 극약처방을 해도 교정이 될까 말까 한 악질적인 버릇이 아내의 믿음과 격려만으로 고쳐진다는 게 동화 밖에서도 가능한 일인지 의문이 생길 만하다. 그러나 사람이 변할 수 있는 한계까지 변화할 수 있도록 옆에서 돕는 방법이 생각과는 전혀 다르다는 사실을 점차 깨닫게 될 것이다. 결국 당신은 초자연적인 힘을 빌리지 않는 이상, 남편이라는 기이

한 존재를 온전한 지구인으로 정착시킬 수 없다는 결론을 내리게 될 것이 분명하다. 그때 필요한 것이 B가 한 것과 같은 간접적이고 끈질 긴 방법이다.

르네상스시대 최고의 조각가 미켈란젤로는 〈피에타〉처럼 궁극의 아름다움을 지닌 작품들을 조각했지만 그 형태는 이미 대리석 덩어 리 안에 있었다. 미켈란젤로는 기막힌 솜씨로 그 덩어리 안에서 이상 적인 형태를 찾아낸 것일 뿐이다. 이처럼 조각가가 대리석 안에서 이 상형을 찾듯, 부부나 연인이 서로를 독려해서 상대방을 자신의 이상 적인 모델에 가깝게 만드는 과정을 심리학에서 '미켈란젤로 효과'라 고 한다. B는 그 자신이 알았건 몰랐건 남편을 변화시키는 방법으로 '미켈란젤로 효과'를 적용시킨 것이며, 이 '위대한 착각'은 배우자를 좋 은 방향으로 변화시키는 유일하다시피 한 방법이다.

결혼하면 누구나 상대방의 당황스러운 단점에 직면하게 된다. 전에 몰랐던 것일 수도 있고, 알았으나 대수롭지 않게 생각했던 것일 수도 있다. 당신도 예외가 아닐 것이다. 남편 될 사람을 사랑하고 그가 안 고 있을 미지의 단점들을 함께 안고 가겠다는 서약과 함께 결혼했다 면 그 단점 앞에서 침착하고 포용력을 발휘해야 한다.

간절하게 원하는 남편의 모습이 있다면 이미 그렇게 되었다고 믿 으면 된다. 당신의 그 믿음이 미켈란젤로의 정과 사포가 되어 상대방 을 깎고 다듬어 이상형의 배우자로 변화시켜 줄 것이다. 한 가지 잊지 말 것은 미켈란젤로가 〈피에타〉를 제작하는 데 2년이라는 시간이 걸렸다는 점이다. 당신은 미켈란젤로처럼 천재일 필요는 없으나 충분한 인내심만은 갖춰야 할 것이다.

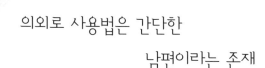

의외로 사용법은 간단한
남편이라는 존재

'남자는 어린아이'라는 말을 액면 그대로 받아들여도 좋다

만약 조물주가 어리석은 인간을 위해 결혼 전 남편은 아내를, 아내는 남편을 조종할 수 있는 사용 설명서를 선물해 준다면, 아마 남편들이 받게 될 '아내 사용법'은 『브리태니커백과』의 분량으로도 모자랄 것이다. 반면 '남편 사용법'은 TV 사용 설명서 정도면 충분하다. 그만큼 남자는 여자들이 생각하는 것보다 훨씬 단순한 존재다. 그래서 남자들이 하는 말 중에 이런 말이 있다.

"남자가 여자를 이해 못할 때는 딱 두 경우다. 결혼하기 전하고 결혼한 후."

그런데 우리는 그렇게 단순한 남자들하고 사는 게 왜 그렇게 어려운 것일까?

남편 사용법을 숙지하는 첫걸음은 "남자는 어린아이와 같다"는 결혼 선배들의 말을 액면 그대로 받아들이는 것이다. 그건 은유가 아니며 남성들을 비하하거나 무시하는 표현도 아니다. 남자들이 겉보기에 어른스러워 보이는 것은 사회적 책임과 자존심 때문에 어른스러운 척을 하기 때문이다. 그가 대학교수든 행위예술가든 빌딩 청소부든 똑같다. 당신의 남편 될 사람의 본성이 어떤지, 그리고 어떻게 하면 그와 평화롭게 공존할 수 있을지가 궁금하다면 주변의 초등학생들이 어떻게 행동하고 말하는지를 관찰하고 그 엄마들이 그들을 어떻게 구슬리는지 눈여겨보라. 분명 배울 만한 부분이 있을 것이다.

일반적으로 아내가 남편을 현명하게 대할 때 그 부부가 행복하기가 더 수월하다. 남편들은 죽었다 깨어나도 아내를 이해할 수 없지만, 아내들은 남편들을 이해할 수 있기 때문이다. 둘의 관계가 좋아지려면 누가 먼저 정신을 차리는 수밖에 없는지, 우리는 〈우리 아이가 달라졌어요〉류의 프로그램들을 통해서 이미 잘 알고 있다.

한 손으로 꼽을 만큼의 기본적인 원칙만 지키면 그들과 큰 어려움없이 공존할 수 있다. 우리는 우리를 속 깊이 이해하지 못하는 그들과 하필 가장 가까운 관계로 살아야 하는 것을 안타까워하기도 하지만, 그것 또한 오묘한 신의 섭리다.

나의 오랜 지인 D는 결혼 전 말이 잘 통하고 독서나 영화의 취향이 같으며 여자의 심리를 잘 이해하는 남자와 몇 년간 친구로 지낸 적이 있다. 그와 만나 이야기하면 언제나 즐거웠고, 전화하면 연인도 아니면서 몇 시간씩 수다를 떨곤 했다. 그렇게 몇 년을 지내다가 각자의 애인과 헤어지고 둘 다 외로울 때, 남자 쪽에서 결혼을 전제로 사귀어보지 않겠느냐고 말해 왔다. D는 그 제안에 대해 정말 진지하게 생각했다. 그는 객관적으로 꽤 괜찮은 남자였기 때문이다. 나이가 적지 않은 만큼, 가슴 설레는 감정이 없다는 건 큰 문제가 아니었다. 서른 살 넘어 흠 없는 조건에 '싫지 않은' 남자를 만나는 것만 해도 기적인 현실을 잘 알고 있었다. 그런데 문제는 결혼해서 이 남자와 잘 살 것이라는 확신이 들지 않았다.

여자처럼 예민하고 취향이 뚜렷하며 인생을 바라보는 시각이 복잡하고 독특한 이 사람을 연인이라는 눈으로 보니 여간 불편한 것이 아니었다. 친구라면 몰라도 연인 앞에서는 적당히 숨기고 싶은 부분이 있는데, 그 사람 앞에서는 숨길 수 있는 게 없었다. 서로를 잘 이해하기 때문에 싸우지 않을 것 같지만, 오히려 피차 속이 너무 들여다보여 잦은 신경전을 벌여야 할 때도 많았다. 아무리 애써도 남편감으로는 버겁다는 생각이 들 뿐이었다. 그녀는 왜 요즘 미국 드라마의 주인공들이 유행처럼 게이 남자 친구를 두고 싶어 하는지 그제야 알 것 같았다.

끝내 그녀는 그의 제안을 거절하고 이제까지처럼 친구로 남자고 했다. 그러나 그 관계는 그녀가 여느 단순한 남자를 찾아 결혼함과 동시에 끝나고 말았다.

남자들은 단순하지만, 그래서 더 사랑스럽기도 한 존재다. 그런 남자들과 여자들이 항상 행복하게 살지 못하는 이유는 여자들이 남자를 여자와 똑같이 복합적이고 성숙한 존재라고 매번 착각하는 데다가 그 쉬운 '남편 사용법'조차 전혀 모르기 때문이다.

새로운 가전제품을 사면 남편은 먼저 사용 설명서를 챙겨 읽어보고, 나는 무조건 버튼을 눌러 '몸으로' 사용법을 익힌다. 나처럼 여자들은 대체로 사용 설명서를 읽기 싫어한다. 그러나 남편 사용 설명서는 미리 익혀둬야 한다. 남편은 TV처럼 잘못된 버튼을 눌렀을 때 제대로 된 버튼을 누를 때까지 얌전히 기다려주지 않기 때문이다. 심지어 오작동을 자주 하면 고장을 일으킨다. 대신, 사용 설명서를 숙지하고 상황에 따라 제대로 된 버튼을 누르면 의외로 작동법이 쉽다는 것을 알게 될 것이다.

자존심은
남편을 조종하는 리모컨이다

남자 뇌의 8할은 자존심이다

　어려서부터 내가 보고 배운 바에 의하면 '자존심'이라는 말은 여자 전용이었다. 남자들에게 너무 쉽게 마음을 허락해서도 안 되고, 떠나는 남자를 비굴하게 붙잡아서도 안 되는 게 다 자존심 때문이었다. 그래서 결혼한 여자는 해당 사항 없고 미혼의 젊은 여자들에게만 미덕일 수 있는 것이었다.

　자존심이란 말은 다른 언어로 번역할 수 없는 묘한 뉘앙스를 가진다. 사전적으로는 '남에게 굽히지 않고 스스로의 품위를 지키는 것'을 뜻하지만 비슷한 의미의 '자긍심'이나 '자신감'과는 다르다. 자긍심이나 자신감은 스스로에 대한 본인의 마음가짐이지만, 자존심은 타인과 자신과의 관계에서 나오는 감정이다. 그래서 자존심은 '자신감'이라는 말보다 '체면'이라는 말에 더 가깝다.

어려서는 그게 그토록이나 중요하게 여겨지더니, 나이가 들고 보니 세상에는 자존심보다 중요한 게 너무나 많았고 그것을 지키기 위해 포기할 만한 소중한 것은 아무것도 없었다. 그런데 남자들은 전혀 그렇지 않은 것 같다.

흔히 여자들이 치장을 하기 때문에 남의 시선을 더 의식한다고 생각들 하지만, '남의 눈에 비친 자기 자신의 모습'을 훨씬 더 많이 인식하며 사는 것은 오히려 남자들이다. 수많은 남자들이 돈 주고 샀다는 게 도저히 믿기지 않을 만한 옷을 입는 이유는 남의 시선을 의식하지 않아서가 아니라, 다른 사람들 눈에 자신이 촌스럽게 보인다는 사실을 모르기 때문이다. '남의 눈에 비친 나 자신'이 그토록 중요하기 때문에 남자들은 아무 유익도 없는 허풍을 떨어댄다. 그래서 남자들이 사실 관계가 중요하지 않은 자신의 경험담 등을 이야기할 때는 80퍼센트 정도만 진실이라고 생각하면 된다. 경우에 따라서는 80퍼센트가 '뻥'인 경우도 있다. 그게 다 '남자의 자존심' 때문이다.

남자들은 어려서부터 "사내자식이", "남자로 태어나서" 등등으로 시작되는 말을 들으며 일정 수준의 능력을 요구받는다. 남자는 언제나 여자보다 더 나아야 하고, 다른 남자보다도 더 나아야 한다. 그들을 키운 것은 8할이 자존심이며, 그들은 인류의 역사를 지배한 이전 세대의 남자들처럼 자신도 삶을, 사회를, 최소한 가족이나 아내만이라도 지배할 수 있어야 한다는 부담감을 가진 채 성장하고 늙어간다.

피터 드러커는 제2차 세계대전 후 국력이 나날이 기울어가는 영국의 몰락 원인을 특유의 신사도에서 찾았다. 영국의 신사도에는 필요 이상으로 죽음을 자초하는 면이 있기 때문에 수많은 지식층 젊은이들이 전쟁에 장교로 나가 목숨을 잃었다는 것이다. 당시 유럽의 어느 나라나 상황은 비슷해서, 오스트리아 출신인 드러커가 20대 초반에 주요 언론의 편집장을 맡게 된 이유가 "30대가 아예 없었기 때문"일 정도였다. 그러나 영국은 이런 사정이 더 심각해서 전후 나라를 이끌어갈 지도자층이 거의 멸족하다시피 했다는 것이다. 그나마 처칠이 당시 전쟁에 나가 죽기에는 너무 나이가 들었던 게 천운이라면 천운이었다. 영국 신사 계급의 자존심은 자신의 목숨은 물론이고 나라의 운명을 기울게 하면서까지 지켜야 했던 그 무엇이었다.

인류의 역사는 남자들이 자존심을 지키기 위해 몸부림친 역사라고 할 수도 있다. "자존심이 상하면 여자들은 쇼핑을 나가고, 남자들은 이웃 나라를 쳐들어간다"는 외국 저널리스트의 말이 농담으로 들리지 않는 까닭도 여기에 있다.

남자들은 낯선 곳에서 헤매더라도 절대로 길을 묻지 않는다. 새로 산 가전제품에 사용 설명서로도 도무지 이해되지 않는 기능이 있어도 제조사에 전화를 걸어 물어보는 법이 없다. 어쩌다 휴가를 내어 낮에 집에 있을 때면 백수로 오해받기 싫어서 집 전화를 받지 않고 배달 음식도 직접 받으러 나가지 않는다. 여자들의 인지 범위에서 도무지 이해되지 않는 이런 행동들도 모두 자존심 때문이다.

그렇게 자존심으로 똘똘 뭉친 남자들은 의외로 몹시 연약한 존재다. 여자들은 "차라도 한잔" 운운하며 마음에 드는 여자들에게 접근하는 남자들을 보며 그들이 여자보다 대담하고 용기 있고 자존심을 덜 의식한다고 생각한다. 하지만 남자들이 여자에게 먼저 손을 내미는 것은 어쩔 수 없이 그래야 하기 때문이며, 거절당하면 밤잠을 못 잘 정도로 자존심 상해 한다. 거절당할 것 같은 여자들한테는 아무리 매력 있어 보여도 아예 접근조차 하지 않는다. 터무니없는 남자가 이른바 '퀸카'에게 데이트 신청을 하는 것은 '거절당해도 상관없기 때문에 찔러나 보는 것'이라기보다는 자신이 그 퀸카에 어울린다고 어이없는 착각을 하고 있다고 보는 게 정확하다. 여러 남자에게 데이트 신청을 받는 인기 있는 여자들은 매력만 있는 게 아니라 그 남자들 각각에게 '당신도 나와 잘될 가능성이 있어'라는 무언의 신호를 보내는 여자들인 경우가 많다.

남자들이 자동차와 격투기, 직함에 집착하는 것도 그것들을 통해서 자신의 연약한 내면을 근사하고 강한 것으로 포장할 수 있기 때문이다.

한국 여자들을 모두 섹스를 이용해서 남자들 등이나 쳐먹으려는 창녀라고 매도하는 일부 인터넷상의 남자들은 또 어떤가. 그들은 점차 설 자리를 잃어가는 사회에서 불안해 하며 여자들에게 인정받지 못하는 평범한 남자들이다. 페미니즘이 무엇인지 기본적인 개념도 모르면서 안티 페미니스트가 된 것은 순전히 여자들 때문에 자존심이 상했기 때문이다.

모든 것이 자존심, 자존심, 자존심 때문이다.

딱 하나, 자존심만 세워주면 모든 게 해결된다

Y는 밥을 먹다가 남편이 고등어의 흰 속살만 파먹는 것을 보았다.

"고등어 껍질에는 영양도 많다는데 왜 안 먹어? 당신, 알고 보니 편식 있구나?"

남편은 별말 없이 꾸역꾸역 밥을 먹을 뿐이었다.

얼마 후, 상에 고등어구이가 또 올라왔을 때 그녀는 여전히 껍질을 먹지 않는 남편을 보고 또다시 핀잔을 주었다.

"고등어 먹을 때 껍질도 좀 먹어. 이게 살보다 더 영양가가 있다니까."

여전히 남편은 별말이 없었다. 아내가 뭐라고 하든 관심도 없어 보였다. Y는 그런 남편이 더 얄미워서 옆에 앉은 아들까지 들먹이며 잔소리를 했다.

"얘, 넌 아빠처럼 편식하면 안 돼."

"쓸데없는 소리. 참, 당신 어제 치과 영수증 처리했어?"

"아 참, 그게 말이지. 회사에 제출하려면 양식이 있어야 한대. 그래서……"

그래도 남편은 별 반응을 보이지 않으며 화제를 다른 쪽으로 돌렸고, 그녀는 금세 하던 말을 잊고 남편의 물음에 열심히 대답하기 시작했다.

며칠 후, 식구들이 모인 저녁상에서 고등어 껍질을 골라놓는 남편을 그냥 보아 넘기지 못하고 그녀가 한마디 했다.

"당신은 왜 고등어 껍질을 안 먹어? 애가 배우겠어."

그러자 갑자기 남편이 소리를 꽥 지르면서 상을 엎어버리는 것이었다. 그릇이 깨져 나동그라지고, 아이가 놀라 울었다.

"당신 왜 이래? 미쳤어?"

"그래, 나 미쳤다! 당신이 남편을 개똥 보듯 하는데 안 미치고 배기겠어?"

Y는 남편의 낯선 모습이 어이없기도 하고 무섭기도 해서 눈물만 났다. 진심으로 자신이 무엇을 잘못했는지 모르겠어서 주변 사람들한테 물어봐도 돌아오는 대답은 똑같았다.

"고등어 껍질을 왜 안 먹느냐고 했는데 애 앞에서 상을 엎어? 네 남편 제정신이니?"

남편이 나중에 사과해서 사건은 일단락됐지만, 그녀는 여전히 이해할 수 없었다. 상식적이고 폭력적인 데라곤 없는 그가 그땐 대체 왜 그랬을까?

당신이 결혼한 후 뭔가 문제가 생긴다면, 가장 먼저 당신이 그의 자존심을 상하게 하지는 않았는지 생각해 보라. 아마 거기에 답이 있을 것이다.

나는 결혼한 지 얼마 지나지 않아 남편의 성격에 중대한 결함이 있다는 것을 알게 되었다. 평소 그는 온순하다가도 느닷없이 1년에 한

번은 아무 이유도 없이 불같이 화를 내서 나를 당황스럽게 했다. 나는 그에게 뭔가 트라우마가 있는 게 틀림없다고 생각했다. 걱정이 됐던 나는 정신과 의사에게 상담 메일을 보내고 투자 대비 효과가 좋다는 사이코드라마 프로그램을 알아보기도 했다. 그렇지만 어디서도 속 시원한 답변은 들을 수 없었고, 나는 가끔씩 그가 화낼 때마다 스트레스가 많이 쌓였나 보다 하고 참고 받아주었다.

그렇게 10년을 살았을 즈음, 나는 결혼에 대한 책을 집필하기 위해 인터뷰와 자료 조사를 하다가 남편뿐만 아니라 모든 남자들이 비슷한 행동 양식을 보인다는 것을 알고 벌린 입을 다물지 못했다. 여자들이 보기에는 신경증 증상으로 보이는 그 행동들의 기저에는 역시 '자존심'이 숨어 있었던 것이다.

남자들은 여자들이 잔소리하거나 잘못된 행동을 할 때 Y의 남편처럼 처음에는 반응을 보이지 않는다. 남자들이 그러는 건 여자에게 작은 일로 화내는 것 자체가 자존심 상하는 일이기 때문이다. 기분이 약간 상하긴 해도, 그걸 입으로 말하는 게 쩨쩨한 일로 여겨져 가만히 있는다. 여자들은 그런 남자들을 두고 자기 말을 무시하거나 자신에게 무관심하다고 생각한다. 그래서 여자들은 자신이 남자에게 한 행동을 금세 잊어버리지만, 남자들은 이미 스트레스를 받고 그걸 마음에 담아둔 상태다.

일이 이렇게 되면 당연히 다음에 같은 일이 벌어졌을 때, 여자는 같은 잘못이나 잔소리를 하게 되고 점점 수위도 높아지게 된다. 자존심 때문에 꾹 참고 있던 남자들은 오랫동안 누적되어 온 스트레스가 포화 상태에 이르면 어느 순간 아주 작은 계기로도 폭발한다. 그러나 그건 어디까지나 남자들의 속사정이고, 여자들이 보기에는 영락없는 정신병자의 발작이다.

남자들은 그들의 자존심이라는 것을 이해하지 않고서는 결코 이해할 수 없는 집단이다. 그 자존심을 어느 정도 존중해 주고 지켜주겠다는 마음이 없으면 원만한 결혼 생활은 힘들다고 보면 된다. 남편과 사이가 나쁜 많은 여자들이 정성 들여 남편에게 밥을 주고 옷을 해 입히면서도 정작 무신경하게 말로 자존심을 상하게 해 모든 노력이 수포로 돌아가게 하는 것을 흔히 볼 수 있다.

"남편을 사로잡으려면 그의 위장을 사로잡으라"라는 말이 있기는 하지만, 한국의 남편들이 여자들에게 "밥, 밥" 하는 이유는 따로 있다. 한국에서 아내에게 받는 밥상은 단순히 생존을 위해 먹는 식량이 아니라 가장의 마지막 자존심이다. 그들은 '마누라한테 밥도 못 얻어먹는 놈'이 되는 게 자존심 상해서 못 견디는 것이다. 대장금 뺨치는 요리 솜씨도 좋지만 그보다 그의 자존심을 세워주는 게 먼저다.

자존심에 죽고 사는 남자들과 더불어 산다는 게 피곤한 일이라고 생각할 수도 있겠지만, 전혀 그렇지 않다. 자존심 하나에만 주의하며 잘 다독여주면 평소에는 크게 신경 쓸 일이 없기 때문이다.

내 딸이 아홉 살이었을 때였다. 아주 가끔 학원에 가기 싫을 때면 머리가 아프다고 하는데, 그럴 때 "혹시 학원에 가기 싫어서 그러니?"
라고 하면 눈물까지 글썽이면서 진짜로 아프다며 억울해 하곤 했다.
아이의 머리가 아픈 것은 사실일 것이다. 다만 '아파서 학원이 가기
싫은 것'이 아니라 '가기 싫어서 아픈 것'일 뿐. 나는 아이의 기분이
상하지 않도록 오랫동안 세심하게 달래야 했다. 그래도 안 되면 그냥
학원을 쉬게 할 수밖에 없다. 그러지 않으면 종일 시무룩해 있는 아
이와 신경전을 벌이느라 진땀을 빼야 한다. 종종 학원을 빠지고 싶어
하는 것은 딸의 친구인 이웃집 남자아이도 마찬가지다. 하지만 같은
일이 일어났을 때 그 모자의 대화는 우리 모녀와는 사뭇 다르다.

"엄마, 나 머리도 아프고 속도 안 좋은 게 아무래도 학원 쉬어야 할
것 같은데요."

"닥쳐."

"학원 다녀오겠습니다."

그래도 남자아이들은 상처 입지도, 화내지도, 토라지지도 않는다.
"너는 왜 옆집 애처럼 공부를 못하니?" 하는 식으로 자존심을 상하
게 해서 기죽이지만 않는다면 남자아이는 무난하게 잘 자란다. 그건
다 자란 남자도 마찬가지다. 그를 존중하고 있다는 것을 충분히 표현
해 주기만 하면, 다각도로 그를 배려하려고 신경 쓰지 않아도 수월하
게 사랑과 존경을 유지하며 잘 살 수 있다.

남편을 원하는 방향으로 움직이게 하고 싶으면 그 방향으로 자존
심을 북돋워주면 된다. 좀 유치하고 속 보인다는 자괴감이 들 수도 있
겠으나 그들은 그렇게 받아들이지 않는다. 사실, 원래 결혼 생활이라

는 것이 유치함을 무릅써야 잘 굴러가기도 하는 것이다. 남편이라는 특정 집단은 그 어떤 집단보다 칭찬에 직접적으로 반응한다. 믿지 못하겠으면 나중에 한번 시험해 보라. 그들은 마치 당신에게 인정받기 위해 태어난 것처럼 굴 것이다.

혹시 남편의 자존심을 세워주다가 자신의 자존심을 잃는 것 아니냐고 걱정하는 사람이 있다면 안심하기 바란다. 남편을 왕으로 만들기 위해 아내인 당신이 시녀가 될 필요는 없다. 그를 왕으로 만들고 당신은 왕비가 되면 될 것 아닌가.

불화도 관리하면 편안해진다

'그'가 타인으로 느껴질 때를 조심하라

아무리 사랑해서 결혼했고, 아무리 사이좋은 부부라고 해도 살면서 반드시 몇 번은 남편이 타인처럼 느껴지는 순간이 온다. 그 느낌은 정말로 낯설기 짝이 없다. 내 살처럼 나와 하나 된 가까운 존재인 것 같다가 어느 순간 몇 억 광년 거리로 멀게 느껴지기도 하는 게 바로 남편이다. 그런데 그 거리감에 당황하고 실망해 함부로 말하고 행동하다가는 끝내 그 거리를 좁히지 못하고 걷잡을 수 없는 불화로 발전하게 된다.

D는 결혼 6개월 만에 남편과 큰 싸움을 하게 되었다. 시어머니가

전화해서는 결혼 후 첫 제사이니 무조건 회사를 쉬고 제사를 도우러 오라고 일방적인 명령을 내린 것이 발단이었다. 그런데 회사 사정상 도저히 월차를 낼 수가 없었다. 그녀는 남편에게 볼멘소리로 하소연했다가 그의 뜻밖의 반응에 깜짝 놀라고 말았다.

"너는 왜 그렇게 융통성이 없니? 사정이 힘들어도 일단은 가겠다고 말하고 방법을 찾아봐야지. 그걸 무조건 안 된다고 해? 노인네가 얼마나 서운하셨겠어."

무조건 자기편을 들어줄 줄 알았던 남편이 그렇게 말하자, 다혈질인 D는 그야말로 '뚜껑 열린' 상태가 되고 말았다.

"그게 지금 나한테 할 말이야? 당신 어머니, 아들 장가보내면서 남들처럼 집 한 칸 장만해 주지 못하고서 남들 하는 시어머니 노릇은 다 하려고 들잖아. 우리 엄마가 이 결혼 얼마나 반대했는지 알지? 돈도 없고 능력도 없고 어머니 성격 표독한데도 당신 하나 좋아서 나 혼자 우겨서 결혼한 결과가 이거야? 이따위로 하려면 당장 이혼해!"

남편은 그녀가 쏟아낸 말들에 부르르 떨더니 "그래, 이혼하자, 이혼해!" 하는 말을 내뱉고는 집을 나가버렸다. 그제야 제정신으로 돌아온 그녀는 후회했다.

며칠 지나 남편은 집으로 돌아왔고, 그녀가 사과해서 사건은 일단락되었다. 그러나 둘 사이의 관계는 예전 같지 않은 듯했다. 그녀의 남편은 예전보다 더 무심해졌고, 싸울 일이 더 많아졌으며, 그때마다 그녀는 전보다 더 심한 말을 쏟아냈다.

그들의 관계는 지금도 심각한 상태이며 그녀는 이혼 서류를 받아다가 간직하고 있다.

결혼 생활을 잘하는 사람들의 성공 여부는 사이좋을 때 잘하는 것으로 결정되지 않는다. 서로 힘들고 감정이 나쁠 때 어떻게 대처하는가가 그 부부의 미래를 결정한다. 다시 말해 '불화를 관리'하는 게 핵심이다.

여자의 입장에서만 이야기하자면, 남자는 그다지 잘해줄 필요가 없는 존재다. 잘해주면 잘해줄수록 더 뒤로 물러나는 게 남자인 것 같다. 그렇다고 항상 남처럼 거리를 두고 대하면 정 붙이기가 힘드니 연애 때의 '밀고 당기기'처럼 가끔 잊히지 않을 정도로만 성의 표시를 해주면 된다. 문제는 불화를 겪을 때다. 당신은 잠시 감정이 충돌할 때 블랙홀에 빨려 들어가듯 순식간에 저만치 멀어져가는 남편의 존재에 당황하지 말아야 한다. 절대로 흥분해서도 안 된다. 그리고 그 상황을 해결해 줄 실마리가 생각날 때까지 잠잠히 기다려야 한다. 마음속에 3천 도의 화염이 들끓어도 겉모습은 물속처럼 잠잠해야 한다.

한 번도 부부 싸움이라는 걸 해본 적이 없는 것 같은 E는 남편이 어처구니없는 행동으로 자신을 머리끝까지 화나게 만들면 목소리 톤을 평소보다 더 낮추고 남편과 대화를 시도한다고 한다. 남자들은 화가 나면 대화하지 않으려는 것을 알기 때문에 그녀는 끈기 있게 그의 말을 들어주려고 애쓴다. 남편의 말을 끝까지 다 들어준 다음, "당신이 왜 그랬는지 이제 알겠어. 그런데 내 입장에서는 당신이 그러는 게 정말 싫고 힘들어" 하는 식으로 자신의 현재 입장과 감정을 간단명료

하게 전달하고 물러서는 것이다. 그리고 조용히 기다리면서 나름대로 일상생활을 하다 보면, 어느 순간 남편이 슬그머니 다가와 멋쩍게 사과를 한단다. 그 부부는 특별히 헌신적이지는 않지만 서로에게 남긴 상처가 없어서인지 오랫동안 썩 사이가 좋다.

E가 화를 참고 남편과의 불화를 관리하는 과정에서 느끼는 감정은 막막하고 외로운 우주 미아에 필적할 것이다. 그러나 그럴 때 느끼는 억울함은 폭발시킨다고 해서 해소되는 게 아니다. 심지어 상대방을 흥분하게 함으로써 감당해야 할 그다음의 상황들이 스트레스를 가중시킨다. 감정의 격랑이 지나갈 때까지 몸을 낮추고 기다리다 보면 까마득히 멀어져간 남편이 점점 가까이 다가와 예전처럼 곁에 자리 잡는 게 느껴진다. 싸움을 해야 한다면 오히려 그때부터 시작해야 하는 것이다.

당신이 제아무리 괄괄한 성격이라고 해도 남편이 남으로 느껴지는 그 순간을 바로 싸움으로 연결시키지 않고 한 박자 늦춰 생각하는 습관을 가져야 한다. 타고난 성격을 핑계로 그 순간의 감정 조절을 포기하고 싶으면 차라리 혼자 사는 게 나을 것이다.

왜 남편은 아니고 여자인 나만 참아야 하느냐고? 임상심리학자들의 말에 의하면 부부 관계는 일반의 편견과는 달리 한쪽만 달라져도 확실히 좋아진다고 한다. 적어도 당신 한쪽만이라도 폭풍 속에서 고요히 서 있으면 문제 해결을 위한 다음 단계로 나아갈 수가 있다.

싸우면서 정든다는 말은 거짓말이다

M은 결혼하기 전에 지금의 남편과 몇 가지 행동 지침을 만들어놓고 합의를 보았다. 그중 하나가 부부 싸움을 할 때는 절대로 말하지 않고 편지로만 의사소통을 하는 것이다. 그러니까 그 부부 중 어느 한쪽이 갑자기 입 다물고 펜을 꺼내 글을 휘갈기기 시작하면 몹시 화났다는 표시인 것이다.

결혼 초, 하루는 남편이 자기와의 약속을 어기고 친구들과 낚시를 간 일 때문에 몹시 화가 났다. 그래서 "어떻게 그럴 수가 있느냐, 약속도 안 지키는 못 믿을 놈! 앞으로 너하고 한 침대에서 자면 성을 간다"는 유의 험한 말을 쓰려고 펜을 들었다. 그런데 쓰다 보니 머리에서 생각했던 그대로 쓰지 않게 되었다. 사투리를 쓰는 사람들도 글을 쓸 때는 표준어로 쓰듯이, 입속을 맴돌던 각종 된소리들을 글로 옮기자니 어쩐지 어색해서 자기도 모르게 덜 과격한 표현을 골라 쓰게 되었다. 그렇게 글을 쓰다 보니 처음 의도와는 다르게 "그렇게 낚시가 좋으면 자기가 양보해서 한 달에 한 번 같이 가줄 테니 가족과 함께 시간을 보내달라"는 식의 타협안이 편지의 결론으로까지 나왔다. 남편의 답장 역시 나름의 자기 입장과 함께 그녀의 제안에 대한 긍정적인 답변을 담고 있었고, 싸움은 시작되지도 않고 끝났다.

그 방법이 꽤 괜찮다고 생각한 그 부부는 결혼 전 정한 다른 규칙들은 거의 흐지부지 잊어버렸어도 싸움의 방식만은 십수 년째 고수하고 있다.

요시다 슈이치(吉田修一)의 소설에는 주인공이 청각장애인인 여인과 사랑하면서 필담(筆談)으로 의사소통을 하는 장면이 나온다. 주인공은 연인에게 하는 모든 말들이 글로 옮겨지면서 그 감정들이 애초 생각했던 것과 다른 색깔로 여과되는 것을 경험한다. 도무지 연애에 충실하지 못하고 상대에게 상처만 주었던 주인공은 그 필터링 과정 덕에 모처럼 진심을 담은 사랑을 할 수 있게 된다. 글로 마음을 표현하는 것에는 그런 힘이 있다. 말은 생각의 속도를 앞서는 경우가 많지만 글을 쓰는 것은 생각보다 속도가 늦기 때문에 행간에 다시 생각이 개입한다. 그러다 보면 한번 뱉어 후회할 말은 웬만해서 쓰지 않게 되는 것이다. M과 남편은 그러한 글의 힘을 알았고 그 덕에 썩 효과적으로 불화를 관리할 수 있었다.

사람들은 "부부 싸움은 칼로 물 베기"라고 하기도 하고, "싸우면서 정든다"고 말하기도 한다. 실제로 살점이라도 뜯어먹을 것처럼 싸우던 이웃집 부부가 다음 날 아무 일 없이 손 맞잡고 산책하는 것도 여러 번 보았고, 당장 이혼 도장 찍겠다던 친구가 몇 시간 남편 욕을 하더니 저녁 차려줘야 한다며 속없이 귀가를 서두르는 일도 수없이 겪었다. 그러나 정말 칼로 물 베기가 될 수 있는 부부 싸움은 가벼운 다툼일 뿐이다. 서로에게 독을 내뿜으며 덤벼드는 싸움은 결혼이라는 성벽을 조금씩 헐어내다가 끝내 무너뜨리고 만다. 간혹 부부 싸움을 할 때 칼부림을 하고 경찰이 출동할 정도로 과격한 커플들이 좋을 때는 또 한없이 사이좋은 모습을 보여주기에 '저 커플은 저 나름대로 천생연분인가 보다'라고 생각한 적이 있었다. 그런데 몇 년 후면 어김 없이 그런 부부들의 이혼 소식이 들려와 놀란 게 한두 번이 아니다.

싸움을 통해 순간적이나마 자신을 겨눈 상대방의 증오를 본 배우 자는 결코 그 모습을 잊지 못한다. 내가 아는 한 정신과 의사는 그 것을 설명하기 위해 "정떨어진다"는 익숙한 표현을 사용했다. 그렇게 배우자에게 질려버린 사람들은 외도할 가능성이 매우 높아진다고 한다.

나도 10여 년간 남편과 살면서 항상 좋은 감정만 품었던 것은 아니 다. 사실 다투는 순간에는 애정이 눈곱만큼도 느껴지지 않고 남만 못 하기도 하다. 그러나 항상 감정이 격해질 즈음이면 서로가 위험을 감 지하고 싸움을 중단한 채 각자의 은신처로 돌아간다. 나는 내가 생각 해도 미련하다 싶을 정도로 하고 싶은 말들을 꾹꾹 눌러 참았다. 그 러나 그 상황이 지나고 나서 단 한 번도, '그때 속 시원히 퍼부었어야 했는데' 하고 후회한 적은 없다. 언제나 '그때 참기를 잘했지' 하는 생 각을 한다.

아직도 싸움을 애정 표현의 방식이라고 생각하는가? 그렇다면 싸 우고 싶은 그 순간, 자신에게 물어 상대를 사랑하는 마음이 있을 때 만 싸워라. 그 정도라면 괜찮다.

가사 분담은……
아쉽지만 다음 세대를 기약하자

당장 바꿀 수 있을 것처럼 남편을 설득하려 들지 말라

Y는 주말만 되면 스트레스로 기진맥진이 된다. 맞벌이하기 때문에 주중에 청소를 못해 집 안이 엉망인데도 남편은 손가락 하나 까딱하지 않으려 하기 때문이다. 주말 내내 혼자 청소기 돌리고 걸레질하고 빨래하고 요리하고 설거지하다 보면 월요일 아침에는 피곤해서 출근할 수가 없을 지경이다. 똑같이 일하고도 같이 사는 집의 일들을 혼자서만 하는 게 억울한 그녀는 남편을 붙들고 여러 번 설득도 해봤다.

"당신이나 나나 직장 다니는 건 마찬가지인데 나 혼자만 집안일을 하는 건 너무 불공평하다고 생각하지 않아? 왜 집안일은 나 혼자만다 해야 하는데? 피곤해서 주말만이라도 쉬고 싶은 거 잘 아는데 나도 마찬가지라는 생각은 안 해? 남편 혼자 외벌이하면서 여자가 살림을 전담하는 건 역할 분담 차원에서 당연하지만 우린 아니잖아. 당신이 나보다 더 많이 벌어서 그러는 거면 수입 비율로 따져서 가사도 6 대 5로 분담하자고."

그녀가 열변을 토하고 나면 남편은 김빠진 반응을 보일 뿐이다.

"내가 언제 손가락 하나 까딱 안 했다고 그래? 지난주에 내가 설거지했잖아. 오늘은 음식물 쓰레기 갖다 버렸고."

Y는 가슴에서 불이 올라오는 걸 참고서 말한다.

"어쩌다 한 번 하는 거 갖고 지금 가사 분담한다고 하는 거야?"

그러면 남편은 비슷한 말을 또 반복한다.

"어쨌든 한 건 한 거다, 뭐."

이런 말도 안 되는 말싸움은 매 주마다 똑같이 반복되었다. 가부장적인 사람도 아니면서 집안일에서만큼은 그토록 힘들게 만드는 남편을 그녀도 슬슬 포기하려 하고 있었다.

그러다가 Y는 선배의 집에 놀러 갔는데 그 집은 남편이 욕실 청소와 설거지, 와이셔츠 다리기만큼은 도맡아 한다는 사실을 알게 되었다. 그 정도만 고정적으로 해줘도 훨씬 수월할 것 같았다.

"언니, 언니는 형부를 어떻게 설득했어요?"

그녀는 선배에게 바짝 다가앉아 뭔가 특별한 비결을 기대하며 질문을 던졌다. 그러자 선배는 뜻밖의 말을 해주었다.

"설득하겠다는 것부터가 잘못된 거야. 설득하지 말고 그냥 일하게 만들어."

그러나 남편을 어떻게 설득할 수 있을까만 내내 고민하던 그녀는 선배의 말이 선문답으로 들릴 뿐이었다.

사람들은 기본적으로 설득당하는 것에 대해 방어적인 태도를 취한다. 자존심을 지키는 데 예민한 남자들은 더하다. 그들은 상대의 말을 잘 듣다가도 왠지 말려 들어간다 싶으면 즉시 화제를 바꾼다. 내가 아는 어느 기업의 사장님은 성공적인 사업가인데도 말 몇 마디로 사람을 끌어들일 수 있는 달변가는 아니다. 그가 사업 파트너들을 설득하는 화법은 화려하거나 거창한 게 아니었다. 그는 상대에게 분명하게 다음과 같은 메시지를 전할 뿐이란다.

'같이 일해서 생기는 이익은 당신이 다 가져라. 다만 나한테도 조금만 달라.'

이럴 경우, 상대방은 말로 설득당한다는 생각이 들지 않는다. 그가 실질적인 이득을 눈으로 보여주기 때문이다. 그게 남자들이 상대를 설득하고 설득당하는 방식이다.

여자들은 Y처럼 자신의 사정을 구구절절 설명하고 자신의 입장을 이해받기 원한다. 그리고 수많은 대화를 통해 집안일을 돕지 않는 남편이 페어플레이를 할 수 있게 생각을 뜯어고치기를 바란다. 그러나 남자들은 그럴수록 더 방어적으로 대응하며 진지하게 대화에 임하려 들지 않는다. 그들이 보기에는 그녀들이 징징거리며 자신을 자기 마음에 들도록 개조하려는 것으로 비칠 뿐이다.

핵심은 남편을 말로 이겨먹는 게 아니다. 이것은 많이 배우고 자존 감도 강한 여자들이 결혼해서 많이 범하는 실수 중의 하나다. 당신의 말이 논리적이고 백만 번 이치에 맞는다고 해도 자존심에 죽고 사는 남편이 마음으로 받아들이지 않으면 아무 소용없다. 일례로, 경제적 으로 무능한 남편들일수록 더 가사일을 돕지 않는다. 남자들은 자신 감을 잃은 상태에서는 집안일하는 것을 더욱 자존심 상하는 일로 받 아들이기 때문이다. 그런 남편들이라면 논리를 들이대며 가사 분담 을 요구해 봤자 협상은커녕 대화 자체가 성립되지 않는다.

남편을 설득하고 싶어 하는 이유가 '행동의 변화'를 이끌어내고 싶 기 때문이라면, 당신이 그 일로 얼마나 힘들고 스트레스를 받고 있는 지, 정확히 어떤 일을 도와주었으면 좋겠는지, 의사 표현을 분명히 해 야 한다. Y처럼 막연히 집안일을 혼자 하는 것이 불공평하다고만 말 하면 남편은 자기가 무엇을 해야 하는지 모른다. 내가 아는 사장님처 럼, "당신이 설거지와 욕실 청소, 음식물 쓰레기만 담당하면 나머지 모든 것은 내가 할게"라고 분명히 말해야 한다. 그리고 그에 대한 보 상을 받는다는 느낌을 주어야 한다. 보상이라야 별다른 것이 아니다. 고맙다는 말 한마디, 당신이 큰 도움이 되었다는 과장된 칭찬, 가끔 은 그가 좋아하는 요리를 해주는 것 등이다. 왜 당연히 해야 할 일을 했을 뿐인데 내가 고마워해야 하느냐고? 이유는 간단하다. 그는 집안 일이 자기 일이라고 죽었다 깨어나도 생각할 수 없기 때문이다.

지금 결혼을 고려할 만한 연령인 당신의 결혼 상대라면, 그들을 키운 대부분의 어머니들이 '남자는 부엌 근처에 얼씬거리기만 해도 큰일 나는 것'으로 알고 아드님들을 키웠다. 거의 평생 동안 가지고 있던 가치관과 태도가 결혼과 함께 달라질 거라고 기대하는 것 자체가 무리다. 그것은 누군가 당신에게 쌀밥을 끊으라고 하는 거나 마찬가지다.

가사에 적극적으로 참여하는 '요즘 남편들' 중에서도 자기가 당연히 해야 할 일이라서 설거지나 청소를 하는 사람은 없다. 어디까지나 '아내를 사랑하니까 돕는 것'일 뿐이다. 그들에게 가사는 먹고 자는 일상의 부산물을 처리하는 자연스러운 행위가 아니라 애정 표현이다. 그렇게 집안일을 돕기 시작한 남자들은 어느 순간 아내가 자신이 돕는 것을 당연한 것으로 여긴다고 생각하기 시작하면 곧바로 의욕을 잃는다. 그런 남자들에게 추상적인 명분이나 정의, 남녀평등의 개념 등이 도움이 될 것 같은가? 그러니 남편이 집안일하는 것을 '돕는다'고 표현하는 것에 알레르기 반응을 일으키지 말기를 바란다. 이왕 결혼한 거 잘 살고 싶으면 포기할 건 포기해야 한다. 안 되는 건 안 되는 거다.

이런 사고가 정말 불공평하다는 생각이 든다면 당신이 결혼해서 아들을 낳아 처음부터 잘 교육시키는 수밖에 없다. 진정으로 공평한 가사 분담은 다음 세대에서나 가능하다.

책임감의 양면성을 인식하라

앞서 말했듯, 맞벌이하는 부부가 똑같이 경제 활동을 할 때도 남자들은 집 안에서 빈둥거리거나 훨씬 적은 집안일을 하고, 제법 많이 도와준다고 해도 본인이 대단한 희생과 봉사를 한다고 생각한다. 여자들 입장에서는 환장할 노릇이다. 그런데 여기에는 가장의 책임감이라는 한국 사회의 미묘한 문제가 얽혀 있다.

구미 출신의 외국인과 국제결혼을 한 여성들의 이야기를 들어보면, 시댁 문제가 걱정 없고 가사 분담을 잘해주며 애정 표현에 적극적이기 때문에 대체로 결혼 생활이 만족스럽다고 한다. 그런데 한 가지, 그들에게는 한국 남성들이 갖고 있는 책임감이 없다고 한다. 아내와 자식이 있는데도 사표를 내고 1년씩 훌쩍 여행을 떠나거나, 외도를 곧 이혼으로 연결시키는 남자들을 주변에서 볼 때마다 불안하다는 것이다.

남자들이 맞벌이하는데도 가사를 자기 일로 생각할 수 없다고 주장하는 이유의 상당 부분은 바로 이 책임감이다. 똑같이 바깥일을 하더라도 자신의 일은 아내의 일과 질적으로 다른 것이라고 생각한다. 그들의 입장에서 아내의 일은 언제든지 그만둘 수 있는 임시적인 것이지만, 자신의 것은 가족을 위해 절대로 그만둘 수 없는 일이기 때문이다. 그들이 그런 책임감을 느끼고 감내해야 할 스트레스는 아내의 일과는 비교할 수 없기 때문에 단순히 일하는 시간만을 비교해서 일률적으로 가사 분담을 강요하면 불공평하다는 것이다. 이들이 주장하는 책임감은 '남자의 자존심'과 합쳐져 복잡한 화학작용을 일으킨다. 그래서 비록 놀고먹으며 가장으로서의 책임을 완수하지 못한다 해도 거기서 오는 스트레스 때문에 더더욱 집안일에 손댈 수 없다고 변명하는 상태가 되는 것이다.

말도 안 되는 주장 같지만 대부분의 남자들이 이런 생각을 가지고 있다. 그냥 집안일이 하기 싫으니까 전통적인 사고방식을 어떻게든 붙들어두려는 기득권의 발악일 수도 있지만, 그 주장이 일부분이나마 수긍이 가는 것은 책임감 때문에 가사 분담을 못하겠다는 남자의 입장이 육아와 직장 생활을 병행하기가 힘들다며 쉽사리 사표 내는 여자의 입장과 서로 꼬리를 물고 맞닿아 있기 때문이다. 여자들이 남자들처럼 절대로 직장을 그만둘 수 없다는 각오로 사회생활을 할 수 있는 사회 분위기가 조성된다면 남자들도 집안일을 자신이 반드시 할 수밖에 없는 일로 생각할 수 있게 될 것이다. 그러나 현실은 당분간 그 어느 것도 불가능해 보인다.

그래도 끝까지 포기하지는 말자

그들의 생각을 뿌리부터 바꿀 수는 없고, 그들을 논리적으로 설득해서 집안일에 참여하게 할 수 없다. 그러니 수많은 여자들이 그들을 설득하다 포기하고서 '차라리 내가 좀 더 힘들고 만다'는 생각을 하며 혼자서 그 많은 일을 감당하는 것도 이해가 간다.

실제로 남편에게 일 좀 부탁하려면 스트레스를 더 받는 경우가 많다. 그들은 집안일에 관해서는 갑자기 저능아가 되기 때문이다. 바나나를 냉장고에 집어넣거나 냉동식품을 냉장실에 집어넣는 것쯤은 애교로 봐줄 수 있다. 한 줌도 안 되는 음식을 담기 위해 구절판을 꺼내오는 건 예사고, 음식에 소금을 한 숟가락 넣어달라는 부탁에도 열 번도 넘게 부르며 소금이 어디 있냐, 얼마만큼 넣느냐, 소금 풀 숟가락은 어디 있느냐 등 귀찮은 질문들을 해댄다. 그럴 때면 아내들은 "도대체 생각이 있는 거냐"며 잔소리하고, 남편들은 "해줘도 좋은 소리 못 듣는다"며 싸우기 시작한다. 피곤해진 아내들은 차라리 자기 손으로 하는 게 낫다고 생각해 도움 받기를 포기한다. 이를 악용해 설거지할 때 그릇 한 개쯤 일부러 깨버리는 사악한 남편들도 있다.

그러나 남편들의 생각을 뜯어고치는 것은 포기한다고 하더라도 그들과 집안일을 공유하는 것만큼은 포기해서는 안 된다. 가사에 참여한다는 것은 단순히 노동을 분담하는 것이 아니라 가족 구성원임을 증명하는 일이기도 하기 때문이다.

딸아이가 대여섯 살 때 아빠에 대해 하는 말을 듣고 깜짝 놀란 적이 있다. 아이는 '아빠가 우리 집에서 제일 쓸데없는 사람'이라고 생각하고 있었던 것이다. 심지어 자기 자신이 아빠보다는 더 가정에 기여한다고 믿었다. 왜냐고 물었더니 엄마는 집에서도 일을 많이 하고 자기는 유치원 열심히 다니는데 아빠는 잠만 잔다는 것이다. 남편은 평균적인 한국 남자치고는 가사에 참여를 하는 편이었는데도 아이 눈에는 그렇게 보였던 모양이었다.

나는 아빠가 회사에서 열심히 일해서 돈을 벌고 그 돈으로 유치원도 다닐 수 있는 거라고 말해 주었지만, 아이는 아직 돈에 대한 개념이 없고 자기가 눈으로 본 일이 아니라 그런지 영 이해를 못하는 눈치였다. 나는 벌써부터 딸아이에게 소외당하기 시작한 남편의 미래가 어떨지 끔찍해졌다. 그리고 그런 남편과 함께할 내 미래도.

앞서 이야기한 바 있듯 결혼도 사회생활이며 가족 역시 조직인 것은 여자에게만 해당되는 것이 아니다. 남편이 가정이라는 조직에서 인정받기 위해서는 그 조직에서 하는 활동에 직접 참여해야 한다. 오늘날 중년의 남편이 가정의 서먹서먹한 물주(物主)로 전락한 것은 그들 스스로의 책임이 크다. 그들이 귀찮다고 외면해 왔던 일들, 그러니까 아이들을 돌보고 요리하고 청소하는 일들이 자신을 위해서도 얼마만큼 필요한 일인지 깨닫지 못했던 것이다. 그들은 생활비를 벌어 오는 것으로 자신의 책임을 다한 것이라고 생각하지만, 우리는 생계 그 이상의 것을 추구하게 된 지 이미 오래다. 먹고 살고 자는 가족의 일상은 가족이 일상적으로 공유할 수 있는 문화이며 이것을 거부하게 되면 자연적으로 소외될 수밖에 없다. 나는 딸아이의 충격 발언 이후 남편의 가사 참여를 적극적으로 유도하고 있다. 남녀평등이나 가사 분담 차원을 넘어서 남편의 존립 자체에 위기를 느꼈기 때문이었다. 그 결과 모두가 훨씬 나아졌다.

행복한 가정치고 남편이 집안일에 무관심한 집은 드물다. 경제적 여유가 많아서 모든 가사를 아웃소싱하고 가족이 여가 시간만 공유하면 되는 상위 1퍼센트라면 이야기가 다르려나. 그러므로 모두를 위해서라도 포기하지 말고 끈질기고 요령 있게 남편을 집안일에 참여시켜야 한다. 요즘 세상에 저런 남편이 있을까 싶을 정도로 집안일을 돕지 않는 남자 뒤에는 반드시 일찌감치 모든 걸 포기하고 혼자 짐을 지기로 결정한 심약한 아내가 있다.

전에 무심코 본 아침 프로그램에서 바쁜 아침에 집안 살림을 10분 만에 후다닥 해치우는 맞벌이 여성을 살림의 달인이라며 소개하는 장면이 있었다. 그녀는 나름의 축적된 노하우로 바쁜 아침 주부가 해야 할 일을 한꺼번에 해내고 있었다. 능숙한 솜씨로 화장하고, 청소하고, 아침 밥상을 차리는 것까지는 '참 대단하군' 하는 생각으로 지켜보았다. 그런데 그다음부터는 '이게 아닌데' 싶었다. 그 짧은 10분 동안 남편의 구두를 닦고, 남편의 타이를 미리 매놓는 과정까지 포함되는 것이었다. 아니, 도대체 남편이라는 사람은 아침에 무얼 하기에 제 손으로 타이 하나를 매지 않고 아내를 10분 만에 예닐곱 가지 일을 해치우는 달인으로 만들었단 말인가. 실제로 아침마다 그녀가 그 일을 다 하는 것은 아니고 빨리 하는 노하우를 보여주기 위해 연출한 것이라고 해도 마찬가지다. 그 방송에 의하면 지혜로운 맞벌이 주부라면 '혼자서 10분 만에 화장하고, 집 안 청소하고, 아침밥도 차리고, 남편 구두도 닦아주고, 타이도 매놓을 수 있어야 한다'는 것이 아닌가. 그런 방송을 만든 사람이나, 보고 고개를 주억거리는 여자나, 그걸 실천하고 있는 여자나 모두가 이 땅의 남편을 가정으로부터 소외시키는 공범이다.

　개인 사업을 하는 9년차 기혼녀 M은 웬만해선 혼자서 장 보는 일
이 없다. 남편이 같이 장 보러 갈 시간이 없으면 냉장고가 텅텅 비어
가도 내버려둔다. 그녀는 생으로 씹어 먹을 오이 한 개가 없을 지경이
되어도 눈 하나 깜짝하지 않는다. 9년을 한결같이 그러다 보니 그녀
의 남편은 장보기는 당연히 자신이 함께해야 하는 것인 줄 안다. 그래
도 함께 장 보고 돌아와 짐을 부엌에 풀어놓을 때면, 언제나 "수고했
다, 고맙다"는 말을 남편에게 하는 것을 잊지 않는다.
　그녀는 버릇처럼 자기 남편을 꼭 친구 남편과 비교한다. 그런데 그
것이 남편을 깎아내리는 비교가 아니라 치켜세워주는 비교라는 점에
서 독특하다.
　"내 친구가 날 얼마나 부러워하는 줄 알아? 걔 남편은 진공청소기
한 번 돌리지 않는데. 그런데 당신은 많이 도와주잖아. 전에 우리 집
에 놀러 왔다가 당신이 청소하고 걸레질까지 해준다는 말을 듣고 엄
청 놀라는 거 있지. 그 계집애, 동창회 가서 나 시집 잘 갔다고 친구
들한테 어찌나 떠들어대는지. 덕분에 내가 어깨에 힘 좀 줬지."
　같은 여자 입장에서 속이 뻔히 들여다보이는 것 같은 말을 늘어놓
으면 남편은 짐짓 무관심한 척 "그래?" 하고 대답할 뿐이란다. 그런데
꼭 그러고 나면 다음 날부터 지난번 칭찬한 집안일을 열심히 도와준
다는 것이다.

M처럼 술수를 동원해서라도 그를 움직이도록 하는 것은 아내라는 사람들의 권리이자 의무다. 아이를 다루듯 살살 달래 일하게 하고, 어설픈 결과물에 핀잔을 주고 싶은 충동을 어금니 꽉 깨물고라도 참으며, 고래도 춤추게 하는 칭찬으로 독려하는 게 그 '술수'의 정석이다. 집안일을 하면서 가자미 속살보다 연약한 '남자의 자존심'이 상하지 않도록 조심하고 아내를 돕는 것으로 '남자로서의 자부심'을 느끼도록 하는 지혜까지 더한다면, 그리 어렵지 않게 가사 분담의 세계로 그를 인도할 수 있다.

성 격차,
초기에 조율 못하면 평생 후회한다

아내들의 모호한 불행의 정체는 섹스다

3년 전 결혼한 S는 건실한 은행원 남편과의 사이에 건강한 두 아이를 두고 있다. 모든 것을 갖추었고 특별히 불행하다는 생각은 들지 않는다. 그러나 행복하다고 말할 수도 없다.

결혼한 지 1년 된 B는 남편과 맞벌이를 하면서 바쁜 나날을 보내고 있다. 돈 쓸 시간이 없는 게 문제지만 경제적 여유가 있고 부부 사이도 좋은 편이다. 내년쯤에는 아이도 가질 생각이다. 그런데 그녀는 무언가 부족하다는 느낌이다.

D는 늦은 나이까지 공부하는 남편 때문에 결혼 생활이 안정되지 않은 느낌이다. 그러나 부모님이 도와주시는 덕에 생활이 어려운 편

도 아니고 자신이 알고 선택한 삶이기에 힘들다는 생각도 해본 적이 없다. 남 보기에 좀 불안정해 보일 수는 있어도 그런대로 만족할 수 있는 삶이라는 걸 본인도 안다. 그런데 어쩐지 자신이 행복하지 않다는 생각을 떨칠 수가 없다. 지금은 그냥 사는 게 이런 거라고 체념하고 있다.

세 여자는 각기 다른 상황에 처해 있다. 그러나 결혼 생활을 힘들게 하는 대표적인 요소들, 그러니까 배우자의 외도라든지 아이가 아프다든지 경제적 곤란에 직면했다든지 하는 일은 없다. 그래서 자신이 불행할 거라고 생각조차 하지 않지만, 누가 물어봤을 때 "행복하다"는 말은 선뜻 할 수 없는 상태이며 본인들도 그 원인이 무엇인지 뚜렷이 모른다.

이처럼 모호한 불행은 마치 미열에 시달리는 것과 같다. 아무 생각 없을 때는 자신이 아프다는 걸 인식조차 할 수 없지만 누군가 건강하냐고 물어보면 그렇다고 대답할 수는 없다. 어떤 일에도 맑은 기분으로 집중할 수 없고, 심한 스트레스에 접하면 바로 기운을 잃고 몸져눕게 된다. 세 여자의 공통점은 부부 관계가 거의 없거나 만족스럽지 않다는 것이었다.

믿기 힘들겠지만 결혼한 여자들의 이와 같은 모호한 불행 뒤에는 어김없이 섹스 문제가 있다. 그녀들은 섹스가 결혼 생활의 행불행을 좌우할 수 없다는 생각을 가지고 있다. 실제로도 여자들은 남편과의 섹스 자체를 싫어하는 경우가 많다. 섹스를 안 하고 살면 소원이 없겠다고 말하는 기혼녀들을 수없이 보았다. 섹스를 싫어하고 중요하게 여기지 않기 때문에 이런 문제를 의식 밖으로 건져 올리지 않고, 따라서 본인들이 불행할 이유가 없다고 생각하는 것이다. 그러나 그것은 "결혼은 본능적인 사랑만으로 행복해질 수 없다"는 명제를 "결혼 후에 섹스는 중요하지 않다"는 말과 같은 뜻으로 오해하는 데서 오는 착각이다.

연애 시절 뇌를 태워버릴 것 같은 사랑을 할 때는 도파민이라는 호르몬이 분비된다. 우리가 진짜 사랑이라고 믿고 있는 연애 시절 사랑이 이 호르몬의 작용이다. 반면 결혼한 사람들이 섹스를 하면 옥시토신이라는 호르몬이 나온다. 옥시토신은 흔히 자궁을 수축시키고 젖이 분비되게 하는 호르몬으로 알려져 있지만, 애정을 유지하고 모성애를 불러일으키고 우울증을 방지하고 행복감을 느끼게 하는 것 외에도 인류가 밝혀내지 못한 수많은 일을 하는 신비의 호르몬이다.

미국의 심리학자 프랜시스 브레넌(Francis Brennan)은 실험을 통해 일주일에 한두 번 섹스하는 부부가 섹스리스 부부보다 면역력, 스트레스 대처 능력, 노화 방지 호르몬의 양이 두 배 이상 높다는 사실을 밝혀냈다.

뒤집어 말하면, 섹스하지 않으면 우울증에 걸리고, 자식에게 모성애를 느끼지 못하고, 배우자와의 애정이 사라지고, 병에 쉽게 걸리고, 작은 일에도 스트레스를 받고, 더 빨리 늙을 가능성이 높아진다는 이야기다.

한 가지 주목할 것은 여기서 말하는 모든 섹스의 장점은 부부간의 관계에 한해서만 해당된다는 것이다. 외도에서의 섹스는 메커니즘이 달라 오히려 스트레스나 피로도를 증가시킬 수 있단다. 이런 데도 섹스가 없는 결혼 생활이 완벽하다고 생각할 수 있겠는가?

섹스를 말하는 둘만의 문화를 만들라

보통 섹스리스 부부의 정의는 1년에 열 번 이하로 잠자리를 함께하는 것이라고 하는데, 우리나라 20~30대 부부 열 쌍 중 한 쌍이 섹스리스라고 한다. 일생 중 가장 섹스를 즐길 시기에 함께 살고 있는 팔팔한 남녀가 한 달에 한 번도 눈이 맞지 않는다니 너무하지 않은가. 게다가 섹스리스가 아닌 부부들도 썩 좋은 상황은 아니다. 대한산부인과학회 통계에 따르면 우리나라 기혼 여성들 중 50퍼센트는 오르가슴을 느끼지 못한단다.

우리나라에는 세계 그 어느 나라보다 섹스 산업이 발달해 있고 남성들의 혼외정사에 관대하면서도, 막상 섹스에 대해 터놓고 말하는 것은 금기시하는 이중적인 문화가 있다. 그래서 부부들, 특히 여자들은 자신의 파트너와 툭 터놓고 대화하지 못한다. 산부인과 의사나 비뇨기과 의사들이 입을 모아 말하는 최고의 치료약이 대화인데도 수많은 이들이 자신들이 무얼 원하는지 제대로 요구하지 못하는 것이다.

E는 믿을 수 없을 만큼 남편과 사이좋은 결혼 9년차 기혼녀다. 결혼 10주년을 앞두고 있는데도 남편을 종종 연인처럼 바라보는 그녀를 두고 주변 사람들 사이에서는 "시댁 식구를 잘 만나서 그렇다", "남편이 돈을 잘 벌어서 그렇다" 등등 해석이 분분했다.

하루는 친구들이 넌지시 그에 대한 언급을 하며 끈질기게 조르자, 그녀는 터놓고 말하기 시작했다.

"그이가 다른 남편들에 비해서 특별한 건 없어. 성격도 그냥 무던한 편이라 다정한 데는 없고, 경제력도 보통 회사원 수준인데 뭘. 다만 우린 부부 생활이 좋은 편이야. 난 신혼 때보다 오히려 요즘이 더 좋아. 연애할 때나 신혼 때는 내 욕구가 뭔지 잘 몰랐고 그냥 사랑하는 사람하고 살을 부대끼는 것 자체가 좋았던 것 같아. 그러다가 남편이 좀 더 편해지고 섹스에 대한 얘기를 많이 하게 되면서 서로가 뭘 좋아하는지 조금씩 알아가게 된 거지. 밤엔 나도 꽤 적극적이야. 우린 가끔 야한 영화를 같이 보면서 키득대기도 하고, 재밌어 보이는 게 있으면 따라 하기도 해. 솔직히 오르가슴을 확실히 느끼게 된 게 3~4년밖에 되지 않아. 이전의 부부 생활도 좋았지만, 그걸 느끼기 시작하니까 완전히 다른 세상이 열리더라고. 유난히 좋았던 날은 스트레스가 확 풀리면서 몸 컨디션도 좋아지고 남편이 그렇게 예뻐 보일 수가 없어. 아이한테도 잘해주게 되고 말이야. 그 좋은 기분이 단순히 그거 할 때만 좋은 게 아니라 어느 정도 지속돼. 남편한테 물어봤는데 자기도 요즘이 더 좋은 것 같대. 내가 점점 실력이 늘고 있다나."

그 자리에 모인 친구들은 다들 충격을 받았다. 내성적이고 다소곳

한 이미지의 E가 밤에는 색(色)의 화신으로 변신해 남편의 혼을 빼놓는다니 놀랄 만도 했다. 한편으로 그녀들은 오르가슴이라는 게 그렇게 좋은 것인가 솔깃하기도 했다.

사람들은 섹스를 그 특성 때문에 순전히 본능에만 맡기려고 든다. 특히 신혼 때는 더 그렇다. 그래서 뭔가가 잘되지 않으면 당황하다가 이내 포기하기 마련이다. E는 최근 몇 년 사이에 남편과의 부부 생활이 더 좋아졌지만, 어느 날 갑자기 야한 여자로 돌변했던 것이 아니다. 결혼 초부터 남편과 터놓고 대화하고 섹스를 즐기는 둘만의 문화를 만들어놓았기에 점점 더 좋아진 것이다.

수년을 남편에게만 모든 걸 의지하는 태도를 유지하다가 어느 날 갑자기 심경의 변화를 일으켜 섹시한 모습을 보이려고 하면 대개 유혹보다는 두려움을 느끼게 된다. 남자들은 한번 성적 흥미를 잃은 대상에 대해서는 죽을 때까지 다시 관심을 가지지 못한다는 말도 있다. 처음부터 남편과 둘만의 문화를 즐기겠다는 생각을 적극적으로 해야 하는 이유다.

많은 기혼자들이 '의무 방어전'이라는 말로 열정 없는 부부 관계를 희화화하지만, 그리 서글픈 것만은 아니다. 앞서 말한 바 있지만 부부 사이에서 섹스는 대화이기 때문이다. 어떤 관계든지 대화해야 관계가 유지될 수 있고, 가끔은 그럴 기분이 아니어도 어느 정도 대화에 응해야 하는 것이 상대방에 대한 배려이듯이 섹스에서도 종종 상대의 욕구를 존중하고 맞춰주어야 할 때가 있다. 그것을 일방적인 욕구 배설이나 기혼자의 슬픔이라고 치부할 게 아니라, 대화를 통해 간극을 줄여나가야 한다.

최근 주변의 몇몇 지인들이 배우자와 방을 따로 쓴다는 사실을 우연히 알게 되었다. 부부가 잠자리를 따로 하는 것은 별거 직전에나 하는 거라고 알고 있었던 터라 적잖이 충격을 받았다(나에게 이런 말을 들은 신혼부부나 미혼들은 더 충격을 받았다). 그런데 그 이후 만나는 사람들에게 맘먹고 물어보니 30대 이상의 부부 중 방을 따로 쓰지 않는 사람들이 더 드물 정도였다. 출산 이후 육아 문제 때문에 방을 따로 쓰다가 합치지 못한 경우가 대부분이었고, 남편의 코골이나 잠버릇이 원인인 경우도 많았다. 그들은 방을 따로 쓴다고 해서 섹스를 안 하는 것은 아니며, 편안히 잠자는 것이 서로를 위해서 더 좋은 일이라고 말한다. 하도 그런 말을 듣다 보니 어느 순간 나까지 설득되어 언젠가 침대를 하나 더 마련해야 하는 게 아닌가 싶기도 했다.

방을 따로 쓰는 부부가 늘어나는 것은 우리나라만의 현상이 아니다. 미국에서도 방을 따로 쓰는 부부가 점점 늘고 있어 침실이 두 개 있는 집이 새로운 대세가 될 전망이란다. 방을 따로 쓰는 부부에 대한 선입견이 없어진 건 사실이지만, 한 가지 분명한 것은 금슬이 유난히 좋은 부부들이 방을 따로 쓰는 일은 없다는 사실이다. 부부는 언제든 마음 내키면 합법적으로 섹스해도 되는 관계고, '한 이불을 덮고 잔다'는 것은 그 관계의 상징이며 은유다. 심란한 꿈을 꾸고 잠을 깬 새벽, 잠든 남편의 팔에 손대는 것만으로도 안심되어 다시 잠을 청

할 수 있는 것과 같은 감정이 어느 정도의 불편함 때문에 그리 쉽사리 포기할 수 있는 것인지에 대해서는 동의할 수 없다.

　나 역시 신혼 초에는 임시로 잠깐 썼던 싱글 침대에서도 불편한 줄 모르고 잘만 잤지만, 나중에는 더블 침대도 좁아져서 지금은 3년 전 바꾼 퀸 사이즈 침대를 킹 사이즈로 하지 않았던 걸 후회하고 있다. 하지만 퀸 사이즈 침대를 하나 더 사서 옆에 붙이고 10미터짜리 이불을 맞추어 덮더라도 '한방에서 한 이불 덮는 것'을 포기하지는 않을 생각이다. 부부, 섹스, 배려, 같은 잠자리라는 말들은 분명히 아주 관계가 깊기 때문이다.

절대로 가면을 벗지 말라

결혼에는 평생 벗지 말아야 할 가면이 있다

지인들 사이에서 L의 행복하고 순탄한 결혼 생활은 미스터리 중 미스터리였다. 예쁘고 능력 있는 그녀의 단점은 화나면 물불 못 가리는 성격이라는 것이었다. 평소엔 온화하고 성격 좋아 보이지만 수틀리기 시작하면 다시는 얼굴 들고 상대방을 볼 수 없을 정도로 심한 말을 쏘아댔다. 그녀가 울린 사람만 모아놓아도 월드컵 원정 응원단을 꾸릴 수 있을 정도라는 소문이 있을 정도였다.

그런 그녀의 패악 부리는 모습을 한 번이라도 본 사람들은 그녀가 결혼해서 이혼당하지 않고 잘 살 수 있을지 걱정했다. 평소 성격이 워낙 좋고 정이 많아 친구나 동료로서는 나쁘지 않지만 남편 될 사람이 저 성격을 어떻게 받아주겠느냐는 것이었다. 그러나 막상 결혼하자 모두의 예상은 빗나갔고, 그녀는 잘만 살았다. 처음에는 신혼이니 아직 성질 드러낼 일이 없나 보다 했는데, 3년이 넘어 5년이 지나자 그녀가 그 성정을 가지고도 잘 살 수 있는 타고난 결혼형 인간이거나 남편이 부처님 반 토막 같은 사람이거나 둘 중 하나라는 결론을 내리게 되었다. 그러다가 그녀의 절친한 친구에 의해 그 결혼 생활의 베일이 벗겨졌다.

L은 결혼 직전 스트레스 때문에 심리 검사를 받았다가 여고 선배인 상담사에게서 "가면을 쓰라"는 충고를 들었다고 한다. 그 가면을 평생 벗지 않아야 한다는 말도. 남편에게 자신의 나쁜 면들을 직접 보이지 말아야 한다는 의미였다.

"평생 같이 살면서 어떻게 좋은 면만을 보여줘? 그거 불가능한 것 아니야?"

"좋은 모습만 보이라는 게 아니라 가장 나쁜 모습만은 숨기라는 뜻이야. 의외로 많은 사람들이 죽을 때까지 자신의 진짜 나쁜 본성은 보이지 않고 잘 살아. 어떤 가면은 무덤까지 가져가야 하는 경우도 있어. 그 정도의 인내심도 없으면 그냥 혼자 사는 게 낫지. 그런데 혼자서 잘 살려고 해도 그 정도 인내심은 필요하지, 아마."

그녀는 약혼자를 정말 사랑했고 가면을 벗지 말자고 스스로 약속하고 그걸 실천했다는 것이다. 물론 L의 남편도 그녀가 화나면 물불 안 가리는 성격이라는 것은 안다. 그러나 정말 추해 보이는 극단적인 모습은 직접 목격한 적이 없었다. 그것만으로도 "털어서 먼지 안 나는 사람 어디 있느냐"는 말을 거리낌 없이 할 수 있는 관용이 나올 수 있는 것이다.

　사회생활과 마찬가지로 결혼 생활을 하다가도 '욱'할 일은 많다. 그러나 대부분의 사람들이 사회생활을 하면서는 '먹고산다는 일의 서글픔'을 운운하면서 성질 죽이고 살지만, 집에서는 그만큼 참지 않는 경우가 많다. 우리가 그 어떤 약점을 보여도 결혼이라는 안전장치가 관계를 유지시켜준다고 믿기 때문이다. 하지만 그것은 대단한 착각이다. 가정이라는 회사에 입사했을 때는 원칙적으로 이직이나 은퇴를 고려하지 않기 마련이다. 바꿔 생각하면 안전장치가 아니라 한번 관계가 틀어지면 그만한 지옥이 없는 족쇄라는 뜻이 된다. 그렇기 때문에 우리는 회사에서보다 더 인내심을 가지고 배우자를 대해야 한다. 우리가 흔히 들어본 말, '정나미 떨어지는' 상황이 되면 결혼 생활은 돌아올 수 없는 강을 건너기 시작한다.

　우리는 모든 사람이 약점을 갖고 있다는 것을 알고 있다. 그래서 어느 한계까지는 상대가 뉘우치기만 하면 어떤 일이든 용서할 준비가 되어 있다. 그러나 상대의 가장 정떨어지는 모습을 눈으로 직접 목격하면 애초의 너그러움은 간 데 없고, 아무리 노력해도 애정을 회복할 수 없는 상태가 되고 만다. 그게 또한 사람이다.

　L에게 충고했던 상담사의 말대로 우리는 평생 배우자를 향해 가면을 쓰고 있어야 한다. 배우자를 향해서만큼은 진실해야 하지 않겠느냐는 반문도 있을 수 있지만, 사랑을 잃고서라도 지켜야 할 진실은 결

혼 생활에 없다.

같은 의미에서 절대로 입에 올리지 말아야 할 화제가 몇 가지 있다. 그중 대표적인 것이 '시댁 험담'이다. 아무리 시댁에서 비상식적인 일을 당해도 남편 앞에서 시댁에 대한 악담을 해서는 안 된다. 그것은 그의 근본을 흔드는 일이며 자존심을 짓밟는 일이다. 남편 자신을 비난하는 것보다 더욱 견디기 힘들다. 자기 부모와 자신의 근본 자체를 모욕하는 아내의 모습은 평생 보이지 말고 가면 뒤에 숨겨두어야 할 얼굴이다. 내가 아는 영민한 여자들은 그런 이유로 시댁과 맞설 일이 있으면 결코 시댁 사람들과 직접 대면하지 않는다. 남편을 교묘히 부추겨 남편이 불만을 말하게 하고, 자신은 그런 남편을 말리는 척한다. 시댁 어른들이야 며느리의 뻔한 술수를 모를 리 없지만, 남편은 모른다. 그리고 그게 더 중요하다.

그의 환상을 지켜주어라

어느 의학 드라마에서 뇌에 이상이 생겨 거짓말을 못하게 된 남자의 이야기를 본 적이 있다. 그는 아내에게 그가 마음속 깊이 숨겨왔던 속말을 가감 없이 해댄다. 오직 진실만을 말할 수밖에 없는 그가 "사랑한다"는 말을 해서 그의 진심을 확인했는데도 아내는 그가 하는 말들에 끊임없이 상처를 받는다. 그녀는 남편이 병 때문에 그러는 것을 알고 모든 것을 이해하면서도 그를 단 며칠도 견뎌내지 못한다.

아내뿐 아니라 남편 자신도 거짓말하지 못하는 자기 자신을 참을 수 없게 되어 목숨을 잃을 수도 있는 수술을 선택한다. 나중에 병을 고치고 거짓말할 수 있게 되면서 그는 가족의 사랑과 마음의 평안을 되찾는다.

아무리 정직한 사람이라고 해도 평균 8분에 한 번꼴로 거짓말을 한다고 한다. 악의를 담은 거짓말이라기보다는 인간관계를 매끄럽게 하기 위한 사회적 거짓말을 습관적으로 하고 있기 때문이다. 좋은 거짓말을 적절히 활용할 수 있는 사람이 결혼 생활도 잘하는 것이다.

내가 가장 이해할 수 없는 부류가 자신의 과거를 남편에게 고백하는 여자들이다. 그런 멍청한 여자들이 요즘 세상에 어디 있느냐고? 있다. 정말 있다. 그리고 그녀들은 자기 부부들이 '쿨하다'고 생각한다.

여자의 과거는 자고로 있어도 없는 척하는 게 정석이다. 그렇다고 대놓고 거짓말하라는 말이 아니다. 아무리 의도가 좋은 '하얀 거짓말'이라도 들키는 순간 '더러운 거짓말'이 되어버리는 경우가 허다하기 때문이다. 그래서 요령 좋은 결혼 선배들이나 정신과 의사들은 "과거가 무슨 상관이냐. 그런 질문은 불쾌해서 대답하고 싶지 않다"며 화내라고 충고한다.

성에 관한 상담을 받는 곳에서 갓 20대가 된 어린 남자들에게 가장 많이 받는 질문 중 하나가 "정말로 요즘은 처녀와 결혼하는 것이 어려운가?"라고 한다. 물론 그 질문에는 그것이 '아니기'를 바라는 간절한 바람이 들어 있다. 우습게도 나이가 들 만큼 들어 세상을 알 만큼 아는 남자들도 이런 생각에서만큼은 자유롭지 못하다. 남자들은 섹스를 남자 혼자서만 할 수 있는 게 아니라는 것은 알고 있다. 그들 역시 수학에서 함수나 대응 관계를 배웠기 때문에 자신들이 결혼 전 섹스를 나누었던 수많은 여자들이 누군가의 아내가 될 것이며 자신의 아내 역시 순결할 확률이 낮다는 생각쯤은 할 줄 안다. 그러나 이 모든 '상식'에도 불구하고 남자들은 '순결을 자신에게 바치는 아내'에 대한 판타지가 있다. "그렇다" 혹은 "아니다"라는 말을 똑 부러지게 하지 않는 것은 적당히 그 판타지에 호응해 주는, 그를 위한 배려인 셈이다.

순결에 관한 것은 상대에게 갖고 있는 판타지의 일부분이다. 알게 모르게 사람들은 아내에 대해, 남편에 대해 작은 판타지를 안고 살아간다. 그가 강하고 책임감 있는 사람이라는 것, 그녀가 모성애와 인간애가 있는 다정한 사람이라는 것, 그가 능력 있는 직장인이라는 것, 그녀가 섬세한 사람이라는 것……. 그런 판타지가 있기 때문에 상대에 대한 애정과 긴장감을 유지하고 살 수 있는 것이다. 그래서 그 어떤 상황에서든 내 본성의 바닥까지 다 드러내 보여서는 안 된다. 사실 그건 자기 자신에게조차 하지 말아야 할 짓이다. 사람은 자기 본성을 다 들여다보아도 스스로 정나미가 떨어지는 존재다. 하물며 결혼해서 평생 날 보아야 할 상대에게 그런 모습을 보이는 것은 거의 폭력이다. 결혼한 사람이라면 누구든 상대방에게 끝까지 꿈꿀 수 있는 여지를 남겨주어야 한다.

조심할 것은 단 한 번의 실수로도 판타지가 깨질 수 있다는 것이다. 만약 실수로 가면을 떨어뜨렸다 해도, 재빨리 정신 차려 그가 당신의 가장 흉한 얼굴을 제대로 볼 수 없도록 얼굴을 가린 다음 다시 가면을 써야 한다. 그가 가면 속 얼굴을 스치듯 보았다고 해도 집요하게 가면을 벗기려 하지는 않을 것이다. 그도 가면과 추한 얼굴의 존재를 무의식적으로 알고 있으며, 호기심보다는 자신의 믿음을 지키고 싶은 욕구가 더 강하기 때문이다.

가면을 쓰고 절대로 벗지 않는 것은 거짓과 다르고, 우리가 '내숭'이라고 부르는 것보다는 더 근원적인 태도다. 우리는 모두 사람의 피부 아래에 무엇이 있는지는 알고 있지만 혈관이 흐르는 근육이 벌겋게 드러난 얼굴을 보고 싶어 하지는 않는다. 그 속에 분명 존재하지만 보고 싶지 않은 것들을 가려주는 것, 그게 당신이 써야 할 가면이다.

결혼은 믿을 만한 것을 믿는 게 아니라
믿고 싶은 것을 믿는 것이다

내 사람만은 절대로 한눈팔지 않을 거야?

신혼인 친구에게 말 한마디 잘못했다가 아주 피곤해진 적이 있다. 외도라는 게 특별히 바람기가 있거나 아내에게 애정 없는 남자들만 하는 게 아니라, "누구나 그럴 수 있다"고 말했던 것이다. 친구는 그 말을 즉시 자기 남편도 그럴 수 있다는 말로 받아들였고 숨결까지 거칠어지며 반발했다.

"우리 오빠는 절대로, 절대로 그럴 리 없어. 만의 하나 그랬다가는 이혼할 거야. 난 절대로 용서 못해."

친구가 말하는 도중 '절대로'라는 말을 어찌나 많이 쓰는지 도무지 내가 끼어들 여지가 없었다. 나는 그녀의 이글거리는 눈빛 앞에서 더 이상의 부연을 포기했다.

"됐다. 시간이 지나면 내가 한 말이 무슨 뜻인지 알게 될 거야."

그날, 친구는 집에 가서 혹시 앞으로라도 바람피울 거냐며 애먼 남편을 들들 볶다가 부부 싸움까지 했다고 한다. 그 남편은 나를 다시는 만나지 말라고 했단다.

나는 요즘 같은 세상에 아직도 '남들은 그래도 내 남편만은 아니다'라는 굳센 믿음을 가진 여자들이 있나 하고 의아해 했는데, 그건 이미 결혼 생활에 익숙해질 대로 익숙해진 나의 착각이었다. 그 뒤에 여러 사람에게 넌지시 떠보니 신혼인 사람들은 거의 내 친구와 같은 반응을 보였다.

이제 결혼 3년차를 맞은 그 친구는 요즘에야 나와 말이 좀 통한다.

"결혼 생활을 하다 보니 나도, 그 사람도 그럴 수 있겠다는 생각이 들어."

물론 결혼하고 시간이 지난다고 해서 외도에 대해 너그러워진다는 말은 아니다. 남편이라는 사람과 이제까지 알던 것과는 전혀 다른 친밀한 관계를 맺고 살면서 인간을 이해하는 관점이 달라지는 것이다. 대학 시절, 지성인이면 누구나 읽어야 한다고들 여겼던 조정래의 『태백산맥』을 읽다가 한 장면에서 몹시 실망했던 기억이 있다. 소설을 읽는 내내 가슴 설레게 했던 정의로운 지식인 김범우가 송경희라는 여자의 유혹에 홀랑 넘어가 사랑하지도 않으면서 섹스를 한 것이었다. 더구나 화자인 작가는 "역겹지만 남자는 원래 그럴 수밖에 없는 존재"라는 식으로 그의 행동을 합리화하는 해설을 달고 있었다. 난 그게 더러운 변명이라고 생각했고, 전체 소설의 가치에 어울리지 않는 불필요한 장면이라고 여겼다. 그런데 지금은 그 소설이 인간과 진실에 가치를 두고 쓰인 작품이기에 오히려 그 장면이 어울렸다고 생각하고 있다. 당연하지만, 지금도 그런 행동을 용납할 수 있는 것은 아니다. '이해'와 '용납'이라는 말 사이에는 석굴암과 마추픽추의 거리만큼 차이가 있다.

사실 생물학적으로 보자면 일부일처란 대단히 특이하고 예외적인 것이다. 포유류는 말할 것도 없고 우리가 배우자와의 정조를 평생 지킨다고 믿고 있는 원앙이나 잉꼬 같은 새들도 바람피우기를 밥 먹듯 한다는 것을 알고 있는가?

문화인류학적 관점에서 보아도 마찬가지다. 세계에서 일부일처제를 채택하고 있는 문화권은 절반도 채 되지 않고, 최근 몇 세기를 제외하고 대부분의 일부일처제는 공공연히 섹스가 개방되어 있었다. 중세 유럽에서는 오히려 부부끼리의 사랑은 부자연스러운 것으로 여겼고, 배우자가 아닌 연인과의 관계만이 진정한 사랑이라고 인정하는 풍토가 조성되어 있었다.

인간을 포함한 모든 생물은 자신의 유전자를 보다 널리 퍼뜨리고 싶은 본능을 갖고 있으며, 인간만이 사회질서나 권력 유지를 위해 필요하다고 여겨 제도로써 규제하고 있을 뿐이다. 사회적 필요에 의해 억누르는 본능이라는 것은 언제, 어디서나 폭발할 여지가 있다. 보수적이던 조선시대에 열녀문과 '화냥년'에 대한 조리돌림이 있었던 것은 오히려 시대를 막론하고 그런 본능의 폭발이 있었다는 방증이다.

오늘날에는 이처럼 생물학적, 문화인류학적 요구에 반하는 결혼 제도 자체를 부정하는 움직임이 일어나고 있다. 보수적인 미국과 아시아권에서는 결혼이 여전히 중요하지만, 유럽에서는 이미 결혼의 개념 자체가 희미해져 가고 있다. 어쩌면 100년쯤 후에는 지구상의 모든 문화권에서 '결혼'이라는 말이 사어(死語)가 되어 있을지도 모른다.

하지만 과거나 미래나 다른 문화권이 어쨌건, 지금 대한민국에서는 일단 결혼했다면 정조를 지키는 것이 상대방에 대한 의리이며 예의다. 태국에서 아이의 머리를 쓰다듬는 게 저주를 담은 행위로 인식되어 상대방에게 상처와 수치심을 준다는 사실을 이해한다면 결코 그런 짓을 해서는 안 된다. 내 나름으로는 선의의 표시라고 우겨도 궤변일 뿐이다. 마찬가지로, 오늘날 우리 문화권에서 외도한다는 것은 상대를 모욕하는 행위다. 만일 누군가가 본능의 문제나 문화인류학적 근거를 들어 바람피우는 것을 정당화한다면 그는 구석기 시대처럼 벌거벗고 대로변을 나다닐 수도 있어야 한다.

벌거벗고 길을 나다닐 만큼 뻔뻔하지도 않고, 100년쯤 후 인류가 일부일처나 결혼 제도로부터 자유로워질 때까지 살아남을 수도 없는 수많은 사람들은 오늘도 배우자 몰래 딴짓들을 한다. 누구나 충분히 그럴 수 있다. 특히 한 달에 한 번만 임신할 기회가 있는 여자들보다는 1년 365일 임신시킬 준비가 되어 있는 남자들이 더 그렇다.

아직 결혼하지 않거나 결혼한 지 얼마 되지 않은 당신이라면 아무리 말해도 피부로 이해할 수 없을 것이다. 요는, 당신의 남편을 포함한 남자는 당신이 알고 있는 것보다 훨씬 하찮은 존재일 수도 있다는 것이다.

마음의 보험을 들어두어라

심리학적 기제 중에 비교적 긍정적인 것으로 '예상'이라는 것이 있다. 이 기제를 잘 사용하는 사람들에게 특별히 선견지명이 있는 것은 아니다. 그들은 누구나 예상할 수 있지만 염두에 두지 않아 막상 그 일이 생기면 당황하는 일들에 대해 심리적으로 대비한다. 예를 들자면, 수많은 사람들이 노후에 경제생활이 어려워질 수도 있다는 사실을 뻔히 알면서도 당장 생활이 힘든 것만 생각해 적극적으로 대책을 마련해 놓지 않고 나중에 후회한다. 하지만 '예상'을 사용하는 사람들은 어려운 상황에서도 생활비를 쪼개 꼬박꼬박 저축해서 노후 자금을 마련해 놓는다. 그들은 누구나 예상할 수 있는 일들을 다시 한 번 생각해 내 것으로 만드는 것이다.

결혼 생활을 하는 사람이라면 그들처럼 '예상'을 사용해 배우자의 외도에 심리적 대비를 해둘 필요가 있다. '그래서는 안 되지만, 그럴 수도 있는' 일에 대비하는 것은 배우자를 신뢰하는지의 문제와는 별개다. 그건 남편이 죽기를 바라서 보험을 드는 것이 아닌 것과 같다.

내가 갓 결혼했을 때, 결혼 10년차인 남자 선배가 내게 이런 말을 한 적이 있다.

"남편이 바람을 피우건 안 피우건 상관없다고 생각하고 모른 척해. 그래야 정말로 바람을 안 피운다."

당시에는 그게 무슨 말인지 잘 이해가 가지 않았는데 이제는 알 것 같다.

사람, 특히 남자는 더욱더 딴생각을 할 수 있는 존재인데, 그걸 항상 의식하고 있으면 삶이 피곤해진다. 그 피로감은 나나 상대방이 충분히 좋은 기분으로 사이좋게 지낼 수 있는 시간을 좀먹는다. 더구나 외도에 대한 관심과 지나친 경계는 배우자가 그럴 수 있는 확률을 결코 줄여주지 못한다.

현명한 여자들은 남편에게서 의심스러운 기운이 감지되어도 그의 휴대폰을 뒤적이거나, 뒤를 밟지 않는다. 설사 외도를 알게 된다고 해도 결혼 생활을 계속할 생각이 있다면 내연녀를 만나 머리카락을 뽑거나 흥신소에 부탁해 사진을 찍어 오게 하는 짓 따위는 하지 않는다. 다만 평소에 미리미리 집을 공동 명의로 해두고 재산 분할 여부를 확인해 놓는다. 마음의 보험을 들었다고 생각하고 평소엔 잊어버리고 사는 것이다. 그렇게 믿는 편이 내 인생을 위해서도, 서로를 위해서도 좋다. 그래서 결혼이란 믿을 만한 것을 믿는 게 아니라, 믿고 싶은 것을 믿는 것이다.

나는 오래전에 남편에게 이렇게 미리 말해 두었다.

"내가 눈을 시퍼렇게 뜨고 살아 있는 한 절대로 바람피우면 안 돼.

나는 결코 가만히 안 있을 거야. 그래도 만약 바람을 피운다면 절대로 들키지 마. 만약 들킨다면 호텔 방에 같이 있다가 걸렸다 해도 차만 함께 마신 거라고 끝까지 발뺌해야 해. 나도 그렇게 할게."

냉정하지만 필요한 선택,
유예 기간을 두어라

결혼, 무언가 잘못되었다고 느껴질 때

운전을 처음 하기 시작했을 때의 일이다. 운전의 시작이자 완성인 주차를 잘하기 위해 매일 연습했다. 그런데 주차 실력이 들쭉날쭉해서 어떤 날은 한 번에 매끄럽게 집어넣어지고, 또 어떤 날은 10분이 지나도록 자리를 못 잡아서 애를 먹기도 했다. 한 번에 주차가 되는 날은 내 실력이 많이 늘었구나 우쭐하다가도 안 되는 날은 대체 오늘은 왜 이러는 건가 의아해 했다. 나중에 운전에 익숙해지고 나서야 나는 주차를 정말 잘하는 사람은 차를 단 한 번에 잘 집어넣는 사람이 아니라 처음에 잘못 들어갔어도 수정을 잘하는 사람이라는 것을 깨닫게 되었다. 운전에 서툰 사람은 어떻게 하면 잘못을 바로잡을 수 있는지 모르기 때문에 오로지 첫 선택을 잘했을 때만 성공한다. 그래서 운이 좋아야 한다. 운전뿐 아니라 그 어떤 일에서도 마찬가지다. 삶을 잘 살아내는 사람은 늘 성공만 하는 사람이 아니다. 잘못된 시작을 했을 때도 의연하게 바로잡을 수 있는 사람이다.

사람과 사람의 관계는 그게 어떤 관계이든 항상 좋을 수만은 없으며 작은 계기로 생긴 틈이 대서양만큼의 간격을 벌여놓기도 한다. 그럴 경우 인생의 에너지를 낭비하지 않기 위해서 그냥 포기하는 게 나은 관계도 있고, 할 수 있는 만큼까지는 최선을 다해 되찾아야 할 관계도 있다. 부부는 결코 쉽게 포기해서는 안 되는 관계다.

부부 문제 상담가들은 의외로 이혼하는 커플들의 적어도 반 이상은 그러지 않는 게 더 나을 사람들이라고 말한다. 실제로 결혼정보회사들의 설문 조사에 의하면 이혼한 사람들의 약 50퍼센트는 후회하고 있다고 한다.

부부는 연인 사이와 달리 당장은 애정이 느껴지지 않더라도 꾸준한 노력으로 관계를 회복할 수 있는 경우가 많다. 그런데도 일단 부부 사이에 문제가 생기면 격심한 고통을 느끼게 되기 때문에 헤어지면 문제가 해결될 것 같은 착각에 사로잡히기도 한다. 이 사람하고만 헤어지면 더 좋은 사람을 만나 새로운 삶을 살 수 있을 것 같다. 그런데 이혼한 후의 삶은 그들이 그리는 것처럼 무지갯빛은 아니다. 재혼으로 만난 커플의 70퍼센트는 또다시 이혼한다. 재혼의 횟수가 더해질수록 이혼할 가능성은 점점 높아진다고 한다. 게다가 이혼한 여성의 반 정도는 아예 재혼을 못기도 한다. TV 드라마에서는 바람피운 남편에게 이혼당한 아내가 일에서도 성공하고 근사한 총각과 새 출발을 하기도 하는데, 현실은 암담하기만 하다.

결혼했다면 후회가 밀려와도 일단은 관계를 회복하려는 노력을 하는 게 먼저다. 결혼을 통해 인생 2라운드를 살게 된 당신이 너무 늦지 않았을 때 잘못을 수정할 수 있는 의연함과 현명함을 발휘한다면, 그것만으로도 당신은 평생 행복하게 살 수 있는 능력을 갖추게 될 것이다.

돌이킬 수 없을 일은 1년만 뒤로 미루라

그러나 결혼을 돌이킬 수 없는 것이라고 생각하고 무방비 상태로 참기만 하는 것은 그 어떤 것보다 나쁘다. 만약 결혼 생활을 계속하기 힘든 이유가 '성격 차이'로 설명할 수 없는 것이라면, 그래서 노력과 포용만으로는 도무지 수정이 힘든 것이라면 더 늦기 전에 과감한 선택을 해야 하는 경우도 있다. 단번에 주차를 잘하는 운전자처럼 한 번에 성공하지 못했다면 잘못을 수정해야 한다. 그럴 때 이미 아이가 있다면 선택의 결과는 너무나 큰 파장과 상처를 낳게 된다.

결혼 전, 어느 사회단체에서 일하는 사람을 만났을 때 이런 말을 들은 적이 있다.

"나중에 결혼하게 되면 혼인신고는 1년쯤 살아보고 하세요. 그리고 허니문 베이비는 만들지 마시고요. 좀 살아보고 그 사람이 함께 아이를 낳아 기를 만한 사람인지를 보고 낳아야 된다니까요. 여기서 일하면서 보니까 정말 이상한 사람들 많아요. 얼토당토않은 사기 결혼을 당하고서도 아이 때문에 이러지도 저러지도 못하는 여자들이 얼마나 많은 줄 아세요?"

대학을 갓 졸업했던 그때는 뭘 모르면서도 충격받으며 그 말을 가슴에 새겼다. 지금은 그 당부를 좀 더 여러 각도에서 되새겨보고 타당성이 있다고 생각하는 중이다.

사람은 자기 눈으로 본 것, 들은 것, 느낀 것을 믿는다. 확실한 것만을 믿으려는 이성의 발동이지만, 반대로 자신의 오감을 통해 확인한 것은 모조리 진실이라고 여기는 오류를 범하기도 한다. 나이가 들 만큼 들어 스스로 사람 보는 눈이 생겼다고 느낄 때쯤, 내가 여러 번 만나 호감과 신뢰를 느꼈던 사람이 내 서명을 날조해 가짜 계약서를 만들었다는 사실을 알게 된 적이 있었다. 그 일로 직접적인 피해를 입은 바는 없지만 내가 받은 정신적 충격은 적지 않았다. 내 판단과 안목이 실로 믿을 만한 것이 못 된다는 것을 아프게 확인한 것이었다.

상대가 누구건 사람을 100퍼센트 믿는다는 것은 교만이다. 상대도 나도 인간이기에 99퍼센트만 믿고, 나머지 1퍼센트는 인위적 장치로 안전망을 걸어두는 게 옳다. 결혼도 예외는 아니다. 내가 이런 이야기를 하면 "결혼 초부터 헤어질 일을 생각하는 건 비인간적이다", "아이는 부부를 이어주는 끈인데 임신을 미루면 이혼을 더 쉽게 생각할 수도 있다"고 말하는 사람들도 있다. 그러나 혼인신고와 임신을 미루는 것도 사람의 힘으로 메울 수 없는 1퍼센트의 실수를 보완하기 위한 안전장치일 뿐이다. 무엇보다 동의할 수 없는 것은 "아이가 부부를 이어주는 끈이기 때문에 이혼을 막아준다"는 말이다. 미국 덴버 대학 심리학과에서 한 연구에 따르면 전체 부부의 90퍼센트가 첫아이가 태어난 뒤 결혼 생활 만족도가 급락한다고 한다. 이혼할 정도로 사이가 나쁜 사람들이 아이를 낳아 더 불행해지고, 설상가상 아이 때문에 억지로 살아야 한다면 그것만 한 비극이 또 어디 있겠는가. 스스로를 불행하다고 여기는 기혼녀들에게서 관찰되는 공통된 특징 중 하나가 유난히 아이에게 집착한다는 것이다. 부부에게도 아이에게도 나쁜 기형적인 관계로 오랜 시간을 '견디면서' 사는 사람들이 우리 주변에는 너무나도 많다. 그런 이들은 시간이 지나면서 저절로 좋아지는 게 아니라 점점 나빠지다가 더 이상 부부로서의 의미를 가지지 않는 관계로 전락하게 된다.

1퍼센트의 안전장치를 마련해 두고 나머지 99퍼센트를 꽉 채워서 상대를 신뢰할 수 있도록, 돌이킬 수 없는 결정만큼은 충분히 미룰 것을 조심스럽게 권한다.

6^장

남편은
당신의 유일한
지원군이다

결혼은 성공의 적이 아니다

멀리 가려면 함께 가라

유명 메이크업 아티스트였던 바비 브라운(Bobbi Brown)은 일하면서 자신이 필요로 하는 색감의 메이크업 제품이 없다는 데 한계를 느끼고 직접 화장품을 만들기로 결심했다. 그녀의 이름을 붙여 론칭한 화장품 브랜드는 그야말로 폭발적인 반응을 불러일으켰고 그녀는 그 업계에서 영향력 있는 인물 1위가 되었다. 그러나 브랜드가 인기를 끌고 전 세계적으로 매장이 늘어나게 되면서 그녀에게는 새로운 고민이 시작되었다. 이제 명실상부한 기업이 된 '바비 브라운'의 경영진이 CEO인 그녀에게 사세 확장을 위해 해외 홍보를 하라고 압력을 넣었기 때문이다. 그렇게 되면 가족과 함께할 시간이 줄어들 것이 뻔했다.

그녀는 세 아이의 어머니였고, 남편과 아이들을 최우선순위에 두는 사람이었다. 결국 그녀는 남편과의 의논 끝에 회사를 대기업인 에스티 로더에 넘기고 자신은 회사의 월급 사장으로 내려왔다.

지금도 그녀는 6시까지만 일하고 가족과 저녁을 먹기 위해 집으로 달려가는 생활을 고수하고 있다.

만약 그녀가 독신이었다면 어땠을까? 아마 자신이 설립한 회사를 대기업에 쉽게 팔아넘기지는 못했을 것이다. 지금의 모회사인 에스티 로더와 같은 세계적인 대기업으로 키우려는 야망을 가졌을지도 모른다. 그녀의 행보를 두고 역시 여자라 그릇이 작다고 혀를 찬 사람도 있었을 것이다. 그러나 지금 어느 누구도 결혼이 그녀의 앞길을 막았다고 생각하는 사람은 없다. 가족과 함께 있기 위해 거래처와 저녁 약속은 잡지 않고 브랜드 홍보를 위한 해외 출장도 가지 않지만, 그녀는 여전히 건재하고 회사도 잘 굴러가고 있다. 또한 그녀는 뉴욕 최고의 고급 사무실에서 일하며 자신이 원하던 것을 부족함 없이 누리고 있다.

가정이 주는 소속감이라는 것에 대해 몰랐던 20대의 나는 결혼한 여자가 사회적으로 성공할 수 있는 가능성은 없다고 굳게 믿었다. 깊이 생각해 보지 않더라도 남편 뒷바라지에, 육아에…… 도무지 물리적으로 불가능해 보이는 게 일과 결혼 생활의 병행이니 말이다. 그래서 아주 늦게 결혼하거나 여의치 않으면 결혼하지 않아도 상관없다고

264

생각했다. 남다른 야망이 있다기보다는 남편과 아이 먹이고 입히는 것을 지상 과제로 삼는 삶 자체가 싫었던 것이다. 그러나 지금은 잘 알고 있다. 내가 15년 동안 아무리 설명을 들어도 모르던 야구 경기 규칙을 순식간에 홀로 깨우치게 될 만큼 강력한 그 감정은 수많은 사회생활의 위기를 거치면서도 힘을 잃지 않게 해준다는 것을.

몇 년 전, 대기업에서 초고속 승진을 했던 유능한 여성이 인터뷰에서 "내가 결혼을 했다면 이 모든 것들은 불가능했을 것이다"라고 확신에 차서 말하는 것을 본 적이 있다. 나는 그녀가 결혼을 안 해봤으니까 그렇게 말할 수 있다고 생각한다. 사회적으로 성공한 수많은 여자들이 대부분 결혼한 것만 보더라도 결혼과 일이 결코 병행될 수 없다는 결론은 잘못된 것임을 알 수 있다. 오히려 결혼이 마음속 '비빌 언덕'이 되어주고, 인간관계의 기본이 되어주는 삶에서는 뭐든 열심히 할 힘을 얻게 된다.

"멀리 가려면 함께 가라"는 말이 있다. 길을 떠날 때 동행 없이 혼자 가면 확실히 속도가 빨라진다고 한다. 상대방의 속도에 맞출 필요도 없고 길에 온전히 집중할 수 있기 때문이다. 그러나 그렇게 홀로 가는 길에서는 쉽게 지치기 마련이다. 처음 출발은 남보다 빠를 수 있어도 얼마 못 가 주저앉거나 포기하고 마는 것이다. 누군가 마음 맞는 사람과 함께 두런두런 이야기도 나누고 주변 풍경에 함께 눈 돌려 감탄하다 보면 어느덧 생각보다 멀리 와 있는 자신을 발견하게 된다. 결혼이 바로 그런 것이다. 가족과 함께 성공의 길을 나아가는 바비 브라운은 아마 오래, 멀리까지 갈 것이다.

여자의 일, 멀리 보고 지금부터 설계하라

아무리 근사한 일이라고 해도 여건이 되지 않으면 결혼 생활과 병행하기 힘들어진다. 매일 야근이고 툭하면 밤을 새우며 1~2주에 한 번씩 출장을 떠나야 한다면 아이까지 있는 유부녀가 그 일을 유지하기 어려운 건 당연하다. 야근이 잦은 우리나라의 직장 문화에서는 여자가 끝내 못 버티고 사표를 내는 일이 허다하다.

그런데 일찍 일을 그만두는 여자들의 직종을 살펴보면 전문성 없는 일반 사무직이거나 필연적으로 업무량이 많은 업종인 경우가 대부분이다. 지금도 수많은 젊은 여성들이 나이 들거나 아이를 낳으면 언제가 되었든 그만둘 수밖에 없다는 것을 전제하고 일하고 있다.

'언젠가 그만둘 테지만 버티는 데까지 버텨야지'라고 생각하고 일하면, 자신이 생각하는 것보다 훨씬 더 일찍 일을 그만두게 된다. 힘든 사회생활은 '그때가 바로 지금'이라고 끊임없이 악마처럼 속삭이기 때문이다.

결혼 적령기를 지나고 있는 직장 여성들에게 결혼하고 나서 일은 어떻게 할 거냐고 물을 때마다 거의 비슷한 대답을 듣는다. "지금 다니고 있는 지긋지긋한 직장 말고 가정과 병행할 수 있는 프리랜서"가 되고 싶다는 것이다. 프리랜서는 그 자체가 직업을 뜻하는 말이 아닌데도 수많은 여자들의 꿈은 그저 프리랜서다. 프리랜서라는 신분으로 무엇을 하고 싶은지는 나는 물론 그녀들도 모른다.

어차피 보육 시설이 부족하고 6시 퇴근이 불가능한 한국에서 살며 결혼하고 아이를 낳아야 한다면 막연히 현실을 성토하거나 정체 모를 프리랜서를 꿈꿀 게 아니라 결혼하고도 일할 수 있는 여건들을 일찍부터 마련해 놓아야 한다.

사무직이지만 특정 분야에서 전문성을 얻어서 나중에 회사를 그만두더라도 그 분야의 아웃소싱 업무를 맡을 수 있거나, 근무 여건이 안정적인 회사를 찾아 이직하는 것 등 뜻 있는 여자들이 준비할 수 있는 일은 여러 가지다. 문제는 그 방법들이 '버틸 때까지 버티자'라는 시선으로 자기 일을 바라보는 여자들에게는 절대 발견되지 않는다는 것이다.

여자들이 결혼해서 아이를 낳고도 일하는 것은 힘든 일이다. 사회가 여자를 몰아내는 것이라기보다는 여자에게는 직장이 아니라도 갈 곳이 있다는 사실 때문에 그렇다. 일을 계속하고 싶다면 마음의 배수진을 치고 일찍부터 준비하고 어떻게든 방법을 찾아야 한다. 그래도 여자들이 일하기 힘든 한국의 현실을 들고 나온다면 나도 더 이상 할 말은 없다.

한 가지 분명한 것은 당신이 결혼 때문에 그만둘 일이라면 결혼을 하지 않아도 언제가 되었든 그만둘 일이라는 것이다. 결혼해서 언제쯤 타이밍을 잡아 일을 그만둘까만 궁리하기보다는 결혼해서 숱한 장애에도 포기하지 않을 수 있는 일자리와 동기를 튼튼히 해두는 게 먼저다. 일할 목표와 꿈이 확실한 여자는 세 쌍둥이를 낳더라도 일을 한다. 그것도 잘.

남편을
성공의 파트너로 생각하라

결혼은 인간관계의 기본 토핑이다

사람들은 나이가 들어가면서 점점 인간관계가 넓어질 거라고들 생각한다. 시간과 만난 사람들이 쌓이면 그런 결과가 당연하지 않겠느냐는 산술적인 계산에서다. 하지만 실제로는 그 반대인 경우가 더 많다. 싱글도 기혼하고 사정이 다르지 않다. 사람은 나이가 들면 스트레스보다는 외로움을 자초하는 경향이 있다.

어려서는 성격이 조금 맞지 않거나 가치관이 다른 사람이라고 해도 그런대로 참고 어울리지만, 나이가 들수록 그런 인내심이 바닥나게 된다. 체력은 점점 떨어져가는데 삶은 복잡해지고 힘들어서 피로도가 높아지기 때문이다. 그래서 사적인 자리에서만이라도 자신을 기분 좋게 해주는 사람만을 만나고 싶어 한다. 그러다 보면 조금이라도 마음이 맞지 않았던 친구들과는 점점 소원해져 연락이 끊긴다. 물론 여러 가지 사회관계를 통해 알게 되는 사람이야 많겠지만, '친구'라고 부를 수 있을 만한 사람은 한두 사람이라도 남으면 다행인 지경이되고 만다. 바쁜 생활을 하는 중에도 가끔씩 외로움을 느끼긴 하지만 스트레스를 받아가면서까지 마음 안 맞는 옛 친구와 어울리고 싶은 생각은 눈곱만큼도 없다. 사실 그럴 시간도 없지만 말이다.

많은 싱글들은 사적인 관계의 구조조정이 마무리되는 30대 이후부터 극도의 자유와 외로움을 동시에 느끼게 된다고 말한다. 당분간은 자유를 마음껏 즐기고 외로움은 존재론적 고독으로 승화시킬 수있어도 막연한 불안감이 이는 것은 어쩔 수 없다고 한다. 그래서 자꾸만 집단에 소속되려 하고, 거기서 불안감을 해소하려고 한다.

결혼이 좀 늦어졌던 내 친구 중 하나는 대학교 때 오랫동안 스터디를 함께 했던 친구들과 졸업 후 다시 뭉치게 돼 정기적으로 모임을 가지게 되었다고 한다. 나를 포함해 가깝게 지내던 친구들은 모조리 결혼해서 눈코 뜰 새 없이 바쁘고 남자 친구와는 헤어져서 한동안 직장 생활 외에는 아예 인간관계가 없어진 그녀는 한 달에 한 번 있는 그 모임에 열심이었다. 친구들을 만나 웃고 떠들고 나면 사는 게 사는 것 같다는 느낌이었다. 그런데 옛 친구들에게 연락해서 그 모임을 다시 만들었던 친구가 거기서 재회한 다른 친구 하나와 눈 맞아 결혼하게 되면서 모임은 흐지부지 없어졌다.

매달 마지막 주 금요일 저녁을 항상 비워두던 친구는 한동안 엄청난 상실감에 시달렸다고 한다. 그리고 너무 외로워서 영화 〈중경삼림〉에서처럼 비누나 빨랫감한테도 말을 거는 상태까지 갔다고 한다.

원래 사람은 외로운 존재이며 결혼해도 외롭지 않은 건 아니다. 그러나 필연적으로 점점 외로워질 수밖에 없는 사람들에게 결혼은 그 어떤 관계보다도 우선시되는 원초적인 인간관계를 선사한다. 그 어떤 토핑을 추가하지 않아도 웬만큼의 맛은 보장되는 기본 피자다. 맛이 단순하기도 하고 먹다 보면 질리기도 하지만, 피자를 아예 못 먹고 굶는 것보다는 낫다. 때로 여유가 생겨 토핑을 추가해 더 맛있게 먹을 수 있다면 금상첨화다.

인생의 베이스캠프, 결혼

나는 야구를 전혀 모르고 알고 싶지도 않았던 사람이다. 독재시대에 국민 통제의 한 수단으로 출범한 한국 프로야구의 수상한 출생부터가 못마땅했고, 직업 운동선수임에도 배가 나온 사람이 많은 것도 영 스포츠답지 못하다고 생각했다. 야구 팬인 단짝 친구가 10년 동안 야구에 관심을 가져보라고 설득해도 꿈쩍하지 않았다. 경기 규칙도 전혀 몰라서 어쩌다 보게 되는 경기 장면에서 왜 공도 못 쳤으면서 진루를 하느냐고 옆 사람에게 물어봤을 정도였다. 입 매운 친구 하나는 내가 야구를 싫어하는 게 머리가 나빠서 경기 규칙을 이해하지 못하기 때문이라며 놀리기도 했다. 그랬던 내가 WBC에서 한국 대표팀이 의외의 선전으로 승승장구하던 때, 단 한 번의 경기를 보고 모든 야구 경기 규칙을 파악하게 되었다. 옆에서 설명해 주는 사람 하나 없었는데도 말이다. 국가주의니 민족주의니 시대에 맞지 않는 것이라고 여기며 경외시하던 나였는데도 한국 팀이 베네수엘라에 이겼을 때는 세상을 다 가진 것 같았고, 일본에 졌을 때에는 우울증에 걸릴 뻔했다.

지난 월드컵 때는 우리나라 젊은 여자들이 유난히 미남 선수들이 많은 이탈리아 축구팀에 열광했다. 그라운드를 누비는 모델들이라며 몇몇 선수들의 팬이 된 여자들도 꽤 있었다. 그러나 그들 중 이탈리아 축구팀이 한국 축구 대표팀을 이기기를 바라는 여자들은 한 명도 없었다.

나나 그녀들이나 자신이 속해 있는 집단으로부터 자유로울 수는 없다. 크게는 대한민국이라는 나라고, 작게는 가족이 그렇다. 누군가와 하나의 카테고리로 묶여 있다는 감정은 우리가 생각하는 것보다 훨씬 강력하다. 그래서 내정에 소질 없는 미국 대통령들이 툭하면 다른 나라에서 전쟁을 일으키는 것이다.

결혼을 한다는 것은 어떤 상황에서든 다른 어느 누구도 아닌 나를 응원할 수 있는 집단에 소속되는 것을 의미한다. 사람이라면 누구나 그런 집단에 소속되기를 바란다. 결혼이 인간의 소속 욕구를 충족시키는 방법이라는 의견을 시대착오적이라고 생각할 수 있겠으나 현실이 그렇다. "소도 비빌 언덕이 있어야 한다"라는 말이 있듯 내 존재를 뒷받침해 줄 최소한의 소속 집단이 있어야 하는 것이다.

현재 미국보다 덜 보수적인 유럽에서는 결혼하는 커플들이 점점 줄어들고 있다. 사람들은 결혼이 사라져가고 있다며 혼란스러워한다. 그러나 그들의 생활 모습을 들여다보면, 결혼을 안 한다고 해서 남녀가 커플을 이루어 함께 사는 일까지 없어진 것은 아니다. 결혼 커플보다 더 흔해지고 있는 동거 커플은 함께 생활을 하는 건 물론이고 아이까지 낳는다. 결혼만큼은 아니지만 그 관계는 법적 보호도 받는다. 동거하는 유럽 사람들은 결혼이라는 형식을 거부하고 관계의 안정만을 원한다. 결국 우리가 결혼에서 얻기 원하는 심리적 '비빌 언덕'을 그들도 마찬가지로 원하고 있는 것이다.

나는 가족학자들의 염려처럼 결혼이 영원히 사라질 것 같지 않다. 지금의 결혼이 지구상에서 사라질 먼 미래에는 우리가 지금 동거라고 부르는 것을 결혼이라고 부르게 될 테니까. 과거나 혹은 현재처럼 집단이 개인에게 희생을 요구하는 일은 사라지겠지만, 사람이 관계에 소속되고 거기서 위로를 얻고자 하는 욕구는 아무리 시간이 지나도 사라지지 않을 것이다.

제대로 된 가정은 험난한 에베레스트의 정상을 공격하다 쉬어 갈 수 있는 베이스캠프다. 제아무리 노련한 등반가라 하더라도 베이스캠프가 없으면 등반에 성공하기는커녕 목숨을 부지하고 하산하기도 힘들다. 그들은 베이스캠프에 식량과 장비를 가져다 두고 정상에 오를 준비를 한다. 그리고 등반하다 기상이 악화되거나 체력이 떨어지면 베이스캠프로 내려가 쉬거나 기다리다가 다음 기회를 노린다. 그런 일을 몇 번이나 반복하다가 정상을 정복하는 것이다.

베이스캠프가 없어도 관악산 정도는 오를 수 있다. 그러나 우리 삶은 당일치기 등산이 아니라 오랜 시간과 노력이 드는 히말라야 등반에 가깝다. 그래서 세상에 나가 열심히 정상을 향해 발을 내딛다가 지치면 언제든 쉬어 갈 수 있는 곳, 내가 조난이라도 당하면 사력을 다해 지원해 줄 수 있는 곳이 필요하다. 결혼은 사랑의 '결과'인 동시에 든든한 베이스캠프가 생겨나는 '원인'이 될 수 있다. 그것만으로도 결혼은 충분히 가치가 있다.

원만한 대화법,
오래 걸리더라도 가르쳐라

대화는 미래를 위한 투자다

얼마 전 라디오에서 우울증으로 고통받고 있는 신혼의 아내가 보낸 사연을 듣게 되었다.

"남편이 너무나 말이 없어요. 원래 과묵한 성격이긴 한데 결혼 전에는 이 정도까지인 줄 몰랐어요. 아무리 말을 시켜도 단답식으로 대답하고 나면 끝이고, 대화 좀 해보자고 해도 할 말이 없고 귀찮대요. 저도 지쳐서 이젠 포기했는데 점점 우울해져요."

그 이야기를 듣고 나자 잊고 있었던 신혼 시절의 기억이 떠올랐다. 그때 나도 비슷한 문제로 무척 힘들어했고, 여기저기 상담 글도 많이 올렸다. 상담 전문가들의 답변은 똑같았다.

"병원에 와서 상담을 받아보세요."

이해가 가지 않는 바는 아니지만, 그러려면 온라인 상담 코너는 왜 만들었는지 모르겠다. 정확한 진단은 힘들지라도 경우에 따라 가능성 있는 원인과 치료 방법을 분류해 납득이 가는 답변을 해줘야 직접 가고 싶은 동기라도 생길 게 아닌가. 결과적으로 나는 남편을 '말이 너무 없다'는 이유로 정신과에 끌고 가지는 못했다. 그러나 그와의 대화를 포기하지는 않았다. 말하기를 피곤해 하고 공통의 화제나 관심사도 없었던 남편에게 끊임없이 말을 걸었고, 부부간 대화의 필요성을 역설했다. 전형적인 이과형 남편과 문과형 아내의 대화는 진정 쉽지 않았다. 하지만 나는 그가 아니었으면 쳐다보지도 않았을 것들에 대해 형식적이나마 관심을 가지는 척했고 필사적으로 둘 다 좋아하는 무언가를 찾으려 했다. 단번에 바뀌지는 않았지만 서서히, 내가 의식하지 못하는 사이에 그는 변했다. 언제부터였는지는 모르지만 더 이상 그는 잔인할 정도로 과묵하던 남편이 아니었다.

그는 이제 내가 좋아해서 자주 이야기한다는 이유 하나만으로 와인에 관심을 가지게 되었다. 그게 더 대견한 이유는 그가 알코올을 한 방울도 입에 못 대는 사람이기 때문이다. 하루는 친정집에서 와인을 한 병 주셨는데, 그걸 받아 든 남편이 반색하며 "이거 맛있는 건데! 고맙습니다" 하고 말했다. 그가 술을 못 마신다는 걸 아는 친정 식구들은 일순간 해괴한 일을 본 듯한 표정을 지었다. 그야말로 설명이 필요한 상황이었다.

나와 달랐던 그의 모든 부분들을 고치려 들지 않았던 내가 그의 과묵함만은 받아들일 수 없었던 데는 이유가 있었다. 부부가 대화를 멈추는 순간, 그 가정은 끝이라는 절박함이 있었기 때문이다. 나는 단순히 심심하거나 대화 상대가 필요해서가 아니라, 나와 그의 생존 때문에 그를 다그쳐 대화의 장으로 이끌어낸 것이었다. 그건 그와 함께해야 할 나머지 삶과 미래를 위한 투자였다.

가정에는 여러 형태가 있고 각자 고유의 문화가 형성되어 있기 때문에 무엇을 어떻게 하라고 강요할 수 없는 부분이 많다. 하지만 대화가 없는 가정은 확실히 존립 자체가 위태롭다. 대화를 통해 가족원의 상황을 알 수 있고, 갈등의 원인이 될 만한 불만을 더 커지기 전에 상대에게 알릴 수도 있다. 무엇보다 대화해야 인간 대 인간의 관계 자체가 성립되고 유지된다. '부부는 대화해야 사이가 좋아진다'는 방법론적 문제를 떠나서, 대화를 해야 그게 부부다.

대화를 더 많이 하는 부부는 점점 더 발전하는 모습을 보이는 경우가 많다. 대화하는 과정에서 미래를 설계하기도 하고 꿈을 발견하기도 하기 때문이다. 그래서 그런 가정은 삶이라는 항로를 따라가는 여행길에서 쉽게 좌초되지 않는다. 비행기 추락 원인의 상당수는 의외로 기장과 부기장, 승무원과 관제사가 제대로 된 대화를 하지 않아 의사소통에 문제가 생겨서라고 한다. 비행기도 추락시킬 만큼 치명적인 게 의사소통의 부재인데, 그게 긴 세월 동안 지속되고서도 가정이 멀쩡하기를 바란다면 더 이상한 일 아닐까.

남편이 그리 과묵한 성격이 아니라고 해도 당신은 머지않아 그와의 대화가 막힌다는 느낌을 받게 될 것이다. 힘들면 입을 다물어버리는 남자들의 공통적인 성향 때문이기도 하고, 바쁜 생활이 그렇게 만들기도 한다. 게다가 아이까지 태어나면 부부는 진득하니 마주 앉아 10분간 대화하기조차 힘들어지는 상황이 된다. 그러나 끝까지 포기하지 마라. 대화를 포기하는 것은 가정을 포기하는 것임을 잊지 말고 언제나, 꾸준히 노력하라.

남편을 대화의 장으로 이끌어내는 방법

원론적인 질문으로 돌아가보자. 당신은 대화가 무엇이라고 생각하는가? 상대와 말다툼하는 것이나 혼자 하고 싶은 말을 실컷 하고서 그것을 대화라고 생각하는 사람도 많다. 대화는 생각의 배설 행위가 아니다. 언어라는 것을 통해서 상대의 생각을 알아내고, 내 생각을 전달하는 것이다. 그런데 이런 대화의 기본조차 모르는 사람들이 얼마나 많은지 모른다. 특히 남자들이 대화에 서툴다는 것을 살아가면서 확연히 느낀다.

물론 일반적으로 남자들이 여자들보다 말을 확실히 잘 못하기는 한다. 그러나 듣는 것은 훨씬 더 못한다. 종종 자신의 할 말을 조리있게 전달하고 화려한 언변을 구사하는 남자들을 만나기도 하지만, 그들 중에도 상대방의 말을 도무지 들을 줄 모르는 사람들이 많다. 그나마 젊을 때는 머리로 딴생각을 할지언정 상대방의 말을 듣는 시늉이라도 하지만, 나이가 들수록 자의식이 강해지면서 아예 대놓고 자기 할 말만 한다. 중년 이상의 남성들끼리 모인 술자리를 한 번이라도 본 사람이라면 이게 무슨 말인지 단번에 이해할 수 있을 것이다. 그들은 술집이 떠나가도록 왁자하지만, 가만히 들어보면 탁구 치듯 주거니 받거니 하지 않고 각자 하고 싶은 말을 혼자 떠드는 것이다. 아무도 서로의 말을 듣지 않고, 또 개의치도 않는다.

당신이 앞으로 평생 함께 살아가야 할 남편도 바로 이런 성향을 가진 '남자'다. 그런 남편과 대화하고 싶다면서 당신 하고 싶은 말만 속사포처럼 쏘아대고서는 반응이 없다고 다시 잔소리해 댄다면 결과가 어떨지 자명하지 않겠는가. 기본적으로 남자들은 자기 속의 말을 하고 싶어 하는 존재다. 남자들이 말하지 않는 이유는 딱 두 가지인데, 정말 할 말이 없거나 상대가 자기 말을 듣지 않을 거라고 생각하기 때문이다. 그러니 과묵한 남자에 대한 환상은 버리기 바란다. 대화라는 것을 하고 싶다면 먼저 그에게 화두를 요령 있게 던져주고 그가 하는 말을 정성 들여 주의 깊게 들어야 한다. 아예 상대방에게 초점을 맞춰서, '그의 말을 듣는 것'이라고 생각하고 대화를 시작하면 반드시 그의 입을 여는 데 성공할 것이다. 하지만 이게 생각만큼 쉬운 일은 아니다.

사람은 말하는 데는 뇌의 20퍼센트를 쓰지만, 듣는 데는 70퍼센트를 사용한다. 남의 말을 듣는다는 것 자체가 '골치 아픈 일'이다. 무엇보다 여자인 당신에게도 남의 말을 듣기보다는 말하고 싶은 욕구가 있다. 당장 그와 대화하고 싶은 이유도 아마 말하고 싶기 때문일 것이다. 하지만 자기 말만 하고 싶어 하는 두 사람이 만나 자기 입장을 양보하지 않을 때 어떤 일이 일어날지는 앞에서 누누이 말하지 않았던 가. 부디 조금이라도 언어 능력이 앞서는 당신이 양보해서 진정한 의미에서의 대화를 시도해 보라. 그것이 기본이 되지 않는다면 그 어떤 꼼수를 부리더라도 과묵한 남편을 대화의 장으로 이끌어낼 수 없다.

'그의 말을 듣는다'는 기본자세가 되어 있다면 '그가 듣고 싶은 말을 한다'는 원칙을 다음으로 적용한다. 기껏 힘들게 대화의 장으로 이끌어내고서 자기 하고 싶은 말만 한다면 그는 다시 입과 귀를 닫아버리고 만다. 그의 취미나 관심사에 대해 정보를 알려주는 것도 좋고, 그에게 진지하게 고민 상담을 하는 것도 좋은 방법이다. 남자들은 상대의 고민을 해결해 주는 것에서 희열을 느끼기 때문에 쉽게 관심을 보일 것이다. 그때 그가 제시한 시답지 않은 방법에 반응하며 해결책을 찾은 듯 고마워한다면 그는 그 대화를 건설적이고 즐거웠다고 기억하게 될 것이다.

내 지인 중 하나는 남편이 대화하는 데 좀 시들하다 싶으면 다른 사람의 말을 들먹이며 무심하게 화두를 던진다.

"옆집 희영이 엄마가 그러는데 과학 체험관에서 당신을 봤대. 나더러 좋겠다고 막 부러워하던데."

그러면서 집안일에 바쁜 척 저쪽으로 가면 귀가 번쩍 뜨인 남편이 따라와서 말을 건단다.

"과학 체험관? 언제 간 거? 지난달에 지수 데리고 갔을 때? 뭐가 부럽다는데?"

그럴 때 천천히 이야기를 하면 남편은 꼭꼭 씹어 흡수하듯 몰입하며 자기 말을 듣는다나. 그렇게 되면 자연스럽게 대화할 분위기가 조성된다고 한다.

그가 당신의 말을 듣지 않는다고 불평만 하지 말고, 조금만 노력해서 그의 관심사를 알아내 그가 듣고 싶어 할 만한 말을 하라. 당신이 받아들일 수만 있다면 그가 좋아하는 것을 공동의 취미로 삼아도 좋다. 취미나 관심사가 같다면 정말 할 말이 많아진다. 우리 부부가 11년을 살면서 가장 대화를 많이 했을 때가 처음으로 내 집 장만을 했을 때였다. 전 주인과의 이사 일정이 어긋나면서 자그마치 두 달이나 집이 비게 되어 우리 마음대로 개조하고 꾸밀 수 있는 여유가 생긴 것이었다. 그 집을 어떻게 수리할 것이냐를 두고 고민하고 자료 수집을 하고 견본 주택을 보러 다니고 하는 동안 우리는 그 어느 때보다 연대감을 느꼈고, 밤새도록 피곤한 줄 모르고 대화했다. 내 생각에 앞으로 그렇게 많은 대화를 나누게 될 일이 또 생길까 싶다. '공통의 관심사'의 힘은 그런 것이다.

대화할 때 되도록 긍정적인 말과 칭찬을 하는 것도 중요하다. 영국의 제임스 머레이(James Murray)라는 심리학자는 자그마치 94퍼센트의 적중률을 자랑하는 이혼 공식을 만들어냈다고 한다. 그는 700쌍의 커플들을 불러다가 15분간 서로 대화하게 하고 녹화했다. 그리고 긍정적인 대화에는 플러스 점수를, 부정적인 대화에는 마이너스를 주는 자신만의 공식을 적용해 그 커플이 이혼할지 여부를 예언했다고 한다. 12년 후, 그 커플들을 추적해 보니 그 예상이 거의 들어맞더라는 것이다.

대화 속에서 그들 사이의 현재 감정을 짐작한 것일 수도 있겠지만, 나는 그들이 평소 만들어내는 언어의 파장이 미래를 변화시킨 것이라고 생각한다. 긍정적인 말을 서로 많이 해준 커플들은 이후로도 대화를 많이 했을 것이며, 부정적인 말을 많이 한 커플들은 아마 상처받는 게 싫어서 대화를 하지 않게 되었을 것이다. 그 결과가 10여 년의 세월이 흐른 후, 그대로의 결과로 나타난 것이리라. 전후 관계가 어떻든 다소 낯간지럽더라도 칭찬과 격려, 좋은 전망의 말을 많이 나누게 되면 그들이 함께하는 미래도 총천연색으로 밝아지는 것이다. 이를 거부할 이유는 없다.

마지막으로, 남자들은 대화에 집중할 수 있는 상황에서만 대화할 수 있다는 것을 알아두라고 당부하고 싶다. 우리 여자들은 TV 드라마를 보면서 그 내용을 평가하고 배우의 스타일이나 연기력을 일일이 품평한다. 그래서 함께 보는 게 더 재미있다. 하지만 남자들은 TV를 시청하면서 절대로 대화를 나누지 못한다. TV를 보고 있는 남자에게 말을 걸어서 그가 뭔가 대답했다 해도 그 말을 알아들은 거라고 착각하지 말라. 5분 후에 다시 물어보면 십중팔구, 오간 말이 무엇이었는지 내답하지 못할 것이다.

좌뇌와 우뇌의 연결 구조가 여자들에 비해 시원치 않다는 남자들은 대개 멀티태스킹을 하지 못한다. 그들은 전화를 받으면서 라면을 끓일 수 없고, 양치질하면서 아침 뉴스를 보지도 못한다. 그들이 뭔가를 동시에 할 수 있는 건 'TV 보는 것'과 '간식 먹는 것'의 조합뿐이다. 그런 그들이 엄청난 두뇌 활동인 대화를 다른 일과 병행하기 힘들어하는 건 당연하다. 그러니 그가 무언가 다른 일로 정신없어할 때 대화를 시도하지 말라. 남편과 대화하고 싶거나 뭔가 할 말이 있다면 모든 상황을 차단하고 대화에 집중할 수 있는 환경을 만든 다음에 말을 꺼내야 한다.

나를 살리고, 그를 살리고, 나와 그가 만들 가정을 살리는 대화는 생각만큼 어려운 일은 아니다. 그의 과묵함만은 포용하지 말고 개조시켜서 그와 함께 삶을 누리기 바란다.

끊임없이
공동의 목표를 찾아라

행복하려면 목표를 갖고 움직여라

　뇌과학 연구에 따르면 행복지수가 높은 사람의 평소 모습은 대체로 '무언가를 하고 있는' 것이라고 한다. 보통 행복이라는 말을 떠올리며 야자수에 매단 해먹 위에서 낮잠을 자는 것과 같은 풍경을 상상하곤 하지만, 실제 행복과는 거리가 있다는 말이다. 행복한 사람들은 늘 화단에 꽃을 심으려 땅을 파고 있거나, 공부하고 있거나, 사교댄스를 배우고 있더라는 말이다. 그런데 이 행복한 사람들의 몸에는 생체 배터리가 들어 있어서 스위치만 누르면 무엇이건 하게 되는 것이 아니다. 똑같은 사람인데 그들이라고 해서 왜 귀찮지 않겠는가. 그들을 움직이게 하는 것은 '목표'다.

목표라고 해서 거창한 것은 아니다. 화단을 정성껏 가꿔 근사한 영국식 정원을 완성하겠다는 목표, 학위를 따겠다는 목표, 아내의 생일에 파소도블레(에스파냐의 춤곡)를 멋들어지게 추고 싶다는 목표가 그들이 땅을 파고, 공부하고, 춤추게 만드는 것이다. 그들은 끊임없이 작은 목표를 만들어놓고 그 목표를 향해 조금씩 나아가는 삶이 몸에 배어 있다. 목표를 이루었을 때도 짜릿한 행복감을 맛보겠지만 그 과정에서 느끼는 기쁨이 바로 그들을 행복하게 만든다.

행복 호르몬의 일종인 도파민은 원래 쾌락을 느끼고 있는 순간보다는 그 상황을 예상할 때 더 활발하게 분비된다고 한다. 사람들이 여행할 때보다 여행을 준비하는 과정에서 더 기쁨을 느끼거나 연인과의 데이트 약속을 잡고 하루 종일 설레는 데는 다 이유가 있었던 거다. 목표가 있는 사람들이 행복한 것은 목표를 이루기 위해 노력하면서 그것을 끊임없이 '예상'할 수 있기 때문이다. 목표를 가지는 것은 자기계발 전문가들이 강조하듯 단순히 무언가를 이루기 위해서만 필요한 것이 아니라, 심리학적으로 행복하기 위해서도 필요한 일이다. 목표가 아니라, 과정 자체가 목표다.

그런데 이 도파민이라는 호르몬은 새로운 것을 무척 좋아한다. 사랑이나 섹스와도 깊은 관련이 있는 도파민의 이런 성질 때문에 부부 사이가 무료해지고 사람들이 외도를 하게 된다. 마찬가지로 사람들의 가슴을 뛰게 했던 목표도 한번 이루고 나면 시들해진다. 새로운 목표를 찾아야 비로소 다시 심장이 뛴다. 행복한 사람들의 자화상이 매일 쉬고 노는 한가한 풍경 속에 놓일 수 없는 이유가 또 하나 있는 셈이다.

행복하기 위해서는 언제나 목표를 가지고 그것을 향해 나아가야만 하며, 목표가 이루어졌다면 재빨리 새로운 목표를 정해서 또다시 나아가야 한다. 가족을 이룬 일군의 사람들이 항상 목표를 공유하며 함께 이루어나가고 또다시 목표를 정하는 과정을 반복하면, 그 집이 바로 '행복한 가정'인 것이다.

함께 꿈꾸는 부부의 사랑은 식지 않는다

H는 몇 년 전 마냥 좋기만 하던 남편을 귀찮게 여기고 있는 자신을 발견했다. 뿐만 아니었다. 귀티 나고 잘생겼다고 생각하던 그가 나이 들고 지저분한 중년 아저씨로 보이는 것이다. 말을 하는 것도 한마디 한마디가 밉던지 자꾸 피하고만 싶었다. 남편도 그런 아내의 감정을 눈치채서인지 전보다 그녀를 무관심하고 까칠하게 대했다. 그것이 말로만 듣던 '권태기'라는 것을 그녀는 나중에야 알았다.

권태기가 몇 주 동안이나 지속되던 중, H는 같은 단지에서 친하게 지내던 언니뻘 되는 주부에게서 귀가 쫑긋해지는 이야기를 듣게 되었다.

"우리, 캐나다에 들어가기로 결정했어. 이제 가면 안 올 생각이라 한국에 있는 재산을 다 정리하려고 하는데, 우리 집 살 생각 없어? 전부터 집 넓혀 가고 싶어 했잖아. 부동산에 급매로 내놓을까 하다가

286

이왕이면 아는 사람한테 좋은 일 하고 싶어서 먼저 말하는 거야. 금액은 이 정도 생각하는데."

그 정도면 부동산에 전화 걸고 반나절도 안 되어 거래가 성사될 게 뻔할 만큼 좋은 가격이었다. 그 집을 살 수 있다면 그녀로서는 운수대통이었다. 하지만 가진 돈이 뻔한 그녀로서는 선뜻 사겠다고 대답할 수 없었다. 그녀는 그 주부에게 열흘 정도만 부동산에 내놓지 말고 기다려달라고 사정한 다음 남편에게 전화를 걸었다.

그때부터 집을 인수할 때까지 그 집 부부는 아주 복잡한 일에 시달렸다. 주변 시세를 알아보고 무리해서 살 가치가 있는지 판단이 선 다음에는 펀드나 변액 보험에 들어 있던 목돈을 꺼내 모으고, 살던 집을 내놓아 흥정하고, 대출에 필요한 것들을 알아보는 일이 일사천리로 이루어졌다. 집을 사고파는 일생일대의 일을 진행시키다 보니 하루하루가 어떻게 가는지 모르게 지나갔다. 그렇게 두 달이 지나 새로운 집에 짐을 들이고 난 첫날, H는 전에 남편에게 느꼈던 감정, 권태감을 기억해 냈다. 그것은 남편과 서로 도와 진지하게 의논하고 해결책을 함께 찾는 과정을 거치면서 알게 모르게 흔적도 없이 증발해 버렸다. 돌이켜 보니 지난 두 달간 여러모로 신경 쓰이고 힘들었지만 생기가 느껴지고 즐거웠다. 그녀는 처음으로 부부에게 공동의 목표가 꼭 필요하다는 생각을 하게 되었다.

만약 H가 눈앞의 목표를 통해 잠깐 동안 회복한 감정을 그냥 방치해 두었다면 머지않아 이전과 같은 권태감을 다시 느끼게 되었을지

도 모를 일이다. 이후로 그녀는 의도적으로 크고 작은 목표나 문제의
식을 제기해 가정 안에서 지나치게 긴장이 풀어지지 않도록 노력했
다. 그중 가장 두드러진 것이 남편과 의논해 여행지를 정하고는 매달
조금씩 적금을 붓는 것인데, 함께 TV를 보다가도 여행 갈 지역이 소
개되면 만사 제치고 함께 시청하고, 그곳으로 여행을 다녀온 사람의
경험담을 듣고 온 날이면 저녁 식탁에 대화거리가 풍성해졌다. 그들
은 적어도 아직까지는 부부 생활을 통해 행복한 감정을 느끼며 살고
있다. 목표가 한 커플을 살린 것이다.

　함께하면서도 행복하지 못한 80퍼센트의 부부들은 함께 꿈꾸지
않는다. 함께는커녕 자기만의 꿈조차 없는 경우가 많다. 쥐꼬리만 한
월급이, 팍팍한 현실이, 부도덕한 정치인들이 꿈을 앗아 갔다며 '그
냥' 하루하루를 살아간다. 그러나 사랑을 정체고 안주(安住)라고 생
각하며 꿈 대신 사랑을 선택했다는 사람들은 그 사랑마저 머지않아
잃게 될 것이다. 함께 꿈꾸지 않는 사랑의 수명은 열선이 타버리면 끝
인 헤어드라이어의 수명보다 짧다. 그 많은 사람들이 수명이 다한 사
랑의 흔적만을 붙든 채 아이들이나 돈에 정을 붙이고 근근이 부부
관계를 유지한다는 게 믿겨지는가.

　아직은 영원할 것만 같은 사랑으로 결혼 생활을 시작하게 될 당신
은 1차적인 사랑의 수명이 다하기 전에 목표를 공유할 수 있는 둘만
의 문화를 만들어야 한다. 그래야 너무 늦기 전에 그와의 사랑을 한
차원 높은 사랑의 궤도에 올려놓을 수가 있다. 오래된 부부의 사랑은
상상만큼 지리멸렬한 것이 아니다. 둘만의 우주에 갇혀 한 줌도 안

되는 초신성의 폭발에 일희일비하는 사랑이 아니라, 두 사람의 꿈과 에너지를 모아 더 큰 꿈을 꿀 수도 있게 하는 사랑이다. 그런 사랑은 자아를 홀랑 태워버리는 사랑보다 훨씬 오래간다. 그러니 사랑을 유지하기 위해 사랑에 의지하지 말라. 사랑을 시작하는 건 사랑 그 자체이지만, 그것을 유지하는 것은 의지와 노력, 꿈꿀 수 있는 자아다.

나는 당신이 멀지 않은 미래에 속절없이 저물어가는 사랑 앞에서 이 책을 기억하고 다시 펼쳐 볼 수 있었으면 좋겠다.

시험 쳐서 부모 되기

아이는 절대 저절로 크지 않는다

아직도 "아이는 낳아놓기만 하면 저절로 큰다"는 말을 하는 사람들이 있다. 이건 애 키우기 좋은 환경도 못 만들어주면서 국가 경쟁력을 지탱시켜 줄 미래의 국민만은 절실히 필요한 국가의 초당적 과대선전의 결과일 수도 있고, 자기만 고생할 수 없다는 유경험자의 물귀신 작전일 수도 있다.

그 말이 유효하던 시절이 없던 것은 아니다. 대가족 제도가 살아 있고 한동네 사람들이 하나의 공동체를 이루어 살아가던 시절에, 아이는 정말 '저절로 저 혼자'서도 잘 자라는 것처럼 보였을 것이다. 아이는 엄마가 집안일로 바쁜 동안에도 조부모나 친척들의 보살핌을 받았고 집 밖으로 나가도 '남의 아이와 내 아이를 구분 짓지 않는 동네 어른'의 그물망 안에서 보이지 않는 보호를 받았다. 언제, 어디에나 잘못을 꾸짖는 어른들이 있었고, 아이가 크게 엇나가지 않도록 하는 사회적 장치가 있었다. 근데 그게 대체 언젯적 이야기인가? 요즘은 엄마가 아이의 모든 면에 일일이 신경 써주지 않으면 아이는 엄마가 방치한 그대로 고립된다. 밥숟갈을 입에 떠 넣어주어야 한다는 말이 아니라, 아이가 숟가락질을 잘하는지 지켜보다가 끝까지 못하면 가르쳐야만 하는 것이 오늘날 엄마들의 의무다. 아이의 몸과 머리를 자라게 하는 건 시간이지만, '제대로' 자라게 하는 건 오롯이 엄마의 몫인 것이다. 아빠는 부모가 아니냐고? 이것 역시 가사 분담처럼 다음 세대를 기약하라.

아이를 몸에 담고 세상에 내놓는 과정은 당신이 상상하던 것보다 힘든 일이다. 잠깐 입덧 좀 하다가 몇 달 부른 배로 뒤뚱뒤뚱 걷고 열 달 뒤 몇 시간 힘 좀 주면 아이가 쑥 나오는 간단한 상황이 아닌 것이다. 변화되는 몸 때문에 더 이상 여자가 아니라는 자괴감이 생기고 호르몬 변화 때문에 우울증도 찾아온다. 온몸이 쑤시고 가슴이 답답해 잠을 제대로 자지 못하며 매일 새로운 증상으로 여기저기가 아프다. 그런데 아이를 낳아 키우는 과정은 그보다 500배쯤 힘들다.

TV 드라마를 보면 갓난아기를 보면서 등장인물들이 이야기하는 장면이 자주 나온다. 만화 속의 짱구 엄마는 기어 다니는 아기를 두고 마당에 빨래를 널고 요리도 한다. 이 모든 일은 실생활에서는 거의 불가능하다. 일부 극도로 순한 성격의 아기를 제외한 대부분의 아기들은 보호자가 화장실에 다녀오는 꼴도 못 본다. 나는 딸이 밥상의 음식들을 장난감과 구분 못하던 몇 달간은 아이 손이 닿지 않는 싱크대에 밥을 놓고 서서 5분 만에 먹었다. 아기는 엄마가 전화하는 것도 싫어하고 TV를 보는 것도 싫어한다. 자신이 깨어 있는 동안에는 오직 자신만을 바라보고 자신의 요구를 들어주어야만 만족한다.

단언하지만 육아는 사회생활보다도 훨씬 힘들다. 제아무리 썩어빠진 상사라고 해도 아기보다는 융통성이 있으며, 사원 착취로 유명한 악덕 기업이라도 24시간 휴식도 없이 일하도록 들들 볶지는 않기 때문이다. 당장 자고 싶은 피곤한 밤, 도무지 졸린 기미가 안 보이는 아기의 똘망똘망한 눈동자를 바라보며 환장해 보지 않은 사람은 모른다. 거부할 수 없는 궁극의 숙명과 책임이란 게 어떠한 것인지를.

정말 원하지 않으면 초대하지 말라

두말할 필요 없이 아기는 말로 표현할 수 없을 만큼 사랑스럽고 귀엽다. 그러나 사랑스럽다고 해서 키우는 게 힘들지 않은 것은 아니다. 아기가 사랑스러울수록 육아에 의연하지 못한 자신의 한계에 더욱 서글퍼지기도 한다. '아무리 어려운 일이라도 닥치면 한다'는 우리네 특유의 정서에 의지해 별다른 철학 없이 벌이기에는 너무나 큰일이다.

나는 언젠가는 '부모 국가고시'가 생길 것이라고 생각한다. 그 시험에 통과해 '부모 자격증'을 획득해야만 아이를 낳아 키울 수 있는 세상이 올 거라고 말이다. 지금도 선진국에서는 부모 자격이 없는 일부 부모에게서 국가가 아이의 양육권을 박탈하는 일이 적지 않다.

출산율이 줄어들어 온 나라가 출산 장려로 법석인 상황이긴 하지만, 당신과 태어날 아기의 삶의 질을 위해서 '부모 자격증'을 받을 만큼 준비되기 전까지는 아기를 맞아들이지 말라고 말하고 싶다. 결혼 다음 순서로 오는 인생의 통과의례로서 임신을 당연시하지 말라는 이야기다. 그냥 수동적으로 받아들이기에는 그 고통과 책임, 파장이 너무 크다. 어느 소설가가 말했듯이 누구나 한다고 해서 쉬운 일은 아닌 것이다.

우리는 예전의 부모님 세대와 다르다. 집단보다는 개인의 행복이 우선시되는 분위기에서 성장했고, 여성이 남성이나 가족을 위해서 희생해야 한다고 교육받지도 않았다. 내키는 대로 생각하고 행동할 수 있고 또 그래야만 하는 우리는 '당분간 자아를 잊어야 하는' 육아의 상황을 심리적 상처 없이 받아들이기가 힘들다. 충분히 준비된 상태에서, 그리고 충분히 원하는 상태에서 심호흡 한번 하고 맞아들여야 힘들어도 무사히 견뎌낼 수 있다. 몇 년간 하이힐을 신을 수도 없고, 극장 구경도 못하고, 배달 음식 말고 제대로 된 식당에서의 근사한 외식은 꿈도 못 꾸고, 그림책 외의 독서도 아득하기만 한 유배와 같은 세월을 미련 없이 받아들이고 전혀 다른 차원의 즐거움을 찾아낼 수 있어야 한다.

나는 개인적으로 허니문 베이비를 그리 권하고 싶지 않다. 보통 부부들은 결혼하면 2~3년간은 서로에게 적응하느라 힘들어한다. 그래서 3년쯤 지나 신혼보다 더 좋고 안정된 사랑을 누리게 되었다는 부부들이 많다. 아직 서로에게 적응도 되지 않은 상태에서 가정의 에너지를 모조리 흡수하는 아기가 태어나면 초반부터 부부 사이가 어긋나기 쉽다. 아이가 태어나면서 섹스리스가 되는 커플들이 수두룩한 현실에서 결혼하자마자 임신이라니, 이 얼마나 잔인한 일이란 말인가.

물론 나는 허니문 베이비를 넘어 아예 결혼 전부터 아기를 갖고 출발했으면서도 사이좋은 부부들도 꽤 알고 있다. 그러나 그러기까지 그들이 쏟아야 했던 피나는 노력은 눈물 없이는 들을 수 없을 정도다. 천부적으로 '부모 될 소질'을 갖고 있는 소수의 사람들은 예외다. 사람들은 여자라면 누구나 모성애를 갖고 있으며, 누구나 자식을 낳고 보면 혈연지정이 솟구칠 것으로 착각하지만, 천만의 말씀이다. 그림 그리기나 노래 부르기에 저마다 타고난 재능과 취향이 있듯 부모 될 재능도 타고나는 사람들이 있다. 매사에 그렇듯이 재능이 없는 사람들이 할 일은 노력뿐이다. 재능도 없으면서 준비와 노력도 없이 부모가 되려는 무모함은 지양했으면 좋겠다.

아이를 낳아서 기른다는 건 당신이 상상할 수 없을 만큼 힘든 일이긴 하지만, 한편으로는 당신이 상상하는 것 이상으로 보람 있는 일이기도 하다. 울 때면 성가신 존재로 보일 수도 있지만 어쩌다 방긋 웃기라도 하면 그 아이는 세상을 밝히는 지상의 태양이 된다. 내가 결혼하고 아이를 낳아 키우면서 느낀 것은 사람의 행복에도 '질량 보존의 법칙'이 존재한다는 것이다. 힘들수록 꼭 그만큼의 기쁨이 돌아온다. 힘들지 않으면 행복의 정도도 미미하다. 어차피 행복의 평균값은 같지만 하늘 끝까지 오른 듯한 절정의 감정에서 다음 순간 지옥을 건너는 듯한 고통으로 곤두박질치는 롤러코스터 같은 삶에 적응하지 못하면 결국 자신에게 주어진 행복을 느끼지 못할 수도 있는 게 사람이다. 가끔 당혹스럽기는 했지만 나중에는 그런대로 그 롤러코스터의 스릴을 즐길 수 있게 되었던 나는 요사이 그 힘들었던 시간들을 자꾸만 추억하게 된다. 이제는 손 갈 데 없이 저 알아서 일상사를 해결하는 아이를 옆에 두고서는, 나를 미치게 만들었던 시절 아이의 동영상을 자꾸만 돌려본다.

그 좋은 일을 고통스러운 인생의 과업으로 만들지 말고, 당신이 준비가 되었을 때 귀한 손님으로 초대하라.

7장

딸 같은 며느리,
아들 같은
사위는 없다

남편과 시댁을
따로 떼어 생각하라

남편은 내가 아니다

사람은 누구나 혼자이고 외로운 존재이며 자기 인생의 짐은 자신
만이 짊어질 수 있는 거라고 늘 주장하는 내가 그 사실을 잠깐 잊고
있었던 때가 있었다. 바로 결혼 초였다. 우리는 정말 '일심동체'인 것
같았고, 그는 나를 위해서라면 허벅지 살이라도 잘라줄 듯이 굴었다.

내가 출산하러 산부인과에 실려 간 건 아직 신혼이 채 끝나지 않
았을 때였다. 잠도 못 자고 음식도 못 먹고 열여덟 시간이나 진통했는
데, 나로선 다시 떠올리고 싶지 않은 기억이다. 얼마나 아팠는지, 간
호사가 나중에 태어난 아기를 보여주는데 그 얼굴을 보기 싫을 정도
였다. TV에서는 산모가 땀에 젖은 얼굴로 사랑스럽게 아기를 바라보

는 장면이 자주 나오는데, 그건 덜 아파서 그럴 수 있는 거다. 제대로 고생한 산모 눈에는 아기가 곱게 보이지 않는다. 그렇다고 겁먹지는 말라. 요즘은 다들 무통 분만을 하기 때문에 부럽게도 쉽게들 출산한다. 여하튼 그 생고생을 하던 밤, 내가 식은땀을 줄줄 흘리며 아파하고 있는 동안 남편은 옆에서 손을 잡고 내 시중을 들어주었다. 그러다가 새벽 무렵, 나는 한결 심해진 진통에 허우적대다가 남편이 피로를 견디지 못하고 졸고 있는 것을 발견했다. 그 순간 나는 이루 말할 수 없이 격한 증오를 느꼈다. 나는 사경을 헤매고 있는데 그 고통의 원인 제공자(?)는 나와 상관없다는 듯 태연하게 졸고 있었으니 말이다. 사막에 혼자 떨어진 것처럼 외롭고 또 외로웠다. 그 고통이 누구를 위한 것이든 누구 때문이든 상관없이, 아픈 건 그가 아니라 나였던 것이다. 그건 그의 고통이 될 수 없었다.

시댁과 관련해서 당신이 겪게 될 수도 있는 모든 일들이 바로 출산과 정확히 일치한다.

시댁 식구들이란 남편이 아니었으면 볼 일도, 만날 일도 없었을 사람들이다. 그런 이들 때문에 당신이 어려움을 겪게 된다면, 그 일이 곧 남편의 일이라고 생각하기 쉽다. 당신은 아마 자신이 느끼는 고통을 그도 똑같이 느낄 거라고 믿게 될 것이다. 믿기 힘들겠지만, 일단 결혼하면 남편은 아내가 자신의 가족과 겪게 될 모든 관계들은 자신과 상관없는 것이라고 생각한다. 물론 아내가 힘들어하는 걸 보고 모른 척하지 않을 테고 나름대로 자신이 할 수 있는 일을 찾아 해결을 위해 노력하기는 하겠지만, 어디까지나 남의 일이다. 그건 남자들이 이기적이고 염치없는 존재여서가 아니라 인간이 원래 그렇다. 남편이 직장에서 스트레스 받는 심정을 100퍼센트 이해할 수 없으며 대략 안다고 해도 그의 일이라 생각하고 맡길 수밖에 없는 것과 비슷하다고 생각하면 된다.

만약 당신이 결혼해서 시댁과 관련해 스트레스를 받는다면 예상보다 무신경한 남편의 뒷모습에 실망하지 말고, 기본적으로 자신이 해결해야 할 일이라고 생각하라. 그리고 남편이 주도해서 나서기를 기대하지 말고 자신이 적극적으로 방법을 모색해야 한다. 무엇보다도, 고통을 얼마만큼 자기 일로 생각하느냐와 상관없이 남편들에게는 그럴 만한 능력이 없다.

시댁과 일대일의 관계를 맺으라

결혼하기 전, 당신은 시댁과 나, 남편과의 관계에 대한 이해를 분명히 할 필요가 있다. 결혼한 여자들은 남편을 매개로 해서만 시댁을 생각하기 마련이다. 그러나 일단 결혼하면 남편과는 상관없이 시댁과 당신 자신 사이에 따로 일대일의 관계가 생긴다는 것을 명심하라. 그 관계는 당신이 남편을 얻기 위해 기꺼이 받아들인 관계지만, 이제는 당신이 당신 인생을 위해 관리해야 할 새로운 인간관계가 된 것이다. 그것은 남편이 관여할 만한 관계도 아니고, 관여해 봤자 긁어 부스럼만 만드는 관계다. 남편의 도움을 받을 수는 있지만, 당신의 적극적인 설계하에 필요하다고 판단된 일부분에서만 개입시켜야 한다.

시댁과의 관계가 별도로 존재한다는 생각을 미처 못하는 많은 여자들이 남편 뒤로 쏙 숨어 남편을 통해서만 소극적으로 시댁과 관계를 맺으려고 한다. 그러다가 관계가 꼬이게 되고 어디서부터가 잘못된 건지 모르겠다며 밤잠을 못 이루곤 한다. 어른들 눈에는 한가족이 되었으면서도 관계를 회피하려고만 하는 며느리가 곱게 보일 리 없는 게 당연하다.

시댁에 과잉 충성을 하지 않고 편안하게 대하면서도 잘 지내는 K는 처음부터 시댁과의 관계를 잘 형성한 경우다. 그녀는 신혼 초부터 남편을 통하지 않고 시어머니와 직접 의사소통을 했다. 시댁 대소사와 관련된 일이 있으면 시어머니에게 전화를 걸어 의논하고, 여유가 좀 생기면 시어머니에게 적으나마 직접 용돈을 찔러주었다. 그리고 그런 일들은 대개 남편과 상관없이 이루어졌다.

그녀라고 해서 시댁이 모두 마음에 드는 것은 아니었지만, 결혼 4년이 지나도록 남들이 고부 갈등이라고 부르는 불화가 거의 없었고 지금도 시댁 일로 스트레스를 받는 일이 드물다. 요즘 들어 시어머니와 더욱 스스럼없어진 K는 가끔 친정어머니보다 더 편하게 느껴질 때도 있다고 말한다.

결혼한 자녀의 가정이 부모 가정의 '위성화'되고 있는 요즘 한국 사

회에서 시댁 식구와 별문제 없이 잘 지낸다는 것은 인생의 큰 짐을 더
는 일이다.

우리는 문화 특성상 스트레스가 많은 사회에서 살고 있고 가족과
의 관계는 그중 큰 비중을 차지한다. 게다가 결혼하면 가족관계가 한
결 복잡해지기 마련이고 싫든 좋든 거기에 적응해야 한다. 시댁과의
관계가 나를 괴롭히지 않도록 평화로운 결혼 생활을 하기 원한다면
적극적인 '선제공격'이 필요하다. K처럼 시댁을 남편과 별개로 생각하
고 새로운 관계를 형성하는 데 집중하라. 남편을 배제한 시댁과 나의
관계를 염두에 두고 그들을 어떻게 대할지 입장을 확실히 해두는 것
이다. 그것이 나는 물론 남편과 시댁 식구들까지 모두가 편할 수 있는
가장 기초적인 방법이다.

화성에서 온 남자, 금성에서 온 여자, 목성에서 온 시어머니

'돈 많은 고아'가 이상형인 여자들

우리나라에서 결혼을 준비하던 커플이 깨지는 가장 큰 원인, 신혼 이혼 사유 1위, 부부 싸움 원인 1위가 뭐라고 생각하는가? 예상하겠지만 시댁, 특히 시어머니다. 세계 그 어느 나라보다 아들 선호가 강하고 양육을 위해 출혈 투자를 하며 자식이 성인이 되어도 독립시키지 못하는 독특한 부모들이 있기에 생기는 현상이다. 결혼을 생각하고 미혼인 여자들이 가장 걱정하는 것도 정작 남편이 아니라 시어머니다.

한번은 친구들이 모인 자리에서 20대 여자 하나가 고민을 털어놓는 것을 본 적이 있다. 지금 만나는 사람과 본격적으로 사귈까 말까 갈등하고 있었다. 그 남자는 능력도 있고 성격도 좋은데 대학교 때 교통사고로 부모님이 한꺼번에 돌아가셔서 안 계시다는 것이었다. 그녀는 사람은 좋지만 고아나 다름없는데 결혼해도 괜찮을까 고민하고 있었다. 그녀의 말이 끝나기가 무섭게 친구들은 격렬한 반응들을 보였다.

"배부른 고민 하고 있네. 너 그 남자 꼭 잡아라."

"그거 재벌보다 좋은 거야. 우물쭈물하지 말고 빨리 낡이나 잡아."

"혹시 네가 싫으면 나한테 소개시켜 주라."

'성장 과정에 지장 없을 정도로 다 자란 이후에 부모를 잃은 고아 아닌 고아'가 이상형인 여자들이 많다. 부모님이 모두 이민 가고 혼자 한국에 남은 남자 또한 아주 좋다. 그런 '불가능한 꿈'이 간절해질 정도로 한국의 싱글 여자들에게 시어머니라는 존재는 부담스럽다. 물론 나중에 결혼 생활을 하고 험한 세상을 좀 더 겪어보면 시부모님이 계시다는 게 얼마나 든든하고 감사한 일인지 알게 되지만, 지금 당장이야 여러 매체와 경험담을 통해서 퍼지는 엽기 시어머니의 괴담에 간담이 서늘해지는 게 사실이다.

나는 한국의 시어머니들이 얼마나 무서운지 싱글 여성들에게 겁줄 생각은 없다. 그녀들은 이미 충분히 겁먹었다. 나는 여기서 시어머니라는 존재들이 우리 가치관으로 이해하지 못할 절대악이 아니라는 것을 알려주려 한다. 결혼 준비 과정에서, 혹은 결혼 직후, 시댁과의 불화로 잘못되는 경우는 꼭 그들이 나빠서만이 아니라 그들에 대한 이해가 부족해서인 경우가 많다. 물론 아들의 결혼으로 한몫 보려는 사람들이 전혀 없다고는 말 못하겠다. 그러나 대다수의 시어머니들은 결혼이라는 이벤트를 통해 기본적으로 자신이 존중받고 있다는 기분을 느끼고 싶을 뿐이며 그 마음을 헤아리고 맞춰주려고 노력한다면 일은 생각보다 쉽다. 모두 사람의 일이다.

사실 결혼이라는 것은 당사자들과 그를 둘러싼 가족들, 특히 시어머니들이 인간 본성의 밑바닥까지 드러내 보이는 계기가 된다. 평범한 사람들이 때로 자기가 중하다고 여기는 것을 잃을 위기에 놓였을 때, 모욕감을 느꼈을 때, 또는 돈 앞에서 자기도 몰랐던 악랄함을 드러내기도 하는 것처럼, 시어머니들이 결혼 앞에서 그렇다. 결혼할 때 씨까지 우려먹으려 들 정도로 속물적이었던 시어머니가 살면서 보면 또 그렇게까지 야비한 성격은 아닌 경우도 많다. 따라서 그 모습이 그 사람의 전부라고 생각하지 말고 이성적인 눈으로 바라볼 필요가 있다.

많은 결혼 정보나 지침서에서 혼수나 예단에 대한 정보들을 알려주지만, 결혼을 위해 가장 먼저 준비해야 할 것은 바로 시어머니라는 독특한 입장의 사람들에 대한 이해다.

어머니의 성격은 다양하지만 시어머니 성격은 하나다

오랫동안 고시 공부를 하던 남자 친구를 뒷바라지하던 M은 얼마

전 그와 결혼했다. 친정에서는 오랫동안 공부만 하고 결국 시험에 붙지도 못한 남자 친구가 생활 능력이 없다고 결혼을 반대했다. 하지만 그녀는 여전히 남자 친구를 사랑했고, 이제 와서 배신한다는 것은 상상할 수도 없었다.

신혼집을 마련할 돈이 없어서 시댁에 들어가 살게 된 M은 시집살이에 대한 걱정 같은 건 없었다. 당신 아들이 성공하지 못했는데도 신의를 지킨 자신을 기특하고 고맙게 여겨 시부모님이 자신을 아껴주리라고 생각했던 것이다. 그러나 그녀의 예상은 터무니없이 빗나갔다. 시어머니는 오히려 "우리 아들이 너하고 연애하느라 공부에 집중을 못해서 시험에 떨어진 거다. 너만 아니었으면 지금쯤 고위 공무원이 되어 있었을 텐데" 하고 말했고, 호된 시집살이를 시켰다.

1년도 못 버티고 만신창이가 된 몸과 마음으로 월셋집을 얻어 겨우 분가한 M은 시어머니라면 치를 떤다.

"그 사고 구조를 이해 못하겠어. 도대체 같은 여자면서 어떻게 그럴 수가 있는지 모르겠다."

M처럼 의리를 지킨 고시생의 연인이 좋은 끝을 보는 경우를 본 적이 없다. 그 아들의 어머니들은 고시에 붙으면 조건이 나은 며느리를 들이고 싶어 하고, 떨어지면 떨어진 대로 아들 공부를 못하게 해서 시험에 떨어뜨렸다고 원망하기 때문이다. 이건 일종의 전형이다. 백이면 백 다 그러하다. 예외를 보고 싶은데 아직까지는 만나지 못했다.

그렇다면 한국의 아들 가진 어머니들은 아들과 동시에 사악함을 잉태하게 되는 것일까? 아니면 지킬 박사처럼 아들의 여자를 볼 때만 본의 아니게 잔인한 본성을 지닌 또 하나의 자아가 튀어 나오는 것일까?

당신은 결혼하면 같은 여자이면서도 '화성에서 온 남자'인 남편보다 훨씬 이해하기 힘든 시어머니가 답답할 때가 많을 것이다. 그러나 시어머니를 당신처럼 '같은 금성에서 온 여자'로 생각하는 것 자체가 불화의 씨앗인 착각이다. 시어머니는 남자나 여자 같은 카테고리에서 이해될 수 있는 존재가 아니다. 그녀들은 금성도, 화성도 아닌 목성에서 온 전혀 다른 존재들이며, 별개로 이해되어야만 한다.

많은 사람들이 잘 모르지만 미국이나 유럽 같은 곳에도 남아 선호의식이 남아 있다. 그 자체가 너무 뒤떨어지고 천박한 가치관이라 누구도 공공연하게 드러내놓고 표현은 못하지만 일반인들의 의식 속에는 아직도 '아들을 낳아야 안심하는' 심리가 있다. 예로부터 가문에 보다 부가가치가 높은 노동력을 제공하고 외부로부터 가족을 지켜주던 아들이 태어나기를 바라는 것은 인류 공통의 정서인 것이다.

그런데 우리나라에서는 아직도 '드러내놓고' 아들을 선호하는 것이 문제다. 우리 어머니 세대에게 아들은 여자로서의 한(恨)과 직결된 존재다. 그 한이 독특한 가치관을 형성했고, 그게 아들의 여자와 빚는 갈등의 단초가 된다. 아들을 낳으면 그나마 매정한 시어머니에게서 사람 대접을 받았고, 반대로 아들을 낳지 못하면 '아들 못 낳아서 내 인생이 꼬였다'는 생각이 단단히 들도록 시어머니가 며느리를 조련시

컸다. 아들은 힘든 현실에서 가족을 구원해 줄 가능성이었다. 그런 믿음은 '아들내미 키워도 아무 짝에도 쓸모가 없게 된' 요즘에도 지속되어 일종의 신앙으로 자리 잡고 있다.

아쉬운 것은 지금 20~30대인 기혼 여성들에게조차 "아들은 낳아야지"라는 말을 너무나 쉽게 들을 수 있다는 것이다. 이대로라면 내 딸이 결혼 적령기가 될 20여 년 후, 로봇 가사도우미가 집 안에서 활개 칠 그 시대에도 고부 갈등이 남아 있을지 모르겠다.

한마디로 시어머니들의 입장에서 세계는 아들을 중심으로 돌아간다. 해도 달도 별도, 아들을 중심으로 뜨고 진다. 갈릴레이가 무덤에서 벌떡 일어날 일이다. 그녀들에게는 모든 도덕적 가치와 선악조차도 아들에게 고정되어 있다. 이런 생각이 너무나 확고하기 때문에 결코 타인의 입장에서 사고하지 못하며, 이것이 객관적인 판단이라고 믿는다. 아무리 양식 있고 인자한 시어머니라도 마찬가지다. 그래서 여자나 어머니로서는 사람마다 다양한 스펙트럼을 보이지만 시어머니들의 종류는 단 한 가지다.

일례로 시어머니들은 아들이 아무리 큰 핸디캡을 가지고 있어도 늘 아들의 결혼이 손해 보는 장사라고 생각한다. 무직인 아들이 능력 있는 전문직 여성과 결혼하면 '무능한 아들과 결혼해 주니 고맙다'고 생각하는 게 아니라, '돈 좀 버는 거 하나 가지고 우리 아들 기죽이네'라고 생각하는 게 기본 정서인 것이다. 마찬가지로 결혼 후 아들이 바람피우면 며느리의 배신감에 공감하기보다는 '얼마나 남편에게 소홀했으면 바람을 피울까'라는 생각을 먼저 하는 게 시어머니다. 다만 개인적인 성품에 따라 그것을 표현하고 안 하고만 다를 뿐이다. 지역이나 집마다 얹는 고명은 달라도 속을 뒤집어보면 똑같이 밥이 들어 있는 비빔밥과 마찬가지다.

한 가지 당부할 것은, 제발 그런 시어머니들이 당신 아들이 내세울 존재가 못 된다는 현실을 깨달아야 한다고 생각하지 말라는 것이다. 그녀들은 그렇게 사고할 수밖에 없으며, 좋고 나쁘고의 문제가 아니다. 목성에서 온 시어머니는 원래가 그런 존재들이며, 피 흘리며 대항해 싸워봤자 얻을 게 없다. 당신이 만난 시어머니감은 절대로 그렇지 않다고? 그렇다면 당신은 '착한 목성인'을 만난 것이다. 당신이 그녀가 목성인이라는 사실을 무시하고 대하면 언제고 대가를 치르게 될 것이다. 그녀가 지금 당신에게 다정한 이유는 당신이 그녀의 아들을 행복하게 해주기 때문이다. 상황이 달라지면 목성인의 본색은 드러날 것이며, 나쁘게만 볼 일도 아니다.

반박하려 들지도 말고 섣불리 이해하려 들지도 말라. 당신은 목성인이 원래 그렇다는 것만 알고 그에 맞추어 규칙을 정하기만 하면 된다. 그 규칙만 지켜진다면, 한 남자에 의해 어쩌다 한가족이 되어버린 연대감 자체로 그녀와 인간적인 애정을 나눌 수 있게 된다. 그리고 그건 생각보다 괜찮은 일이다.

시어머니를 직장 상사라고 생각하라

결혼 후 시댁에서 가족의 일원이 된다는 면에서 보면 당신은 신입 사원이나 마찬가지다. 많은 여자들이 처음 사회에 발을 내디딜 때는 어떻게든 빨리 자리를 잡으려고 노력하고 선배들을 섬기려고 노력하면서 고군분투한다. 그러면서도 결혼에 첫발을 내디딜 때는 '나는 누군가를 섬기려고 결혼한 게 아니다'라면서 치켜든 고개에서 힘을 빼지 못한다. 물론 시어머니 모시자고 결혼한 건 아니다. 직장에 상사 모시려고 취직한 게 아니듯 말이다. 하지만 직장 생활을 잘 해내기 위해서는 무조건 직속 상사에게 잘 보여야 하듯 시어머니와 잘 지내야 결혼 생활을 잘할 수 있다. 자아가 강한 요즘 여자들은 시댁과 결혼 생활을 별개로 생각하고 싶어 하지만, 이상일 뿐 현실에서는 어림도 없다. 시어머니와 잘 지내는 것은 곧 남편과 잘 지내는 것이며, 고부 갈등이 있는 가운데 부부가 사이좋게 지내는 경우는 너무나 드물다.

결혼 초, 시어머니와 가장 잘 지내는 손쉬운 방법은 그녀를 직장 상사처럼 대하는 것이다. 거기에는 스스로를 신입 사원이라고 인정하고 그에 맞게 행동하라는 의미도 포함된다. 목성인들은 딱 '싹싹한 신입 사원' 같은 며느리를 좋아한다.

처음부터 딸처럼 굴며 친근함과 버릇없음을 아슬아슬하게 오가는 며느리는 곤란하다. 기본적으로 그녀들은 어른으로서 존중받고 싶어 하기 때문이다. 아들을 키워서 며느리를 맞는다는 것은 그녀들에게 평생 가족을 섬기기만 했던 자신을 존중해 줄 누군가가 생긴다는 것을 의미한다. 지나치게 허물없이 구는 며느리는 엄연히 위계가 존재하는 가족이라는 조직의 질서를 위협하는 것으로 여겨져 견제 대상이 될 수 있다.

반대로 너무 주눅이 들고 낯을 가리는 며느리도 못마땅하기는 마찬가지다. 이미 '가족'이라는 이름으로 묶이게 된 처지에 '신입'이라는 이유로 뒤로 물러서 말 한마디 못 떼고 있으면 가까워지려는 노력조차 하지 않는 것 같아 섭섭함이 느껴지고 신뢰도 형성되지 않는다.

면접에서 수십 대 1의 경쟁률을 뚫고 입사한 신입 사원이 회사에서 어떻게 행동하는지 보라. 서툰 일이라도 일단은 하겠다는 자세로 열심히 덤벼들고, 실수하면 어물대지 않고 즉시 사과하며, 모르는 것은 물어본다. 늘 미소를 띠고, 큰 소리로 명확하게 말하며, 거침없으면서도 정중하다. 그리고 상사 앞에서 겸손하거나 적어도 겸손한 척한다. 목성인들이 좋아하는 며느릿감들이 딱 이렇다. 뿐만 아니라 이런 자세는 결혼 초 시댁과의 관계에 적응하는 데도 큰 도움이 된다.

시어머니와 며느리는 모녀지간이 될 수 없다. 강자인 시어머니 입장에서뿐만 아니라 며느리 입장에서도 마찬가지다. 하지만 사이좋은 상사와 부하 직원처럼 지내는 것도 나쁘지 않다. 하루가 멀다 하고 싸워대는 모녀 사이보다 더 나을 수도 있다. 우선 목성인인 그녀를 직장 상사에게 하듯 존중하는 마음으로 대하면, 나중에 시간이 흘러 며느리니 시어머니니 하는 경계와 형식이 무너질 때 자연스럽게 더 끈적끈적한 관계로 발전할 수 있게 된다.

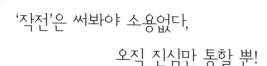

'작전'은 써봐야 소용없다,
오직 진심만 통할 뿐!

꼬리표를 달지 마라

미국 스탠퍼드 대학의 데이비드 로젠한(David Rosenhan)이라는 심리학자가 재미있는 실험을 한 적이 있다. '제정신으로 정신병원에서 지내기'라는 별명이 붙은 이 실험에서는 여덟 명의 정상적인 사람이 정신병자로 위장하고 여러 정신병원에 흩어져 입원했다. 그들은 병원에서 미친 척하지 않고 그저 평소처럼 말하고 행동했다. 로젠한은 정신과 의사들이 과연 환자들 사이에서 정상인을 구분해 낼 수 있는지 주목했다. 결과는 충격적이었다. 단 한 명의 의사도 그들이 정상인이라는 것을 알아채지 못했다. 의사들은 그들이 아무리 정상적인 행동을 해도 그 행동을 모두 정신병의 한 증상으로 해석했다. 그들이 '정

'신병자'라는 꼬리표를 달고 있는 이상, 의사들조차 그들의 모든 행동을 '정신병자의 행동'으로 받아들일 수밖에 없었던 것이다. 그래서 이것을 '꼬리표 이론'이라고 부른다.

나는 결혼 초 시어머니로부터 '고얀 것'이라는 꼬리표를 받아 달고 다니게 된 며느리들이 어떤 일을 겪는지 잘 알고 있다. 일단 이 꼬리표를 달게 되면 어떤 행동을 해도 시어머니들은 며느리들을 '자신을 우습게 보는 버르장머리 없는 년'으로 보게 된다.

신혼 초부터 고부 갈등을 겪었던 H는 어느 날 마음먹고 시어머니에게 안부 전화를 걸었다가 봉변을 당하고 펑펑 울었다. 안부 인사를 하고 몇 가지 이야기를 잠시 나누다가 더 이상 할 말이 생각나지 않아 "아버님은요? 아버님도 잘 계시지요?"라고 한마디 했는데, 갑자기 시어머니가 노발대발 불같이 화를 냈던 것이다.

"너 언제까지 그렇게 시댁을 우습게 볼 거냐? 네 시아버지가 아무리 우스워도 네가 그러면 안 되지! 괘씸한 것!"

영문을 모를 일이었다. 그녀는 지나가는 말로 시아버지의 안부를 물었을 뿐인데 왜 그게 시댁을 우습게 보는 괘씸한 일인지 짐작조차 가지 않았다. 너무 억울해서 전화를 끊고 통곡하다가 곰곰이 생각해 봤다.

그때는 시아버지가 구조조정으로 퇴직하신 지 두어 달 정도 지난 시점이었다. 그동안 속사정을 잘 몰랐는데, 갑자기 집에 있게 되면서 스트레스가 많아진 시아버지와 부부 싸움이 잦았던 모양이었다. 뭔가 남편에 대해 불만과 열등감이 있던 차에 미운털이 박혀 있는 며느리가 그에 대한 말을 꺼내자, 시어머니는 자신의 감정을 투사해 그 말을 해석해 버린 것이다.

H가 한 말과 해석의 비약이 너무 심해서 뭔가 억지스럽다고 느낄 수도 있겠지만, 이건 실화다. 심리적으로 아들의 연인인 시어머니는 꼬리표 달린 며느리의 말과 행동에 말도 못하게 예민하게 반응하며, 그것을 나쁜 쪽으로 해석해 끼워 맞추는 데 천재적인 창의력을 발휘한다. 그야말로 환장할 일이며 며느리 쪽의 강박증이나 우울증을 유발한다. 가해자 쪽인 시어머니 편에서도 유쾌한 일은 아니다. 남을 미워하는 게 얼마나 진 빠지고 피곤한 일인지는 세상 물 좀 먹어본 사람이라면 누구나 잘 아는 일이다.

많은 결혼 선배들이 "신혼 초부터 시부모에게 너무 잘해주면 안 된다"는 말을 흔히들 하는데, 나는 이것처럼 위험한 충고는 없다고 생각한다. 대체 '너무 잘해주는 것'의 기준을 신혼 초에 어떻게 알 수 있단 말인가. 수위 조절을 못하고 너무 소홀히 대하다가 끔찍한 꼬리표를 달게 되는 수가 있다. 그렇게 되면 선배들이 그토록 걱정하는 '점점 더 많은 것을 기대하게 되는 피곤한 일'보다 훨씬 큰 재앙을 맞이할 수 있다.

반대로 '좋은 꼬리표'를 붙이게 되면 나중에 한두 번 실수한다 해도 얼마든지 좋은 쪽으로 이해받을 수 있다. 신혼은 좋은 대접에 시어른들의 버릇이 잘못 들까 봐 걱정하기보다 좋은 꼬리표 달기에 더 신경 써야 하는 시기다.

물론 시간이 지나면 나쁜 꼬리표를 단 며느리를 시부모님이 포기해 버려서 평화를 유지하는 경우도 많고, 좋은 꼬리표를 단 며느리가 서서히 시부모님의 실망을 불러일으키는 경우도 많다. 결국 세월이 흐르고 나면 나쁜 꼬리표나 좋은 꼬리표나 비슷한 수준의 고부 관계가 된다. 하지만 부모들이 나쁜 꼬리표를 단 며느리를 포기하기까지는 엑소시스트가 악령을 쫓아내는 것보다 더 격렬하고 무서운 과정들이 도사리고 있다. 심지어 악령을 쫓아내는 데 실패하는 경우도 있다. 당신은 어느 쪽을 택할 것인가?

시댁에 얽매이고 싶지 않다면 그들을 사랑하라

지금까지 결혼에 대해 조언하는 여러 매체에서 알려주는 시부모를 대하는 요령들을 많이 접했다. 앞서 말한 "처음부터 너무 잘해주지 말라"는 것부터 시작해서 "살림집을 시댁에서 되도록 멀리 얻으라"거나 "시어머니 앞에서는 서툴더라도 행동을 재게 하라"는 등 뭔가 행동 지침이 많았다. 그러나 결론적으로 실생활에 도움되는 것은 하나도 없었다. 그것은 그 조언들이 틀려서가 아니다. 그 일을 겪는 사람이나 상황에 따라서 적용되는 범위와 결과가 천차만별이기 때문이다. 그리고 무엇보다도 나이가 많이 든 어른들은 당신의 생각과는 달리 진심을 읽어내는 능력이 있다. 제갈공명의 책략을 써서 상황을 모면 한다고 해도 그들은 술수만 쓰는 당신의 진심을 간파하고 실망한다.

시댁에 당당한 여자들은 딱 두 부류다. 그 자신이 경제력 있는 여자, 그리고 시댁에 대한 진심과 그에 대한 확신이 있는 여자. 전자야 누구나가 원하지만 뜻대로 안 되는 것이고, 후자 쪽이라면 시작할 때 잘만 하면 얼마든지 가능한 일이다. 그들을 사랑하는 마음에 자신이 있으면 그들을 향해 자유롭게 의견을 말할 수도 있고, 억지 효도를 하지 않아도 된다. 자기 진심에 대해 확신이 없으니까 그 마음을 들키지 않으려고 요령 부리고 눈치 보게 되는 것이다. 진심도 없이 잘 보이려고 행동만 앞서면 서로의 마음이 어긋나기 마련이다.

예를 들어, 똑같이 "어머님, 명절에 해외여행 예약해 놓았어요"라는 말이지만, 진심이 있는 며느리가 하게 되면 '그동안 일 때문에 바쁘셨으니 잘 노시다 오세요'의 의미로 해석되지만, 그렇지 않은 며느리가 하게 되면 '명절에 같이 있기 지긋지긋하니 며칠이라도 좀 떨어져 있어주세요'라는 의미로 받아들일 수도 있는 것이다. 특별히 통찰력 있는 사람이 아니라도 어른들은 그 진심을 간파한다.

어려운 시어른들한테 마음을 여는 게 서툴렀던 나는 결혼 후 3년이 지나서야 시어머니에게 "싫어요"라는 말을 할 수 있게 되었다. 그 전에는 정말 싫은 것도 싫다고 말하지 못했다. 생각해 보면, 내가 싫다는 말을 마음대로 할 수 있게 된 시기는 내 자신이 시부모님에 대한 애정을 스스로 확신할 수 있었던 시기와 정확히 일치한다.

시댁 식구와 잘 지내 편안하게 살고 싶다면, 무슨 수를 써서라도 그들을 사랑하는 마음을 가지도록 노력해야 한다. 교회에 가서 철야 기도를 하든, 암자에 들어가서 면벽수련을 하든, "시어머니는 좋은 사람, 난 그녀를 사랑한다"는 말을 하루에 천 번씩 외며 자기최면을 걸든, 온 힘을 다해 사랑하도록 애써야 한다. 어디에 가나 혼잣말이라도 시댁 욕은 절대로 하지 말고, 좀 거짓말을 보태서라도 시댁 식구들 자랑만 입에 담으라. 사람 마음이 마음대로 되느냐고? 부모를 죽인 원수가 아닌 이상 마음을 다잡으려고 애쓰면 결혼할 만큼은 아니어도 호의를 품을 정도로는 사랑할 수 있게 된다. 서로를 섣부르게 대하다가 상처 입고 나면 애정을 품는 것이 한결 어렵기 때문에 이 작업은 감정이 무(無)인 상태에서 되도록 빨리 시작하는 게 낫다.

그렇게 해서 진심으로 애정이 생기면 특별히 머리 쓰지 않아도 그들을 기쁘게 해줄 방법이 생각나고, 어떤 행동이나 말을 해도 그들을 기분 좋게 해줄 수 있다. 다소 실수해도 당신의 진심을 눈치챈 그들은 쉽사리 용서해 준다. 시부모가 모질다고 서운해 하는 기혼녀들을 자세히 관찰해 보면 비록 시부모들이 비상식적인 행동을 하긴 했지만, 이미 그녀 쪽에서 그들을 지긋지긋해 하는 감정을 품고 있는 경우가 대부분이다. 그들은 며느리인 당신에게서 많은 것을 기대하는 것으로 보이지만, 실제로는 그렇지 않다. 그들은 '저 아이가 우리에게 진심이구나, 우리를 존중해 주는구나' 하는 감정을 원한다.

물론 아직은 나라 말아먹는 성리학이 지배하던 시대의 잔재가 남아 있어 시댁에서 말도 안 되는 가부장적 요구를 들이대는 경우도 심심치 않게 있지만, 그것도 다 애정 결핍으로 심통이 나서 그러는 거다. 그들도 자신들이 시대착오적이라는 것, 억지라는 것을 다 안다. 자식 부부의 진심을 수혈받은 부모는 시골 촌부라도 21세기식 배려를 할 수 있다.

시댁에서 돈을 주어야 좋아한다고 볼멘소리를 하는 사람들도 있지만, 그것 역시 감정의 측면에서 해석되는 것이다. 우리보다 어려운 세상에서 더 오래 산 그들은 돈 벌기가 얼마나 힘든지 아주 잘 알고 있다. 그래서 부모에게 돈을 쓴다는 것이 얼마만큼 진심이 필요한지 알기 때문에 기뻐하는 것이다. 시부모가 돈을 주어야만 기뻐한다고 비난하는 며느리들은, 그렇다면 그들에게 그 돈에 상응하는 정신적인 무언가를 준 적이 있는가에 대한 물음에 당당히 답할 수 있나 되돌아봐야 한다.

오히려 돈 문제는 며느리들 쪽에서 한 번 더 생각해 봐야 할 게 아닌가 싶다. 전통적인 생각 때문에 집은 시부모님이 마련해 주는 게 당연하다고 생각들 하는데, 요즘 같은 때 '집 한 채'는 당연한 게 결코 아니다. 만약 그들이 여력이 되어 보금자리를 제공해 준다면 정말 고마운 거다. 시부모님이 결혼 때 아파트를 사주었는데 그 유세를 얼마나 하는지 못 견디겠다고 말하는 여자들을 자주 보는데, 나는 그럴 때마다 그녀들에게 이렇게 말한다. 그 아파트 장만할 돈을 당신이 사회에 나가 직접 번다고 생각해 보라고. 그 돈을 벌기 위해 견뎌내야 할 수모에 비하면 부모님의 간섭이나 잔소리쯤은 아무것도 아니라고.

부모님이 경제적 도움을 못 준다면 그것에 불만을 품을 것이 아니라 당연히 여기고, 받을 수 있다면 당연히 여기지 말고 몹시 감사한 마음을 품어야 한다. 내가 알기로 충분히 감사하는 마음을 표하는 자식 부부에게 끝까지 생색내며 본전을 뽑으려 드는 부모는 없다. 뭔가 섭섭하니까 자꾸 떼를 부리는 거다. 진심이면 되는데 그걸 할 줄 아는 며느리가 없다. 자꾸 겉으로만 잘 보이려고, 흠 안 잡히려고 머리를 굴리니까 마찰이 생기는 거다.

아마 이 글을 읽는 당신이 이미 결혼했고 시댁과의 관계가 한 차례 어긋나 있다면 절대로 이 말에 수긍할 수 없을 것이다. 시댁이란 주는 대로 받아먹을 줄만 아는 염치없는 아귀이며 진심 따위는 절대로 통하지 않는다는 불신이 뼛속까지 스며들어 있을 테니 말이다. 그들을 넌덜머리 내는 마음 그대로라면 지구를 반 바퀴 돌아 이민을 간다고 해도 그들로부터 자유로워질 수 없을 것이다. 그들의 아들과 함께 살고 있는 한 말이다. 당신은 10년 후에나, 그것도 운이 좋아야 "그때 그 말이 맞았어"라고 말하게 될 것이다. 그러니 아직 시작하지 않은 싱글들은 작정하고 좋은 출발을 준비해야 한다.

시댁을 향해 진심을 품는 것은 자유이며 권력이다. 시댁에 얽매이고 싶지 않다면 그들을 사랑하라.

고부 관계는
내실보다는 겉치레

TV는 못 사도 시어머니 선물은 하라

Y는 시부모님을 잘 만나서 시집간다고 내심 좋아하던 참이었다. 경제적으로 여유가 있었던 시댁에서 예단이나 혼수 같은 건 모두 필요 없다며 그녀 자신이 살면서 필요하다고 생각하는 것만 사라고 말해 주었다. 시어머니는 예단에 신경 쓰지 말라고 특별히 그녀를 따로 불러 당부까지 했다. 그녀가 신나서 가구를 보러 다니고 근사한 신혼여행지를 알아보고 있던 차에 결혼한 친구를 만나 식사하게 되었다. 그녀가 사려 깊은 예비 시어머니를 자랑하자, 친구는 심각한 얼굴로 충고했다.

"시어머니가 하지 말란다고 진짜 아무것도 안 할 생각이야? 하지 말라셨으면 친척들 선물은 준비 안 해도 되겠지만, 시어머니 선물은 꼭 사드려."

"진짜 안 해도 된다니까. 그리고 그럴 돈도 없어."

"그럼 텔레비전이나 김치냉장고 같은 거 사지 말고 그 돈으로 선물해 드려. 그런 건 살면서 차차 장만하면 되지만, 결혼할 때 시어머니 기분을 흡족하게 해드리지 않으면 평생 피곤해진다."

Y는 친구의 말을 듣고 고민하다가 다른 비용을 아껴 시어머니 선물을 사기로 했다. 혼수, 예단, 다 필요 없다던 시어머니는 그녀가 모피 코트를 내밀자 깜짝 놀랄 정도로 기뻐했다. 입으로는 "얘는…… 아무것도 하지 말라니까" 하고 말하면서도 미소를 감추지 못했다.

그 후로도 Y는 시어머니가 보는 사람마다 "며느리가 그렇게 하지 말라는데도 모피 코트를 선물했다"고 자랑하는 것을 목격했다. 그녀는 '안 했으면 큰일 날 뻔했다'고 생각하지 않을 수가 없었다. 하긴 그것은 꼭 시어머니에게만 해당되는 것도 아니었다. 시어머니 선물을 사면서 마음이 찔려 친정어머니 선물로 금팔찌도 같이 샀는데, 친정어머니 역시 "우리 사위가 해준 것"이라며 여기저기 자랑하는 것이었다.

그녀는 시댁과의 갈등 없이 신혼을 잘 보낸 이유 중에는 그 선물도 포함되어 있을 거라고 확신한다.

당신은 세계적으로 뒷말 많기로 유명한 한국의 시어머니들이 나가면 며느리 욕을 줄기차게 해댈 것이라고 생각할 것이다. 그러나 의외로 시어머니들은 밖에 나가서는 며느리의 험담을 하지 않는다. 남에게 지기 싫기 때문이다.

당신은 잘 이해할 수 없겠지만, 나이 들어서의 가장 큰 낙은 자식 자랑하는 것이다. 그녀들의 하루 계획표에 하루에 한두 시간씩 '자식 자랑하기'라는 항목이 들어 있다고 해도 믿어질 정도다. 그런데 여기에는 묘하게 경쟁이 붙기 때문에 남들 다 자랑하기에 바쁜데 나 혼자만 가만히 있을 수 없다. 그래서 웬만큼 못마땅한 점이 있어도 밖에서만은 거짓말과 과장을 섞어서라도 자식의 좋은 점만을 이야기하게 된다. 여기서의 '자식'은 당연히 며느리도 포함된다. 중년 여성들 사이의 이 고질적인 습관은 초연하던 시어머니도 울화병이 나게 만든다. Y의 시어머니처럼 혼수니 예단이니 필요 없다고 말해 주는 쿨한 시어머니들도 그 그룹에 끼면 별수 없다. "어머, 네 며느리는 이런 것도 안 해줬어? 좀 심했다"라는 말 한 마디면 와르르 무너진다. 눈치 없고 배려 없는 다른 집 시어머니들이 한두 마디씩 던지는 말에 지속적으로 상처받는 시어머니가 새 며느리에게 나쁜 꼬리표를 붙이게 되는 것은 시간문제다. 한국의 시어머니들이 며느리에게 바라는 예물은 비싼 물건 자체라기보다는 그 물건이 상징하는 자존심인 것이다.

오늘날의 혼수나 예단 같은 것은 전통이 와전된 허례허식임에는 분명하다. 언제고 없어져야 하는 악습이 맞다. 그러나 그런 겉치레를 무시하고 합리적인 결정을 내리기 위해서는 사회적인 분위기가 먼저 조성되어 있어야 한다. 유럽의 초등학교에서는 아이들이 비싼 학용품을 갖고 다니면 "필요 없는 곳에 돈을 쓰는 멍청이"라고 친구들 사이에서 놀림을 받는다고 한다. 그런 분위기에서 부모에게 비싼 물건을 사 달라고 조를 아이가 어디 있겠는가. 그와 같이 우리 사회에서 예단이 나 예물에 물 쓰듯 돈 쓰는 것을 '골 빈 짓'이라며 손가락질하는 문화 가 자리 잡는다면 누구도 과한 혼수 따위를 바라지 않을 것이다. 그 러나 우리 사회는 '아직'이다. 변화하려는 노력이 없다면 '영원히'일 수 도 있다.

그동안 혼수나 예단을 속물들이나 주고받는 불필요한 것이라며 우 습게 봤던 여자들이 그것 때문에 갈등을 겪는 것을 여러 번 목격했 다. 혼수하려고 마련해 두었던 돈을 집 얻는 데 몽땅 보탰던 한 여자 는 혼수를 안 했다며 드러내놓고 불만을 표시하는 시어머니의 행태 에 기가 막혔다. '일반적으로' 남자들이 하는 것으로 되어 있는 집 장 만을 여자가 같이 했다면, '일반적으로' 여자가 하는 혼수도 면제되어 야 하는 것이 상식일 테니 말이다. 그러나 시어머니라는 목성인들은 대개 이런 상황에서 이렇게 생각한다.

'집은 어차피 저희들끼리 같이 사는 거고 나하고는 아무 상관 없는 건데, 왜 그것 때문에 내가 예단을 못 받아야 하는 거지?'

사실 혼수를 허례허식이라며 없애자고 하는 것은 받는 입장에서나 할 수 있는 것이지, 주는 입장인 당신이 꺼낼 수 있는 말은 아니다. 경 험자들 중에는 "혼수 잘해봐야 약발 몇 달 안 간다. 할 필요 없다"고 말하는 사람도 꽤 있지만, 그녀들은 혼수를 하지 않은 여자들이 당 하는 일을 겪어보지 못해서 그렇게 말하는 것이다. 혼수로 빚어지는 갈등은 시어머니와 며느리라는 관계가 형성되기 이전에 일어나는 일이라서 결혼 생활을 하는 중에 생기는 갈등하고는 질적으로 다르다. 그야말로 평생의 관계를 좌우할 수도 있는 일이다.

혼수든 예단이든 피할 수 없는 것이라면 남들 하는 만큼 기쁜 마음으로 하라. 형편이 못 된다면 Y처럼 시어머니 선물만이라도 해서 그녀의 마음을 흡족하게 하라. 결혼 문화의 악습을 뿌리 뽑고 싶다면 30년쯤 후 시어머니가 될 당신들이 정신 똑바로 차리고 늙어야 한다. '나도 내가 한 만큼 뽑아 먹어야겠다'는 생각을 하고 있다면 지금의 상황을 불평할 자격이 없다.

자랑거리를 제공하라

중년 여성들의 자식 자랑에는 허위와 과장이 다소 포함되어 있다. 그런데 이상한 것은 본인들이 그렇게 말을 부풀리면서도 남들이 하는 말은 곧이곧대로 믿는다는 것이다. 그래서 남들에게 자식 자랑을 듣고 온 날이면 너무나 배가 아프고, 내 자식이 평균에도 미치지 못한다는 생각에 화가 나는 것이다.

그런 입장에 있는 시어머니들을 기쁘고 뿌듯하게 해주는 것은 생각보다 어렵지 않다. 간혹 실속보다는 자랑거리가 되는 일들을 슬쩍 찔러주는 것이다.

J의 시부모님은 아버님 연금이 있어서 생활비 정도는 자급할 수 있

다. 그래서 그녀는 남들처럼 생활비에서 얼마를 떼어 매달 용돈을 드리는 일은 하지 않는다. 대신 그 돈을 모아서 가끔씩 화끈하게 시부모님을 위한 이벤트를 마련한다. 3년 전에는 호주로 여행을 보내드렸고, 재작년에는 시어머니 주름살 제거 수술을 해드렸으며, 작년 이사 하실 때는 번쩍번쩍한 대리석 식탁을 사드렸다. 올해는 가까운 동남아 리조트로 여행을 보내드릴 생각이다. 시어머니는 해마다 기억에 남을 선물을 하는 아들 며느리 자랑에 바쁘다. 그러면 친구들은 어깨에 힘이 들어간 시어머니를 다들 부러워한다. 그 자식들이 매달 꼬박꼬박 부쳐 오는 용돈과 J의 시부모님을 위해 들어가는 돈은 합쳐놓고 보면 비슷하거나 오히려 적을 수도 있는데 말이다.

꼭 J처럼 어느 정도 경제적 여유가 있어야만 적용되는 문제가 아니다. 안마나 마사지하는 방법을 배워 만날 때마다 조금쯤 전문적인 수준으로 몸을 풀어주거나, 요리에 자신 있다면 시어머니 친구들을 초대해 그럴듯한 식사를 대접하는 것도 좋다. 아이가 경시대회 나가 1등을 한 것과 같은 일들은 빼놓지 않고 꼬박꼬박 보고해야 한다. 시어머니가 여럿이 여행이라도 다녀오는 날에 보란 듯이 터미널까지 마중 나갈 수 있으면 더할 나위 없이 좋다. 뭐든 작은 것을 꾸준히 해주는 것보다는 새롭게 자랑할 거리를 제공하는 게 좋다. 그렇게 하면 시어머니는 알아서 몇 배쯤 부풀리고 가공해서 두고두고 야무지게 자랑거리로 써먹는다. 그녀가 신나서 자랑하면 마음도 그 입을 따라 호감도가 상승한다.

사회생활을 할 때는 나이가 들어갈수록 수가 줄어들던 인간관계가 중년 이후 주부가 되면 양적으로 팽창하게 된다. 각종 '동네 커뮤니티'에 휩쓸려 다니면서 끝도 없이 수다를 풀어내는 것은 박사 출신 시어머니나 초등학교만 나온 시어머니나 마찬가지다. 매일 이루어지는 그 수다의 50퍼센트 이상이 자식 이야기라는 것을 의식한다면, 번드르르한 겉치레일지라도 시어머니에게는 중요한 것이라는 사실을 인정하지 않을 수 없다.

속이 꽉 찬 인생을 사는 것이 중요하다는 말은 당신의 인생에나 적용할 일이다. 적어도 시어머니의 일상에서는 겉치레가 곧 실속이라는 것을 이해하고 명심하라.

거리의 황금비율이
좋은 관계를 결정한다

며느리는 아무리 좋아도 딸이 아니다

어느 날, 내가 있던 카페 옆자리에 중년 여성과 20대 초중반인 젊은 여자가 마주 앉았다. 대개 저 나이의 중년 여성과 젊은 남자가 마주 앉으면 "내 딸 어쩔 거냐, 이 나쁜 놈아"라는 이야기가 나오며 분위기가 험악해지기 마련인데, 저런 조합이면 좀 다르다. 둘 관계가 어색한 듯 친근한 걸 보니 아들의 어머니와 그 아들의 여자 친구임에 틀림없었다.

젊은 여자는 목소리가 작고 여렸으나 중년 여성의 목소리가 어찌나 크던지 싫어도 대화 내용을 듣게 될 수밖에 없었다.

"나는 너하고 우리 아들하고 정말 잘됐으면 좋겠어. 내가 봐도 얼마나 잘 어울리는지. 우리 정말 잘 지내자. 나는 딸이 없어서 그런지 옛날부터 며느리 얻으면 정말 잘해주고 싶었어. 우리 진짜 모녀처럼 같이 맛있는 것도 먹으러 다니고 쇼핑도 다니고 하자. 오늘 이렇게 너하고 나오니까 너무너무 좋다."

"예, 어머니. 호호."

며느릿감이야 당연히 초보고, 시어머니도 초보다. 나는 저들이 실망하고 좌절할 미래의 모습이 그려져 차마 고개 돌릴 수 없을 정도로 안타까웠다.

결론부터 말하면 며느리는 딸이 될 수 없다. 그건 환상이다. 진짜 딸도 딸 노릇 하기 힘든 세상에 수십 년간 남의 딸로 크며 머리 굵은 여자가 어떻게 내 딸이 될 수 있겠는가. 며느리를 통해 딸을 갖고자 하는 시어머니들이 있다면, 그녀들도 시어머니와 친정엄마처럼 지내고 싶어 하는 당신처럼 낙담하고 당황하게 될 것이다.

진짜 자식은 부모에게 잘못해도 크게 미안해 하지 않고, 잘해줘도 크게 고마워하지 않는다. 무리가 되는 부탁도 쉽게 한다. 하지만 며느리가 그랬다가는 "싸가지 없다"는 말을 듣기 십상이다. 그건 반대 입장에서도 마찬가지다.

시어머니와 사이가 아주 좋은 친구가 있는데 하루는 시어머니가 "결혼한 여자도 일은 꼭 해야 한다"고 말하는데 그게 그렇게 섭섭하게 들리더란다. 똑같은 말을 친정어머니가 할 때는 자기를 위해 해주는 말로 들렸는데, 시어머니가 그 말을 하니 '내 아들 등골 빼지 말고 너도 돈을 벌어라' 하는 말로 들리더라는 것이다. 그 친구 자신도 시어머니의 말을 그렇게 삐딱하게 듣는 자기 자신에게 놀라고 있었다.

아무리 피차가 친부모 노릇, 딸 노릇을 하려고 해도 한계라는 게 존재한다. '가족'이 되면 되었지, 왜 가능하지도 않은 혈연관계를 욕심내는가. 사이좋다고 해서 친모녀 흉내를 내다가는 서로 상처만 입게 된다.

이상적인 고부 관계, 물리적 거리가 답이다

가족이라는 범위에 함께 묶여 험한 세상에서 심리적 의지가 될 수 있는 좋은 관계가 고부 관계다. 그런 이상적인 고부 관계를 유지하기 위해서는 심리적 거리뿐 아니라 물리적 거리도 적당히 유지해야 '좋은 관계'로 남을 수 있다.

소설가 박완서는 어느 잡지 기고 글에서 "시어머니와 며느리, 두 여자를 같은 부엌에 몰아넣는 것은 문화적 폭력이다"라고 말했다. 여자에게 부엌이란 삶의 방식을 대변하는 공간이다. 그릇을 정리하는 방법부터 행주 짜는 방법까지 각자 자기만의 방식이 있으며 다른 방식을 접하게 되면 극도의 불편함을 느끼게 된다. 각기 다른 부엌 문화를 갖고 있는 시어머니와 며느리는 서로의 일 처리 방식이 답답하다. 시어머니는 삶은 면 행주를 쓰지 않는 며느리가 깔끔하지 못하다고 생각하고, 며느리는 행주를 빨아서 제때 건조시키지 않는 시어머니가 더 비위생적이라고 생각한다. 실제로 수많은 기혼녀들이 시어머니와 부엌이라는 공간에서 함께할 때 가장 스트레스를 많이 받는다고 한다. 결혼 15년차 직장인인 선배는 시어머니가 기력이 떨어져 가족이 모이면 외식하게 되던 때부터 고부 관계가 급격히 좋아졌다고까지 말한다.

그렇다면 부엌이 두 개 있는 집에서 같이 사는 건 괜찮을까? 100평 아파트에도 부엌은 하나던데 그런 집이 있을지는 모르겠지만, 이는 단순히 부엌의 문제가 아니다. 부엌을 같이 쓴다는 것은 일종의 메타포이며 곧 두 여자가 생활공간을 공유한다는 의미다. 결혼하는 부부들에게는 각각 여러 가지 사정이 있겠지만 개인적으로 시부모와 결혼한 부부가 한집에서 사는 것만은 권하고 싶지 않다. 그건 어느 한쪽이 다른 한쪽에게 가해자가 되는 문제가 아니라 두 여자 모두에게 폭력적인 일이다. 분란을 막고 싶다면 서열이 낮은 며느리 쪽이 시어머니 쪽의 문화에 100퍼센트 동화되어야 하는데, 자기 입장에서 '옳은 것'이 아닌 일까지 억지로 흡수하는 건 정말 보통 어려운 일이 아니다. 왜 '따로 또 같이' 사이좋고 행복하게 살 수 있는데 그 어려운 일을 자초하는가. 요새는 예전처럼 부모 봉양의 목적이 아니라 육아나 경제 문제 등 실리적인 요구로 시댁에 얹혀살려는 사람들도 많다. 그러나 두 개의 문화를 충돌시키며 힘든 동거를 유지할 에너지를 사회생활에 돌린다면 훨씬 더 생산적으로 경제활동을 할 수 있을 것이다.

세상의 모든 관계가 그렇듯이 고부 관계 역시 적당한 거리를 두고 관계를 맺는 것이 좋다. 어쩌면 관계의 성패 여부가 서로의 거리에서의 황금비율을 찾는 데 달려 있을지도 모른다.

결혼 후 그 어느 때보다 시어머니와 사이가 좋다는 M은 어디로 이사하든 시댁과 차로 한 시간 이상 걸리는 곳에 집을 구한다는 원칙이 있다고 한다. 마음먹고 시간을 내면 언제든 갈 수 있으면서도, 아무 때나 덥석 오갈 수는 없을 만한 거리다. 그녀는 시부모와 같이 살거나 매주 시댁을 찾지는 않지만 한 달에 한두 번 정도 만날 때는 온 정성과 진심을 다해서 시부모를 대한다. 시부모님이 말려도 땡볕 아래서 텃밭의 잡초를 다 뽑아놓기도 하고, 낡은 안방 벽에 직접 도배를 해드린 적도 있다. 자의식 강한 그녀가 어떻게 시부모를 위해서 그렇게 희생적일 수 있는지 물었더니, 그녀는 손사래를 치며 이렇게 대답한다.

"희생은 무슨. 난 그냥 자원봉사라고 생각해. 생판 모르는 남을 위해서도 시간을 내서 일하는데, 하물며 내 가족을 위해서 일하는 걸 억울해 할 게 뭐 있니?"

그녀가 '자원봉사'라고 생각할 수 있는 것은 '거리' 때문이다. 정기적으로 자원봉사를 하는 사람들이 대가도 없는 일을 웃으며 즐겁고 행복하게 할 수 있는 이유는 그 일이 '생활'이 아니기 때문이다. 봉사 대상이 일상과 하나가 되면 그때부터는 더 이상 즐겁지 않게 된다. 시댁과의 관계도 마찬가지다. 시댁과 생활이 하나가 되어버리면 일상에서 벗어나는 특별한 배려를 할 여력이 없게 된다. 그만큼 서로를 웃는 낯으로 대할 일이 적어진다는 말이다.

결혼하게 되면 시부모님에게 온 진심을 다해 자원봉사를 할 수 있는 자신만의 거리를 찾는 데 힘써야 한다. 그래야 그들을 마음 편하게 사랑할 수 있다.

결혼이라는 배에 올라타서
여유로이 노를 젓는 사람이 되자

사실을 말하자면, 난 결혼에 대한 환상 따위는 조금도 없었다. 결혼하기 전은 물론 결혼하는 당일까지도 결혼하고 싶지 않았다. 사람들은 신부가 긴장도 하지 않고 태연히 방글방글 웃는다면서 행복해 보인다고 말했다. 하지만 긴장이라는 건 무언가에 대한 기대를 가질 때나 하는 것이다. 내가 긴장하지 않았던 건 결혼에 대한 기대가 없어서였다.

시시하고 번거롭게만 느껴지던 결혼식과 신혼여행을 마치고 신혼집으로 들어간 날 밤, 나는 남편이 누워 있는 침대 옆자리에 피곤한 몸을 던지듯 누웠다. 남편과 나란히 누워 깨끗이 도배된 천장을 올려다보는데 결혼 후 처음으로 뭔가 달콤하고 편안한 기분이 느껴졌다. 천국에 온 듯한 기분의 정체가 뭘까 잠시 생각했다. 그건 이제 밤이 늦어도 집에 갈 걱정, 헤어질 걱정 없이 이 사람과 계속 있어도 된다는 안도감이었다. 잠시 잊고 있었는데, 내가 평소 환멸을 느끼고 있던 결혼에 못 이기는 척 끌려 들어갔던 것도 저녁마다 헤어지는 순간이 끔찍이 싫어서였다. 결혼의 역사가 곧 정략결혼의 역사이긴 하지만 인류가 처음으로 결혼이라는 걸 시작한 것은 사랑하는 사람과 늘 같이 있고 싶은 본능 때문이었을 것이다.

어쩌면 그와 어떤 마음으로 사랑하고 결혼했는지, 그 근원적인 동기가 괜찮은 결혼 생활을 하는 열쇠가 되는 것인지도 모른다. 사람으로 태어났으면 헤어지기 싫은 사람과 실컷 살아보다 죽는 것도 그 자체로 의미 있는 일이지 않겠는가.

나는 결혼에 대한 책이라면 유부녀들끼리의 넋두리가 아닌, 미혼녀들에게 도움이 되는 책이어야 한다는 생각으로 책을 썼지만, 당신이 이 책의 내용을 모두 이해할 수 있을 것이라는 생각은 하지 않는다. 내가 책의 콘셉트를 이야기했을 때 한 지인도 "결혼, 그거 해봐야만 아는 거잖아?" 하는 반응을 보였다. 그도 그럴 것이 결혼해 본 사람에게는 너무나 당연한 이야기들조차 싱글들에게는 생소하여 받아들일 수 없는 경우가 허다하다. 세상 모든 일이 그러하지만 결혼이야말로 말로 듣는 것과 경험하는 것이 딴판으로 다른 세계이기 때문이다.

다만 결혼 날짜를 잡고서 허둥지둥 바로잡을 수 없는 결혼에 대한 태도와 가치관만은 미리 되돌아보면 좋겠다. 결혼에 대한 오해와 환상 때문에 출발부터 어긋나, 끝내 상처투성이 결말로 서둘러 마무리 하거나 이도 저도 아닌 뜨뜻미지근한 불행 속에서 계속 사는 사람들이 정말 너무나 많다.

나는 경험해서 알게 될 것들을 미리 듣는 것 또한 의미 있다고 생각한다. 훗날, 중요한 판단을 해야 하는 순간이 올 때 잊고 있었다고 생각했던 충고들이 떠올라 도움이 될 수 있기 때문이다. 내가 삶의 매 순간 전에 읽었던 책들의 구절들을 떠올리며 종종 구원을 얻듯 말이다. 언젠가 당신이 '아, 그녀가 그때 하던 말이 이런 걸 두고 하는 말이구나' 하고 떠올릴 수 있으면 그걸로 족하다.

아마 당신은 결혼하게 되면 깜짝 놀랄 만큼 힘들 것이다. 그러나 또한 깜짝 놀랄 만큼 빨리 적응하기도 할 것이다. 결혼도 인생의 일부이기 때문이다. 그러니 그리 두려워할 것 없다. 결혼의 시작과 함께 이전보다 더 노력할 것이라는 생각만 단단히 가지고 있어도 된다. 그 노력이란 다이어트와도 비슷한 것일지 모르겠다. 어느 날 갑자기 결심이 서서 쫄쫄 굶어가며 몰아치듯 살을 빼놓고 한동안 날씬하게 살다가, 식욕이 고삐 풀리면 이전보다 더 몸이 붇는 일을 반복하는 것은 건강에도, 몸매에도 해롭다. 힘들여 다이어트하지 않고 평소에 많이 움직이고 적게 먹어 아예 살찌지 않도록 하는 것이 진짜 다이어트다. 마찬가지로 크게 감점을 당하고 죽도록 노력해 만회하는 것은 결혼 생활과 맞지 않는다. 작은 노력을 오랫동안 포기하지 않고 하는 것이 다이어트에도, 결혼 생활에도, 어쩌면 삶에도 주효한 성공 방식인 것이다.

오늘날 수많은 여자들이 결혼하기 싫어하는 가장 큰 이유는 결혼과 함께 시작되는 복잡한 인간관계 때문일 것이다. 내가 나고 자라는데 쌀 한 톨 보태준 적 없는 낯선 어른들을 내 부모보다 더 신경 써야 하고, 근원부터가 문제형 인간인 남편을 온몸으로 껴안아야 하며, 어미의 인생을 갉아먹으며 자라는 자식이라는 존재까지 품어야 하는 것이 결혼이니 당연하다.

나는 아파트에 살며 매일 얼굴을 마주치는데도 인사 트기를 싫어하며 싸늘하게 시선을 외면하는 젊은 그녀들에게서 그 어떤 관계도 자기 삶에 보태고 싶지 않다는 강력한 메시지를 받는다. 관계는 분명 성가신 것이다. 하지만 관계가 성가시면 삶이 성가신 것이다. 삶이 곧 관계이기 때문이다. 어떤 종류건 한세상 잘 건너간 사람들 중에 관계에 실패한 사람은 없었다. 다만 관계가 싫어서 결혼을 기피하는 사람이라면 결혼 이외의 삶에서도 행복을 찾아내기는 힘든 것이다. 결혼도 당신이 잘 관리해야 할 수많은 인간관계 중 하나일 뿐이다.

자칫 삶을 지옥으로 만들 수도 있는 결혼이라는 관계 앞에서 망설이고 있는 당신이 지금 할 일은 그 관계를 피해 달아나는 것이 아니라 관계를 통해 삶이 무릉도원이 되도록 노력하는 것뿐이다.

마지막으로 꼭 당부하고 싶은 말은 어떤 일이 있더라도 그와의 관계에서 절망하지 말라는 것이다. 당신은 평생을 함께할 수 없을 사람을 남편감으로 골랐을 만큼 멍청하지 않다. 각종 중독자나 사기꾼처럼 시중에 유통되면 안 되는 하자 상품을 속아서 떠안은 경우가 아니라면, 당신은 남편과 더불어 원하는 만큼 행복할 수 있는 여지가 있다. 의외로 성격 차이라는 게 별거 아닐 수도 있다는 걸 나이 들면서 깨닫게 된다.

모든 어려움에도 불구하고 결혼은 꽤 할 만한 것이다. 결혼은 인생의 흥미진진함이나 사랑과 거리가 먼 것이라는 착각은 처음부터 쓰레기통에 버리고 뱃놀이 즐기듯 결혼을 즐기라. 나는 당신이 뱃전에서서 주변의 풍경을 마음껏 즐기면서도 언제든 암초를 만나면 키를 돌릴 수 있는 지혜로운 사람이 되면 좋겠다.

인생을 바꾸는 결혼 수업

초판 1쇄 2009년 11월 30일
제2판 1쇄 2012년 11월 27일
제3판 1쇄 2017년 6월 30일
제3판 5쇄 2022년 12월 20일

지은이 | 남인숙
펴낸이 | 송영석

주간 | 이혜진
기획편집 | 박신애 · 최예은 · 조아혜
디자인 | 박윤정 · 유보람
마케팅 | 김유종 · 한승민
관리 | 송우석 · 전지연 · 채경민

펴낸곳 | (株)해냄출판사
등록번호 | 제10-229호
등록일자 | 1988년 5월 11일(설립일자 | 1983년 6월 24일)

04042 서울시 마포구 잔다리로 30 해냄빌딩 5·6층
대표전화 | 326-1600 **팩스** | 326-1624
홈페이지 | www.hainaim.com

ISBN 978-89-6574-625-6